Die Sünden der Väter stellt Matthew Scudder vor, jenen New Yorker Privatdetektiv, der von Liam Neeson in *Ruhet in Frieden* auf der Leinwand verkörpert wurde. Eine junge Prostituierte wurde getötet und der mutmaßliche Mörder hat sich in seiner Gefängniszelle erhängt. Auf der Suche nach Antworten wendet sich der Vater des toten Mädchens an Scudder.

Dieser erste Band der preisgekrönten Reihe wurde ursprünglich 1976 veröffentlicht, die deutsche Ausgabe ist aber bereits seit vielen Jahren vergriffen. Der Roman wurde nun für heutige Leser von Stefan Mommertz neu übersetzt, einschließlich einer 1991 verfassten Einführung von Stephen King. Darin weist King darauf hin, dass Scudder zwar »den romantischen Untertönen der Gattung« entspricht, er aber »genauso viel von Dorian Grey wie von Travis McGee« hat. King schreibt weiter: »Block hat den Teil des Mythos, der ebenso Klischee wie Wunscherfüllung ist, beiseitegelegt und ihn durch etwas ersetzt, das sehr viel glaubwürdiger ist. Das Ergebnis ist eine Reihe von Büchern, die genau genommen ein einziges sind – eine urban-alkoholkranke moderne Version der ›Pilgerreise‹ –, mit einer Figur, die ganz und gar über die Gattung hinauswächst, der sie entsprungen ist. «

Die Sünden der Väter

LAWRENCE BLOCK

Aus dem Amerikanischen von Stefan Mommertz

A LAWRENCE BLOCK PRODUCTION

Für ZANE,
die der Entstehung beiwohnte,
und in Gedenken an LENNIE SHECTER,
der mich mit Scudder bekannt machte.

Keine Katzen:
Eine Würdigung von Lawrence Block und Matthew Scudder von Stephen King*

–1–

Die Einführung zu einem guten Genreroman – einem, der »die Zeiten überdauert hat«, wie es immer so schön heißt – zu schreiben, ist ungefähr so, wie der Trauzeuge auf einer Hochzeit zu sein. Mit einem Unterschied jedoch: Alles, was der Trauzeuge tun muss, um erfolgreich zu sein, ist, während der Zeremonie nicht in Ohnmacht zu fallen, nicht laut zu furzen und zum richtigen Zeitpunkt den Ring hervorzuzaubern. Der Einführungs-Schreiber hingegen muss sich zwar keine Sorgen machen, den Ring zu verlieren, aber man erwartet von ihm, dass er etwas *sagt*. Und die Person, die eingeführt wird (die einzige Person, von der man sich *absolut* sicher sein kann, dass sie die Einführung lesen wird), hofft, dass es etwas Interessantes sein wird.

Wenn es sich bei dem betreffenden Werk um einen kompetenten Vertreter der Unterhaltungsliteratur handelt, kann es überaus schwierig sein, etwas Interessantes darüber zu schreiben. Glauben Sie mir ruhig; ich habe das bereits ein halbes Dutzend Mal getan, und die meisten dieser Einführungen sehen verdächtig nach ausgeuferten Klappentexten mit einer Länge zwischen 1.200 und 3.000 Wörtern aus. Der Grund, warum diese Aufgabe so schwierig ist, kann mit einem einzigen Wort zusammengefasst

---

* Anmerkung des Übersetzers: Stephen Kings Einführung entstand 1991 für die erste gebundene Ausgabe des Romans, der ursprünglich 1976 als Taschenbuch veröffentlicht worden war.

werden: *Zugänglichkeit*. Ein guter Unterhaltungsroman hat viele Eigenschaften, aber »zugänglich« steht ganz oben auf der Liste. Die meisten literarischen Einführungen sind jedoch analytischer Natur, und bei echter Zugänglichkeit – jener Klarheit der Prosa und des Ziels, die das Lesen guter Geschichten zur Freude macht – wird die Analyse zu einem überflüssigen Akt.

Zugänglichkeit ist zwar nur eine der Tugenden des Schriftstellers Lawrence Block, aber sie ist sicherlich sein größtes Talent. Seine Romane – bisher mehr als zwei Dutzend – vereinen Klarheit, Einfachheit, Ehrlichkeit und Anschaulichkeit zu makelloser Unterhaltung. Der Leser hat nie den Eindruck, dass der Autor eine schwere Last trägt, sich den Arsch aufreißt, damit alles funktioniert; die Geschichte scheint ganz einfach plötzlich da zu sein, genau wie die Taube einfach plötzlich da ist, wenn der Zauberer die Hände öffnet.

Für das Publikum ist das toll, aber was bleibt für den literarischen Trauzeugen, der einen kurzen und geistsprühenden Einblick in all die wunderbaren Dinge, die der Mann der Stunde vollbracht hat, geben soll? Ein wenig Geschichte wäre eine Möglichkeit; in diesem Fall ein paar tausend Wörter über die bewegte Vergangenheit des Detektivromans, gipfelnd in Mr. Block als großartigem Endprodukt dieser langen und ehrwürdigen Saga. Leider ist die Geschichte des Detektivromans nicht lang (sie beginnt mit Poe, wenn man es klassisch liebt, oder mit Hammett, wenn man das Praktische vorzieht), sie ist auch nicht ehrwürdig (die meisten Kritiker betrachten sie immer noch bestenfalls als händisch herbeigeführten Orgasmus im großen Massagesalon der Literatur) und ich bin sehr viel unbedarfter im Bereich des Detektivromans als viele meiner Leser, weshalb diese Angriffstaktik ebenfalls ausscheidet.

Nach Ausschluss der Analyse des Werks und der Geschichte des Genres sieht sich der Einführer geneigt, zu persönlichen Anekdoten zu greifen – mit anderen Worten, es bieten sich amüsant unflätige Schwänke über den Autor oder, falls es daran mangelt, ein oder zwei andere warmherzige und erbauliche Geschichtchen an (unflätige Schwänke sind immer besser, aber warm und erbaulich tut es notfalls auch). Leider habe ich auch hier kein Glück. Ich kenne Larry Block nicht sehr gut; ich habe ihn nur bei einigen wenigen Gelegenheiten getroffen und könnte Ihnen nicht sagen, ob er warmherzig und erbaulich oder unflätig und niederträchtig ist. Ich *weiß* jedoch, dass er sich sehr gut mit Donald Westlake und Brian Garfield versteht, ein Umstand, der nahelegt, dass er eher zu unflätig und niederträchtig neigt. Aber da ich das nicht völlig sicher weiß, müssen persönliche Anekdoten ebenfalls unter den Tisch fallen.

Okay – was sonst? Unterhaltungsliteratur als sozialer Gradmesser? Schlecht. Unterhaltungsliteratur als psychologischer Gradmesser? Noch schlechter – ausgesprochen Brechreiz erregend sogar. Damit scheint dann nur diese alte Klappentextprosa zu bleiben, und Gott weiß, dass ich dazu in der Lage bin, aber ich möchte meine Pflicht in diesem Fall auf ehrenvollere Weise erfüllen. Der Grund dafür ist einfach: Blocks Romane, vor allem die mit Matt Scudder, sind für mich zu wichtig. Wenn möglich, möchte ich etwas mehr tun, als nur hirnlos über sie daherzuquatschen.

–2–

Mark Twain sagte einmal: »Es gibt kein Wetter in diesem Buch. Das hier ist ein Versuch, ein Buch ohne Wetter durchzuziehen.« *Die Sünden der Väter*, der erste Roman mit Matt Scudder (ursprünglich 1976 als Taschenbuch veröffentlicht) ist ein Versuch – und ein erfolgreicher noch dazu –, einen Detektivroman durchzuziehen, ohne auf eine einzige verdammte Katze zurückzugreifen. Das ist, meiner Ansicht nach, nur ein weiteres Zeugnis für Larry Blocks Klarheit und seine Weigerung, auf die Trickkiste zurückzugreifen.

Vielleicht sind Sie mittlerweile zu dem Schluss gekommen, dass ich ausgesprochen pfiffig wirken möchte. Falls dem so ist, liegen Sie falsch – ich meine es absolut ernst und ich denke, dass ich ein Recht auf meine Meinung habe. Sehen Sie, ich durfte im Laufe der letzten zwei Jahre einen gewaltigen Haufen Krimis, Thriller und Detektivromane lesen (1990 war ich einer der Juroren für die Kategorie »Bestes Romandebüt« bei den Mystery Writers of America Awards, was einiges erklärt). Und ich kann Ihnen sagen, dass Privatdetektive mit Katzen – normalerweise struppige Kater mit dicken Eiern und einem angekauten Ohr – so häufig geworden sind wie Yuppies in BMWs.

Irgendein Kritiker hat die vorherrschende Stimmung in Ross MacDonalds Lew-Archer-Romanen einmal als »durch diese ruchlosen Straßen muss ein weinender Mann gehen« beschrieben und das hat sich nicht sonderlich geändert ... Außer, dass man sich heutzutage darauf verlassen kann, dass, wenn dieser mystische harte Kerl mit den Tränen im Herzen endlich nach Hause gefunden hat, dort der Kater mit den dicken Eiern und dem angekauten Ohr auf ihn warten wird, wenn er seinen schäbigen Hintern durch die Tür schleppt. Ist etwas falsch daran, wenn ein Privatdetektiv eine Katze hat? Nun, ehrlich gesagt, ja. Zwei Dinge sind falsch an der Katze. Erstens, plötzlich machen es alle – der Privatdetektiv mit der Katze namens Mickey oder Scruggs oder Moriarty ist so allgegenwärtig wie Idioten, die auf Rollerblades in leuchtend rosa Shorts auf Gehsteigen in Großstädten herumtoben. Zweitens ist die Katze für den Erzähler eine Abkürzung, eine Art emotionales Stenogramm, auf das Autoren, die nicht wirklich schreiben können, für Leser, die nicht wirklich lesen können, zurückgreifen. Was zwischen den Zeilen hervorquillt, ist eine gewisse Form der Selbstgefälligkeit: »Hey! Mein Kerl ist anders als all die anderen Kerle, denn er hat eine *Katze*! Er ist eigentlich ein feinfühliges, fürsorgliches menschliches Wesen, aber er kann seine zarte Seite nur diesem herumstreunenden Kater, den er eines Nachts in der Gosse aufgelesen hat, zeigen! Ist das nicht verdammt klasse, oder *was*?«

Die wahrheitsgemäße Antwort darauf, so scheint es mir, ist in der Tat: »oder was?«. Und des Pudels Kern sind überhaupt nicht die Katzen. Der Hund liegt in der Aussage begraben, die folgendermaßen beginnt: »Hey! Mein Kerl ist anders als all die anderen Kerle, denn ...«

... denn er ist ein schwuler Highschool-Lehrer, der Verbrechen löst und dabei Hilfe von seinem Partner bekommt, einem Pitcher in der Major

Baseball League, der zweimal die World Series gewonnen hat, ohne einen Schlag des Gegners zuzulassen.

... denn er ist ein Zwerg.

... denn er ist ein russischer Jude.

... denn er arbeitet im Los Angeles der späten dreißiger oder frühen vierziger Jahre und trifft alle möglichen berühmten Leute aus dem Goldenen Zeitalter Hollywoods.

... denn er bereitet auf die Schnelle Gourmetspeisen zu, wenn er nicht gerade Bösewichter zusammenfaltet.

... denn er ist ein Psychotherapeut, der sich auf die Probleme traumatisierter Kinder spezialisiert hat.

... denn er ist schwarz.

... denn er ist telepathisch begabt.

... denn er ist eine Sie.

... denn sie ist lesbisch.

Und bevor Sie mir nun raten, mit dem Nörgeln aufzuhören und mir ein Leben zuzulegen, lassen Sie mich klarstellen, dass das keine pauschale Herabsetzung ist. Ich bin ein echter Anhänger des Genres und habe eine große Vorliebe für einige der Figuren, die ich gerade skizziert habe; ich mag Sarah Paretskys V.I. Warshawski so sehr, dass ich sogar ein bisschen in sie verliebt bin, und ich kann es kaum erwarten, bis ein neuer Alex-Delaware-Roman erscheint – gleiches gilt für Spenser und Harry Stoner. Was ich sagen will, ist einfach, dass der Roman mit dem Hinweisen nachjagenden Schnüffler, dem Außenseiter, einen weiten Weg zurückgelegt hat, seit Sam Spade und Philip Marlowe diese ruchlosen Straßen so ziemlich für sich alleine hatten (und *diese* beiden Jungs neigten sehr viel mehr dazu, sie knurrend entlangzugehen anstatt zu weinen), und die Reihen der Ermittler deutlich dichter geworden sind. Es wird immer schwieriger, eine Figur mit genügend Individualität zu schaffen, damit sie sich abhebt, weshalb viele Autoren eher auf Karikatur als auf Charakter setzen. Anders formuliert, sie greifen auf Katzen in verschiedenen Formen und Farben zurück ... doch leider scheinen sie im Dunklen dann doch alle grau zu sein.

Wie bereits erwähnt gibt es keine Katzen in den Matt-Scudder-Romanen. Es gibt keine Gourmetspeisen, keine Zwerge (obwohl in einigen späteren Bänden ein Wodka trinkender Albino als Informant auftritt), keine Telepathie. Kurzgefasst, es gibt keine Tricks. Ich möchte behaupten, dass in den letzten zwanzig Jahren nur drei »reine« Privatdetektive auf der Bildfläche erschienen sind; bei den beiden anderen handelt es sich um Loren Estlemans Amos Walker und Jonathan Valins Harry Stoner. Stoner, so scheint mir, ist etwas gelungener als Walker, und Matt Scudder übertrifft sie alle. Er ist nicht gelungen, weil er etwas Besonderes ist, sondern gerade weil er es nicht ist. Wenn Sie ihm auf der Straße in New York begegnen würden, würden Sie wahrscheinlich an ihm vorbeigehen, ohne ihn eines Blickes zu würdigen. Er ist echt, weil sein *Milieu* echt ist, und das ist echt, weil Matt Scudders New York auf brillante Weise von Lawrence Block in Worte gefasst wurde; Worte, die immer fachkundig sind und manchmal auch überraschen, aber nie aufdringlich in einer »Hey, Mom! Schau her, ich schreibe!«-Weise. Seine Beschreibung des Carioca, eines spektakulär unscheinbaren Restaurants in der Pendlerstadt Mamaroneck im Bundesstaat New York, illustriert perfekt, was ich meine: »Der Saal war überdekoriert, er bemühte sich zu sehr und war nach der Vorstellung, die jemand vom Flamenco-Thema gehabt hatte, gestaltet worden. Das Farbschema bestand aus sehr viel Rot und Schwarz und Eisblau.«

Es besteht keine Notwendigkeit, diese kurze Beschreibung zu analysieren, aber ich denke, es ist wichtig, darauf hinzuweisen, dass in ihr keine Katzen vorkommen – und auch keine Trickkisten oder Feuerreifen. Es ist nur ein Raum, in dem wir alle schon einmal gewesen sind. Es gibt überall Versionen des Carioca, und Block weiß das.

Jemand könnte argumentieren wollen, dass Matt Scudder *doch* eine Katze besitzt, und noch dazu eine fiese, alte, vom Leben gezeichnete. Er ist der Alkoholiker-Detektiv in den frühen Scudder-Romanen und der Genesender-Alkoholiker-Detektiv in den späteren – der einzige Schnüffler in diesem Geschäft, der auf diesen ruchlosen Straßen mit einer Pistole in der einen und dem großen Buch der Anonymen Alkoholiker in der anderen Hand unterwegs ist. Er *ist* Alkoholiker, daran besteht kein Zweifel, und während das Problem in *Die Sünden der Väter* noch nicht allzu groß zu sein scheint (es ist »eine kleine Wolke ... wie eines Mannes Hand«, wie es im Buch der Könige heißt), wird es in den folgenden Bänden immer größer. Das hat bislang für zwei bemerkenswerte Höhepunkte – die kaum etwas mit den Fällen, an denen Scudder arbeitet, zu tun haben – gesorgt: einen der Erkenntnis (am Ende von *Eight Million Ways to Die* gesteht Scudder sich endlich sein Problem ein) und einen der Bekräftigung (in *A Ticket to the Boneyard* kauft er sich eine Flasche Whiskey, trinkt fast daraus und schüttet den Inhalt dann doch in das Waschbecken). Leser, die der Reihe von ihren Anfängen mit *Die Sünden der Väter* bis zum derzeit letzten Band *Dance at the Slaughterhouse* gefolgt sind, sind weiter gespannt – und erwarten vielleicht sogar einen dritten Höhepunkt: Scudders Rückfall.

Vielleicht werden sie ihn bekommen, vielleicht auch nicht (was man möchte und was man bekommt, macht einen der grundlegenden Reize eines guten Genreromans aus). Ich bin selbst gespannt, aber für den Zweck dieses kleinen Aufsatzes spielt diese Frage absolut keine Rolle. Was eine Rolle spielt, ist die Tatsache, dass Scudders Alkoholismus absolut keine Katze ist. Ich glaube, dass es kein Griff in die Trickkiste ist, sondern eine kluge (*brillante* war eigentlich das erste Wort, das mir in den Sinn kam) Meditation über eine Facette der Persönlichkeit des Privatdetektivs, die seit den Anfängen vorhanden ist. Dem ist wirklich so. Sogar Sherlock Holmes, ein nach heutigen Maßstäben wirklich sehr distinguierter Schnüffler, war eine Koksnase. Und er hat es sich nicht einfach nur die Nase hochgezogen, nein, der ursprüngliche Holmes-Boy hat *gefixt*. Vermutlich hat er auch eine Mischung aus Gras und Kokain geraucht, wenn ihn niemand beobachtete. Und wenn es darum ging, sich einen Schuss zu setzen, habe ich einen ziemlich starken Verdacht, wo er seine Spritzen herbekommen hat; elementar, mein lieber Watson.

Wir könnten nun über die Frage diskutieren, ob es sich bei

Rauschmittelabhängigen um Außenseiter handelt, die dazu getrieben werden, im Leben anderer Menschen herumzuschnüffeln, oder ob die Privatschnüffler aufgrund des Stresses eines Jobs, bei dem der fähige Mann vom Fach die Menschheit von ihrer schäbigsten Seite sieht, schließlich zur Flasche (oder der Nadel) getrieben werden. Eine Schlussfolgerung scheint jedoch unvermeidlich: Der Privatdetektiv und abhängig machende Substanzen waren von Anfang an untrennbar miteinander verbunden. Sei es auf der Bühne, auf der Leinwand oder auf dem bedruckten Papier – kein Detektiv, der etwas auf sich hält, hat einen Schreibtisch ohne eine Flasche in der Schublade, und die meisten Helden des Genres bewahren Ersatzflaschen im Handschuhfach und/oder in der Gesäßtasche auf. Es gibt nicht viele Heroin- oder Tablettenabhängige unter den Privatdetektiven, aber Raucher gibt es wie Sand am Meer – diese Typen stecken sich ständig Lucky Strikes in den Mund und zünden sie an (»Ich riss ein Streichholz mit dem Daumennagel an und steckte Tabak in Brand«, wie Loren Estlemans Amos Walker es so häufig formuliert).

Der Unterschied zwischen Scudder und Walker oder Scudder und Marlowe besteht darin, dass Scudder offenbar seine Dosis jenes mystischen Echter-Mann-Serums nicht bekommen hat – das Zeug, das dafür sorgt, dass ein Schnüffler die ganze Nacht über Whiskey trinken und am nächsten Morgen Schinkenspeck mit Eiern frühstücken kann. In der Tat ist Matt Scudder vom ersten Moment an, wenn wir ihm im Armstrong's, seiner Lieblingskneipe, begegnen, ein Spiegeltrinker, der mit Bourbon versetzten schwarzen Kaffee trinkt. Er leidet unter zeitweiliger Impotenz (noch mehr von dem Echter-Mann-Serum, das ihm entgangen sein muss) und seine Callgirl-Freundin Elaine deutet an, dass der Alkohol etwas damit zu tun haben könnte. Scudder räumt den möglichen Zusammenhang ein … und geht auf einen Drink aus. Am Ende von *When the Sacred Ginmill Closes*, der letzte der von mir als »feucht« eingeordneten Scudder-Romane, befindet sich Blocks Hauptfigur in der Hölle – ein verrücktes Karussell, auf dem alle in illegalen Kneipen bis zum Morgen trinken, um dann mit einem lähmenden Kater aufzuwachen, den man mit einer doppelten Dosis

Aspirin und Konterbier bekämpft, damit man ausgehen und wieder von vorne anfangen kann. Niemand isst, niemand schläft (Ohnmacht ist an die Stelle von Schlaf getreten), niemand hat Spaß und niemand tut irgendetwas, das auch nur im Geringsten nach anständiger Arbeit aussieht. Scudder schleppt sich mit grimmiger Miene durch eine alptraumhafte Stadtlandschaft, die in *Die Sünden der Väter* nur angedeutet wird; ein Mann, der an kaum etwas anderes als den nächsten Drink denken und der nichts als Schmerz fühlen kann.

Diese frühen Romane – von *Die Sünden der Väter* bis zu *When the Sacred Ginmill Closes* – zeichnen ein teuflisch genaues Portrait eines fehlerbehafteten und süchtigen Charakters, der auf rostigen Schienen auf das unvermeidlich böse Ende zurast. Die Sorgfalt, mit der Block Scudders zentrales Problem tief aus dem Hintergrund bis ganz in den Vordergrund bringt, wo es dann fast alles verschlingt, ist außerordentlich. Weit davon entfernt, eine Katze zu sein, handelt es sich bei Scudders Alkoholismus um einen Archetypus der Gattung, den Block dazu nutzt, den Mythos des trinkfesten Detektivs zu seinem logischen Schluss zu führen. Blocks Einzelgänger entspricht den romantischen Untertönen der Gattung, aber er hat genauso viel von Dorian Grey wie von Travis McGee. Block hat den Teil des Mythos, der ebenso Klischee wie Wunscherfüllung ist, beiseitegelegt und ihn durch etwas ersetzt, das sehr viel glaubwürdiger ist. Das Ergebnis ist eine Reihe von Büchern, die genau genommen ein einziges sind – eine urban-alkoholkranke moderne Version der *Pilgerreise* –, mit einer Figur, die ganz und gar über die Gattung hinauswächst, der sie entsprungen ist.

−4−

Trockene Alkoholiker, die Treffen der Anonymen Alkoholiker besuchen, sprechen von sich selbst nie als »geheilt«, sondern immer als »genesend«. Wie dem auch sei, der Fusel wird schrittweise zu einem immer geringeren Problem für den Alkoholiker, wenn er damit aufhört, sich ihn in den

Rachen zu schütten. Das gilt auch für Scudder, und im bislang letzten Roman ist das Problem wieder zu dem geworden, was es in *Die Sünden der Väter* war: eine kleine Wolke, ungefähr so groß wie eine Männerhand. Ich habe einmal gehört, wie Larry Block eingeräumt hat, dass er sich nicht sicher war, ob es für Scudder ein Leben nach dem Alkohol geben würde, und der erste Roman, der auf Scudders Eingeständnis seines Problems folgte, schien wie eine Bestätigung der Unsicherheit des Autors, wie es weitergehen würde ... und ob es das überhaupt sollte. Dieses Buch war *When the Sacred Ginmill Closes*, ein Rückblick auf Scudders versoffenste Zeit.

Am Ende war das, was Scudder davor gerettet hat, der großen Vergessenheit der Schreibblockade (unter uns Männern und Frauen vom Fach manchmal auch unter der Fachbezeichnung Was-zum-Teufel-passiert-als-nächstes-Krankheit bekannt) anheim zu fallen, genau das, was ihn ursprünglich geschaffen hat - jene Tugenden der klaren Sicht, der gemäßigten Mischung aus Realismus und Zynismus und der verstörenden Untertöne von Verzweiflung und Verlust, die nahelegen, dass Scudder immer am Rand eines mit Wahnsinn gefüllten Abgrunds entlangspaziert.

»Seien Sie nicht dämlich«, sagt er einem jungen Polizisten, der sich weigert, ein paar Dollar für die Informationen, die er Scudder gegeben hat, anzunehmen. Und als ihn der Polizist erstaunt anblickt, verdeutlicht Scudder es ihm so, wie nur er es kann: »Das ist keine Bestechung. Es ist sauberes Geld. Sie haben jemandem einen Gefallen getan und damit ein paar Dollar verdient ... Denken Sie darüber nach. Wenn Ihnen jemand Geld in die Hände drücken will und Sie es ablehnen, werden Sie eine Menge Leute sehr nervös machen ... Sie müssen das Spiel mit den Karten spielen, die Sie erhalten. Nehmen Sie das Geld.«

»Herrgott«, keucht der Junge ... aber er nimmt das Geld.

Das ist ein fast perfektes Beispiel für hartgesottene Philosophie in der Praxis, aber wenn es von Matt Scudder kommt, von einem Agnostiker, der dennoch zehn Prozent seiner Einnahmen an Kirchen gibt, deren Gott er nicht traut, dann besitzt dies einen Beigeschmack ruheloser Ambiguität. Das ist nichts, für das Lawrence Block in der Trickkiste wühlt, und es ist ganz bestimmt keine Katze. Aber es ist ein exzellentes Stück Literatur.

Das mindeste, was *Die Sünden der Väter* erreichen wird, ist, neue Leser mit einer unverwechselbaren Stimme der amerikanischen Literatur vertraut zu machen, und mit einer Figur, die den Wert der Gattung, der sie entsprungen ist, bestätigt. Es ist ein Stück Literatur, das glanzvoll um seiner selbst willen existiert und ausdrücklich diese langlebigere gebundene Ausgabe verdient hat. Noch etwas – wenn sie daran ebenso viel Freude haben wie ich beim erneuten Lesen, denken Sie daran, dass dies nur der Punkt ist, an dem Matt Scudders lange, manchmal schmerzhafte, aber immer interessante Reise beginnt.

3. Oktober 1991
Center Lowell, Maine

Die Sünden der Väter

1. Kapitel

Er war ein stattlicher Mann, etwa so groß wie ich, aber mit etwas mehr Fleisch auf den ausladenden Knochen. Seine geschwungenen und markanten Augenbrauen waren noch schwarz. Das Haar hingegen war eisengrau und glatt nach hinten gekämmt, was seinem gewaltigen Schädel ein löwenartiges Aussehen verlieh. Er hatte eine Brille getragen, die nun auf dem Eichentisch zwischen uns lag. Seine dunklen braunen Augen suchten auf meinem Gesicht nach geheimen Botschaften. Falls er welche fand, ließ sich das in den Augen nicht erkennen. Seine Gesichtszüge waren streng gemeißelt – eine Adlernase, ein voller Mund, ein zerklüftetes Kinn –, aber der Gesamteindruck des Gesichts war der einer unbeschriebenen Steintafel, die nur darauf wartete, dass jemand Gebote in sie einritzte.

Er sagte: »Ich weiß nicht viel über Sie, Scudder.«

Ich wusste einiges über ihn. Er hieß Cale Hanniford, war Mitte fünfzig. Er lebte oben in Utica, wo er einen Medikamentengroßhandel leitete und Immobilien besaß. Sein Lincoln stammte aus dem Vorjahr und parkte draußen am Bordstein. Er hatte eine Ehefrau, die in einem Zimmer im Carlyle Hotel auf ihn wartete.

Er hatte eine Tochter, die in einem kalten Stahlschubfach im städtischen Leichenschauhaus lag.

»Es gibt nicht viel zu wissen«, sagte ich. »Ich war mal Polizist.«

»Ein hervorragender sogar, laut Lieutenant Koehler.«

Ich zuckte mit den Schultern.

»Und jetzt sind sie Privatdetektiv.«

»Nein.«

»Ich dachte–«

»Privatdetektive haben eine Lizenz. Sie zapfen Telefone an und beschatten Menschen. Sie füllen Formulare aus, bewahren Unterlagen auf und so weiter. Ich mache solche Sachen nicht. Manchmal tue ich Leuten einen Gefallen. Und sie geben mir Geschenke.«

»Ich verstehe.«

Ich nahm einen Schluck Kaffee. Ich trank Kaffee, der mit Bourbon aufgepeppt war. Hanniford hatte ein Glas Dewar's mit Wasser vor sich stehen, schien sich aber nicht sonderlich dafür zu interessieren. Wir befanden uns im Amstrong's, einer anständigen Kneipe mit dunklen Holzwänden und einer Decke aus gestanztem Blech. Es war zwei Uhr nachmittags am zweiten Dienstag im Januar und wir hatten das Lokal so ziemlich für uns alleine. Ein paar Krankenschwestern aus dem Roosevelt Hospital kümmerten sich um ihre Biere am anderen Ende des Tresens und ein junger Typ mit der Andeutung eines Barts aß einen Hamburger an einem der Fenstertische.

Er sagte: »Es fällt mir schwer, Ihnen zu erklären, was Sie für mich tun sollen, Scudder.«

»Ich bin mir nicht sicher, ob es irgendetwas gibt, das ich für Sie tun könnte. Ihre Tochter ist tot. Daran kann ich nichts ändern. Der Typ, der sie getötet hat, wurde an Ort und Stelle verhaftet. Nach dem, was ich in der Zeitung gelesen habe, könnte es auch dann nicht eindeutiger sein, wenn jemand den Mord gefilmt hätte.« Sein Gesicht verdunkelte sich; er sah jetzt diesen Film, das Schneiden des Messers. Ich fuhr schnell fort: »Man hat ihn aufgegriffen, ihn verhaftet und ihn in das Tombs gesteckt. Das war am Donnerstag, nicht wahr?« Er nickte. »Und am Samstagmorgen fand man ihn aufgeknüpft in seiner Zelle. Fall abgeschlossen.«

»Ist das ihre Ansicht? Dass der Fall abgeschlossen ist?«

»Vom polizeilichen Standpunkt aus betrachtet, ja.«

»Das ist nicht das, was ich gemeint habe. Natürlich muss die Polizei das so sehen. Man hat den Mörder gefasst und er hat sich der Bestrafung entzogen.« Er beugte sich vor. »Aber es gibt Dinge, die ich wissen muss.«

»Zum Beispiel?«

»Ich will wissen, warum sie umgebracht wurde. Ich will wissen, wer sie war. Ich hatte seit drei Jahren keinen richtigen Kontakt mehr mit Wendy. Herrgott, ich war mir nicht einmal sicher, dass sie überhaupt in New York lebt.« Seine Augen wichen meinem Blick aus. »Es heißt, sie wäre ohne Job gewesen. Keine ersichtliche Einnahmequelle. Ich habe das Gebäude gesehen, in dem sie gewohnt hat. Ich wollte in ihr Apartment hochgehen, aber ich konnte es nicht. Die Miete betrug fast vierhundert Dollar im Monat. Was schließen Sie daraus?«

»Dass es einen Mann gab, der ihre Miete bezahlt hat.«

»Sie hat sich das Apartment mit diesem Vanderpoel geteilt. Dem Kerl, der sie umgebracht hat. Er hat für einen Antiquitätenimporteur gearbeitet. Er hat so um die hundertfünfundzwanzig Dollar in der Woche verdient. Wenn ein Mann sie als seine Geliebte ausgehalten hat, hätte er doch nicht zugelassen, dass Vanderpoel bei ihr wohnt, oder?« Er atmete tief ein. »Ich denke, es ist ziemlich offensichtlich, dass sie eine Prostituierte war. Die Polizei hat mir das nicht in diesen Worten mitgeteilt. Man war taktvoll. Die Zeitungen waren etwas weniger taktvoll.«

So wie sie es normalerweise sind. Und der Fall war genau von der Art, mit der sich die Zeitungen gerne beschäftigen. Das Mädchen war attraktiv, der Mord hatte sich im Village ereignet und er ließ sich mit Sex in Verbindung bringen. Außerdem war Richard Vanderpoel mit ihrem Blut beschmiert, als man ihn auf der Straße schnappte. Kein Lokalredakteur, der sein Geld wert war, würde sich so etwas entgehen lassen.

Er sagte: »Scudder? Verstehen Sie, warum der Fall für mich nicht abgeschlossen ist?«

»Ich vermute, ja.« Ich zwang mich dazu, ihm tief in die dunklen Augen zu blicken. »Der Mord war für Sie wie eine Tür, die begann, sich zu öffnen. Nun müssen Sie wissen, was sich in dem Raum dahinter befindet.«

»Dann verstehen Sie mich.«

Das tat ich. Und ich wünschte, es wäre nicht so gewesen. Ich hatte den Job nicht gewollt. Ich arbeite so unregelmäßig wie möglich. Es bestand zu dem Zeitpunkt keine Notwendigkeit für mich zu arbeiten. Ich brauche nicht viel Geld. Mein Zimmer ist billig, meine täglichen Ausgaben sind niedrig. Zudem hatte ich keinen Grund, eine Abneigung gegen den Mann zu hegen. Es fiel mir schon immer leichter, Geld von Männern zu nehmen, gegen die ich eine Abneigung habe.

»Lieutenant Koehler hat nicht verstanden, was ich will. Ich bin ziemlich sicher, dass er mir Ihre Nummer nur gab, um mich auf höfliche Weise loszuwerden.« Das war nicht der einzige Grund, aber ich ließ es unkommentiert. »Aber ich muss diese Dinge wirklich wissen. Wer war sie? Was ist aus ihr geworden? Und warum würde jemand sie umbringen wollen?«

Warum will überhaupt jemand jemanden umbringen? Jeden Tag kommt es zu vier oder fünf Morden in New York. Während einer heißen Woche im letzten Sommer stieg die Zahl auf dreiundfünfzig. Menschen töten ihre Freunde, ihre Verwandten, ihre Geliebten. Ein Mann auf Long Island führte seinen älteren Kindern Karate vor, indem er seine zweijährige Tochter in Stücke hieb. Warum tun die Menschen solche Dinge?

Kain sagte, dass er nicht Abels Hüter sei. Waren das die beiden einzigen Möglichkeiten, Hüter oder Mörder?

»Werden Sie für mich arbeiten, Scudder?« Er brachte ein kleines Lächeln zustande. »Lassen Sie es mich anders ausdrücken. Werden Sie mir den Gefallen tun? Und es wäre wirklich ein Gefallen.«

»Ich frage mich, ob das stimmt.«

»Was wollen Sie damit sagen?«

»Diese offene Tür. Vielleicht gibt es Dinge dahinter, die Sie nicht sehen möchten.«

»Dessen bin ich mir bewusst.«

»Und deshalb müssen Sie da hineinblicken.«

»Das ist richtig.«

Ich trank meinen Kaffee aus. Ich stellte die Tasse auf den Tisch und atmete tief ein. »Ja«, sagte ich. »Ich werde einen Versuch wagen.«

Er lehnte sich in seinen Stuhl zurück, brachte eine Packung Zigaretten zum Vorschein und zündete sich eine an. Es war seine erste, seit er hereingekommen war. Manche Menschen greifen zu Zigaretten, wenn sie unter

Anspannung stehen, andere, wenn die Spannung nachlässt. Er war nun lockerer und sah aus, als ob er der Ansicht wäre, etwas vollbracht zu haben.

Vor mir stand eine neue Kaffeetasse und ich füllte ein paar Seiten in meinem Notizbuch. Hanniford nippte noch immer an seinem ersten Drink. Er erzählte mir eine Menge Sachen, die ich niemals über seine Tochter hätte wissen müssen. Aber alles, was er sagte, konnte sich als wichtig erweisen, und es war unmöglich zu erraten, was es sein würde. Ich hatte vor langer Zeit gelernt, mir alles anzuhören, was ein Mann zu sagen hatte.

Also erfuhr ich, dass Wendy ein Einzelkind gewesen war, dass sie auf der Highschool gute Noten gehabt hatte, dass sie bei ihren Klassenkameraden beliebt gewesen, aber nicht viel mit Jungs ausgegangen war. Ich war dabei, mir ein Bild des Mädchens zu machen; ein Bild, das noch nicht ganz scharf war. Irgendwann würde ich es mit dem einer Hure, die man aufgeschlitzt in einem Apartment im Village gefunden hatte, in Einklang bringen müssen.

Das Bild begann zu verschwimmen, als sie nach Indiana ging, um dort das College zu besuchen. Das war offenbar der Zeitpunkt, zu dem sie begann, sich zu entfremden. Sie studierte im Hauptfach Englisch, als Nebenfach Politik. Ein paar Monate, bevor sie ihren Abschluss machen sollte, packte sie ihre Koffer und verschwand.

»Das College hat uns kontaktiert. Ich machte mir große Sorgen, weil sie etwas Derartiges noch nie zuvor getan hatte. Ich wusste nicht, was wir tun sollten. Dann erhielten wir eine Postkarte. Sie befand sich in New York, hatte einen Job, es gab ein paar Dinge, die sie auf die Reihe bekommen müsste. Ein paar Monate später erhielten wir eine weitere Karte, diesmal aus Miami. Ich wusste nicht, ob sie dort hingezogen war oder nur Urlaub machte.«

Und dann kam nichts mehr, bis eines Tages das Telefon klingelte und sie erfuhren, dass Wendy tot war. Sie war siebzehn, als sie die Highschool abschloss, einundzwanzig, als sie das College schmiss, vierundzwanzig, als Richard Vanderpoel sie aufschlitzte. Sie sollte nicht älter werden.

Er fing an, mir Sachen zu erzählen, die ich später noch einmal detaillierter von Koehler erfahren würde. Namen, Adressen, Daten, Uhrzeiten. Ich ließ ihn reden. Etwas ließ mir keine Ruhe und ich gestattete, dass es in meinem Bewusstsein sein Unwesen trieb.

Er sagte: »Der Kerl, der sie umgebracht hat. Richard Vanderpoel. Er war jünger als sie. Er war erst zwanzig.« Er runzelte die Stirn, als er sich an etwas erinnerte. »Als ich hörte, was passiert war, wollte ich den Kerl umbringen. Ich wollte ihn mit meinen eigenen Händen töten.« Bei dem Gedanken daran ballte er die Hände zu Fäusten, dann öffnete er sie langsam wieder. »Aber nachdem er Selbstmord begangen hatte, ich weiß nicht recht, da ging etwas in mir vor. Mir wurde klar, dass auch er ein Opfer war. Sein Vater ist Pfarrer.«

»Ja, das ist mir bekannt.«

»Eine Kirche irgendwo in Brooklyn. Ich verspürte plötzlich den Impuls, mit dem Mann zu sprechen. Ich weiß nicht, was ich ihm sagen wollte. Was auch immer es war, nach kurzem Nachdenken wurde mir klar, dass ich dieses Gespräch niemals führen könnte. Und doch–«

»Sie wollten mehr über den Jungen erfahren. Um mehr über Ihre Tochter herauszufinden.« Er nickte.

Ich sagte: »Wissen Sie, was ein Phantombild ist, Mr. Hanniford? Sie haben vermutlich schon welche in der Zeitung gesehen. Wenn die Polizei einen Augenzeugen hat, benützen sie ein Set von Folien mit Gesichtsmerkmalen, um das komplette Gesicht eines Verdächtigen zusammenzusetzen. ›War die Nase so? Oder war sie eher so? Größer? Breiter? Was ist mit den Ohren? Welche dieser Ohren entsprechen ihm am ehesten?‹ Und so weiter, bis die Merkmale ein Gesicht ergeben.«

»Ja, ich weiß, wie das funktioniert.«

»Dann haben Sie wahrscheinlich auch schon wirkliche Fotos der Verdächtigen neben den Phantombildern gesehen. Es scheint nie eine wirkliche Ähnlichkeit zu geben, vor allem nicht für das ungeschulte Auge. Aber es gibt eine faktische Übereinstimmung und einem geschulten Polizisten ist sie sehr oft von großem Nutzen. Verstehen Sie, worauf ich hinauswill? Sie wollen Fotos von Ihrer Tochter und dem Kerl, der sie getötet hat. Ich bin nicht dazu in der Lage, Ihnen welche zu geben. Niemand kann das. Ich kann genug Fakten und Eindrücke ans Tageslicht bringen, um Phantombilder für Sie zusammenzusetzen, aber das Ergebnis wird vielleicht dem, was Sie wirklich wollen, nicht allzu ähnlich sein.«

»Ich verstehe.«

»Und Sie wollen trotzdem, dass ich mich der Sache annehme?«

»Ja. Auf jeden Fall.«

»Ich bin wahrscheinlich teurer als diese großen Detektivbüros. Die würden für Sie auf Stundenbasis oder für eine Tagespauschale arbeiten. Zuzüglich Spesen. Ich nehme einen gewissen Geldbetrag und decke davon meine Ausgaben. Ich mag keine Aufzeichnungen machen. Ich mag auch keine Berichte schreiben oder in regelmäßigen Abständen mit meinen Klienten Kontakt aufnehmen, obwohl es nichts mitzuteilen gibt, nur damit meine Auftraggeber glücklich sind.«

»Wieviel Geld wollen Sie?«

Ich weiß nie, wie ich den Preis festlegen soll. Wie berechnet man einen Wert für seine Zeit, wenn sie nur einen persönlichen Wert besitzt? Und wenn man sein Leben bewusst umgestaltet hat, um möglichst wenig mit dem Leben anderer Menschen in Berührung zu kommen, wieviel verlangt man dann von einem Mann, der einen dazu zwingt, im Leben anderer herumzuschnüffeln?

»Ich möchte jetzt zweitausend Dollar von Ihnen. Ich weiß nicht, wieviel Zeit es in Anspruch nehmen wird oder wann Sie entscheiden werden, dass Sie genug von diesem dunklen Raum gesehen haben. Vielleicht werde ich nach einiger Zeit, oder wenn die Sache abgeschlossen ist, mehr Geld von Ihnen verlangen. Natürlich bleibt Ihnen immer die Möglichkeit, mir nichts zu geben.«

Er lächelte unvermittelt. »Sie sind ein sehr außergewöhnlicher Geschäftsmann.«

»Vermutlich.«

»Ich musste noch nie einen Detektiv mit etwas beauftragen, also weiß ich nicht wirklich, wie das normalerweise abläuft. Haben Sie etwas gegen einen Scheck?«

Ich erklärte ihm, dass ein Scheck in Ordnung ginge, und während er ihn ausstellte, wurde mir klar, was mich vorhin beschäftigt hatte. Ich sagte: »Sie haben nach Wendys Verschwinden vom College keinen Detektiv engagiert?«

»Nein.« Er blickte hoch. »Es hat nicht lange gedauert, bis wir die erste der beiden Postkarten erhielten. Ich hatte mir natürlich überlegt, einen Detektiv zu beauftragen, aber als wir wussten, dass es ihr gut ging, verwarf ich den Gedanken.«

»Aber Sie wussten immer noch nicht, wo sie war und wie sie lebte.«

»Nein.« Er senkte die Augen. »Damit hängt es natürlich zusammen. Das ist der Grund, warum ich jetzt damit beschäftigt bin, den leeren Stall abzusperren.« Seine Augen suchten wieder die meinigen und ich sah etwas in ihnen, von dem ich mich abwenden wollte, aber nicht konnte. »Ich muss wissen, wie sehr ich mir selbst die Schuld geben muss.«

Dachte er wirklich, dass er darauf jemals eine Antwort bekommen würde? Oh, er konnte für sich eine Antwort finden, aber es würde nicht die richtige Antwort sein. Es gibt nie eine richtige Antwort auf diese unausweichliche Frage.

Er war mit dem Ausstellen des Schecks fertig und reichte ihn mir. Er hatte das Feld für meinen Namen frei gelassen. Er sagte mir, er vermute, ich wolle nicht, dass er meinen Namen eintrage. Ich antwortete ihm, dass es kein Problem darstelle, wenn der Scheck auf mich ausgestellt wäre. Er nahm noch einmal die Kappe von seinem Füllfederhalter und schrieb *Matthew Scudder* auf die entsprechende Linie. Ich faltete den Scheck und steckte ihn in meine Brieftasche.

Ich sagte: »Mr. Hanniford, es gibt etwas, das Sie weggelassen haben. Sie denken nicht, dass es wirklich wichtig ist, aber es könnte es doch sein, und Sie denken auch, dass es das sein könnte.«

»Woher wissen Sie das?«

»Instinkt, vermutlich. Ich habe viele Jahre damit verbracht, Leute zu beobachten, die sich entscheiden mussten, wie nahe sie der Wahrheit kommen wollen. Es gibt nichts, dass Sie mir erzählen *müssen*, aber–«

»Oh, es ist irrelevant, Scudder. Ich hab es nicht erwähnt, weil ich dachte, es gehört nicht hierher, aber – ach, zum Teufel. Wendy ist nicht meine leibliche Tochter.«

»Sie war adoptiert?«

»Ich habe sie adoptiert. Meine Frau ist Wendys Mutter. Wendys Vater starb, bevor sie geboren wurde. Er war ein Marine, er starb bei der Landung bei Incheon.« Er wandte wieder den Blick ab. »Ich habe Wendys Mutter drei Jahre später geheiratet. Ich habe Wendy von Anfang an so geliebt wie eine leibliche Tochter. Und als ich erfahren habe, dass ich selbst . . . nicht in der Lage bin, Kinder zu zeugen, war ich noch dankbarer für ihre Existenz. Nun? Ist das wichtig?«

»Ich weiß es nicht«, sagte ich. »Wahrscheinlich nicht.« Aber natürlich war es wichtig für mich. Dadurch wusste ich mehr über die Last der Schuld, die Hanniford auf sich geladen hatte.

»Sie sind nicht verheiratet, oder, Scudder?«

»Geschieden.«

»Haben Sie Kinder?«

Ich nickte. Er wollte etwas sagen, verzichtete dann aber darauf. Ich begann darauf zu warten, dass er sich verabschiedete. Er sagte: »Sie müssen ein sehr guter Polizist gewesen sein.«

»Ich war kein schlechter. Ich hatte die Instinkte eines Cops und ich lernte, wie man sich zu verhalten hat. Daraus bestehen mindestens neunzig Prozent des Jobs.«

»Wie lange waren Sie bei der Polizei?«

»Fünfzehn Jahre. Fast sechzehn.«

»Gibt es kein Ruhestandsgeld, wenn man zwanzig Jahre bleibt?«

»Das ist richtig.«

Er verzichtete darauf, die Frage zu stellen, und das war seltsamerweise noch irritierender, als wenn er es getan hätte.

Ich sagte: »Ich habe meinen Glauben verloren.«

»Wie ein Priester?«

»So ungefähr, ja. Nicht ganz genau, denn es kommt gar nicht so selten vor, dass ein Cop seinen Glauben verliert und trotzdem weiter bei der Polizei bleibt. Es gibt auch welche, die nie einen hatten. Es lief darauf hinaus, dass mir klar wurde, dass ich kein Cop mehr sein wollte.« Oder Ehemann. Oder Vater. Oder produktives Mitglied der Gesellschaft.

»Die allgegenwärtige Korruption in der Abteilung? Deshalb?«

»Nein, nein.« Die Korruption hatte mich nie gestört. Es wäre mir schwergefallen, meine Familie ohne sie zu ernähren. »Nein, es war etwas anderes.«

»Ich verstehe.«

»Wirklich? Zum Teufel, es ist kein Geheimnis. Es war eines Nachts im Sommer. Nach Dienstschluss war ich in einer Bar in Washington Heights, in der Cops auf Kosten des Hauses trinken durften. Zwei Typen überfielen die Bar. Auf dem Weg nach draußen erschossen sie den Barkeeper. Ich folgte ihnen auf die Straße. Ich erschoss einen der beiden und traf den anderen im Oberschenkel. Er wird nie wieder richtig laufen können.«

»Ich verstehe.«

»Nein, ich denke, das tun Sie nicht. Es war nicht das erste Mal, dass ich jemanden getötet hatte. Ich war froh, einen erwischt zu haben, und traurig, dass der andere es überleben würde.«

»Dann–«

»Eine meiner Kugeln ging daneben und wurde zu einem Querschläger. Sie traf ein siebenjähriges Mädchen ins Auge. Durch das Abprallen hatte die Kugel an Geschwindigkeit verloren. Ein paar Zentimeter höher und sie wäre wahrscheinlich von ihrer Stirn abgeprallt. Sie hätte eine hässliche Narbe hinterlassen, aber das wäre auch schon alles gewesen. So gab es jedoch nur weiches Gewebe und die Kugel drang direkt in ihr Gehirn ein. Man hat mir gesagt, dass sie auf der Stelle tot war.« Ich blickte auf meine Hände. Das Zittern war kaum wahrnehmbar. Ich nahm meine Tasse und trank sie aus. Ich sagte: »Die Frage der Schuld stellte sich nicht. Um genau zu sein, habe ich sogar eine Belobigung erhalten. Dann habe ich den Dienst quittiert. Ich wollte einfach kein Cop mehr sein.«

Ich saß noch ein paar Minuten still, nachdem er gegangen war. Dann machte ich Trina auf mich aufmerksam und sie brachte mir eine weitere Tasse Kaffee mit Schuss. »Dein Freund ist kein sonderlich großer Trinker.«

Ich stimmte ihr zu. Irgendetwas an meinem Tonfall musste sie alarmiert haben, denn sie setzte sich auf Hannifords Platz und legte ihre Hand einen Moment lang auf meine.

»Gibt's Probleme, Matt?«

»Nicht wirklich. Es gibt Dinge, die ich tun muss und lieber nicht tun würde.«

»Du würdest lieber hier sitzen und dich betrinken.«

Ich grinste sie an. »Wann hast du mich jemals betrunken gesehen?«

»Niemals. Und ich hab dich noch niemals gesehen, wenn du nicht getrunken hast.«

»Das ist ein netter Mittelweg.«

»Ist aber bestimmt nicht gut für dich, oder?«

Ich wünschte, sie würde meine Hand noch einmal berühren. Ihre Finger waren lang und feingliedrig, ihre Berührung kühl. »Nichts ist gut für irgendjemanden«, sagte ich.

»Kaffee und Alkohol. Eine sehr seltsame Mischung.«

»Ist das so?«

»Alk, um dich betrunken zu machen, und Kaffee, damit du nüchtern bleibst.«

Ich schüttelte den Kopf. »Kaffee hat noch nie jemanden nüchtern gemacht. Er hält einen nur wach. Wenn man einem Betrunkenen jede Menge Kaffee einflößt, bekommt man es mit einem hellwachen Betrunkenen zu tun.«

»Und das bist du, Süßer? Ein hellwacher Betrunkener?«

»Ich bin keins von beidem«, erklärte ich ihr. »Deshalb trinke ich weiter.«

Kurz nach vier ging ich zu meiner Bank. Ich zahlte fünfhundert Dollar auf mein Konto ein und steckte den Rest von Hannifords Geld in bar ein. Es war mein erster Besuch bei der Bank seit dem Jahreswechsel, weshalb sie auch Zinsen in meinem Sparbuch gutschrieben. Eine Maschine rechnete alles im Handumdrehen aus. Die Summe, um die es sich drehte, war kaum hoch genug, um zu rechtfertigen, dass die Maschine damit Zeit vergeudet hatte.

Ich ging die 57th Street zurück zur 9th Avenue, dann Richtung Norden vorbei am Armstrong's und dem Krankenhaus zur St. Paul's Church. Gerade ging eine Messe zu Ende und ich wartete draußen, bis ein paar Dutzend Menschen aus der Kirche herausgekommen waren. Die meisten von ihnen waren Frauen mittleren Alters. Dann ging ich hinein und steckte vier Fünfzig-Dollar-Scheine in die Almosenbüchse.

Ich zahle meinen Zehnten. Ich weiß nicht warum. Es ist mir zur Gewohnheit geworden, ebenso wie ich die Gewohnheit angenommen habe, Kirchen aufzusuchen. Ich fing damit an, kurz nachdem ich in mein Hotel eingezogen war.

Ich mag Kirchen. Ich mag es, dort zu sitzen, wenn ich über Dinge nachdenken muss. Ich nahm ungefähr in der Mitte des Seitenschiffs Platz. Ich vermute, ich saß dort etwa zwanzig Minuten, vielleicht auch ein bisschen länger.

Zweitausend Dollar von Cale Hanniford an mich, zweihundert Dollar von mir in die Almosenbüchse von St. Paul's. Ich weiß nicht, was sie mit dem Geld machen. Vielleicht wird es für Essen und Kleidung für arme Familien ausgegeben. Vielleicht kaufen sie damit Luxuslimousinen für den Klerus. Es ist mir egal, was sie damit tun.

Die Katholiken bekommen mehr von meinem Geld als alle anderen. Nicht, weil ich sie besonders mögen würde, sondern weil sie längere Öffnungszeiten haben. Die meisten protestantischen Kirchen sind unter der Woche geschlossen.

Es gibt noch einen großen Pluspunkt für die Katholiken. Man kann dort Kerzen anzünden. Auf meinem Weg nach draußen zündete ich drei an: eine für Wendy Hanniford, die niemals ihren fünfundzwanzigsten

Geburtstag feiern würde, und eine für Richard Vanderpoel, der niemals seinen einundzwanzigsten feiern würde. Und, natürlich, eine für Estrellita Rivera, die niemals ihren achten feiern würde.

2. Kapitel

Das Sechste Revier befindet sich in der West 10th Street. Eddie Koehler saß in seinem Büro und las Berichte, als ich dort ankam. Er schien nicht überrascht über meinen Besuch. Nachdem er ein paar Papiere zur Seite geschoben hatte, nickte er in Richtung des Stuhls neben seinem Schreibtisch. Ich nahm Platz und beugte mich vor, um seine Hand zu schütteln. Zwei Zehner und ein Fünfer fanden reibungslos ihren Weg von meiner Hand in die seine.

»Du siehst aus, als ob du einen neuen Hut gebrauchen könntest«, sagte ich ihm.

»Das stimmt. Etwas, das ich immer gebrauchen kann, ist ein neuer Hut. Wie fandst du Hanniford?«

»Armes Schwein.«

»Ja, das trifft zu. Es ist alles so schnell passiert, dass er nur mit offenem Mund dastehen kann. Das ist es, was ihn fertigmacht, musst du wissen. Der zeitliche Aspekt. Wenn wir eine Woche oder einen Monat gebraucht hätten, um eine Verhaftung vorzunehmen, oder wenn es eine Verhandlung geben würde, die sich über ein Jahr oder so hinzieht – dann würde die Angelegenheit für ihn andauern und er hätte die Möglichkeit, sich an das zu gewöhnen, was passiert ist, während alles noch im Fluss ist. Aber so, Schlag auf Schlag, eins gleich nach dem anderen ... Der Mörder ist schon in der Zelle, bevor Hanniford überhaupt weiß, dass seine Tochter umgebracht wurde. Und bis er in die Gänge kommt, hat sich der Kerl auch schon aufgehängt, und Hanniford kann sich nicht daran gewöhnen, weil er keine Zeit dazu hatte.« Koehler blickte mich spekulierend an. »Deshalb dachte ich, dass sich ein alter Kumpel dabei ein paar Dollar verdienen könnte.«

»Warum nicht?«

Er nahm eine erloschene Zigarre aus dem Aschenbecher und zündete sie wieder an. Er hätte sich auch eine neue leisten können. Das Sechste Revier hatte viel zu tun und über seinen Schreibtisch liefen eine Menge Fälle. Er hätte es sich auch leisten können, Hanniford nach Hause zu schicken anstatt zu mir, damit ich ihm im Gegenzug fünfundzwanzig Dollar zustecken würde. Aber alte Gewohnheiten lassen sich schwer ablegen.

»Schnapp dir ein Klemmbrett, klapper die Nachbarschaft ab, stell ein paar Fragen. Du kannst eine Woche Arbeit abrechnen, ohne mehr als ein paar Stunden damit zu verschwenden. Zieh ihm hundert pro Tag plus Spesen aus der Tasche. Das ist fast ein Tausender für dich, um Himmels willen!«

Ich sagte: »Ich hätte gerne einen Blick in die Akte zu dem Fall geworfen.«

»Warum willst du so tun, als ob? Dort wirst du nichts finden, Matt. Der Fall war abgeschlossen, bevor er offen war. Wir hatten den verdammten Kerl in Handschellen, bevor wir überhaupt wussten, was er getan hatte.«

»Nur der Form halber.«

Er kniff fast unmerklich die Augen zusammen. Wir waren etwa im gleichen Alter, aber ich war früher zur Polizei gekommen und schon in den Kriminaldienst versetzt worden, als er noch auf der Akademie war. Jetzt sah Koehler sehr viel älter aus, seine Wangen hingen herab und sein Schreibtischjob hatte dafür gesorgt, dass sein Hintern breiter wurde. In seinen Augen lag etwas, das mir nicht gefiel.

»Zeitverschwendung, Matt. Warum willst du dir die Mühe machen?«

»Sagen wir, es ist meine Arbeitsweise.«

»Akten sind für Unbefugte nicht zugänglich. Das weißt du doch.«

Ich sagte: »Noch ein Hut für einen Blick in das, was du hast. Und ich will mit dem Polizisten reden, der die Verhaftung vorgenommen hat.«

»Ich könnte es in die Wege leiten, euch einander vorstellen. Aber ob er mit dir sprechen will, muss er selbst entscheiden.«

»Klar.«

· · ·

Zwanzig Minuten später befand ich mich allein in Koehlers Büro. Ich hatte fünfundzwanzig Dollar weniger in meiner Brieftasche und eine Aktenmappe auf dem Schreibtisch vor mir liegen. Es schien kein sonderlich gutes Preis-Leistungs-Verhältnis zu sein; ich erfuhr nicht viel mehr, als das, was ich ohnehin schon wusste.

Ganz oben lag der Bericht des Streifenpolizisten Lewis Pankow, der die Verhaftung vorgenommen hatte. Ich hatte schon lange keinen solchen Bericht mehr gelesen und er weckte Erinnerungen, von »Während ich im regulären Streifendienst zu Fuß in westlicher Richtung unterwegs war« bis zu »zu welchem Zeitpunkt der mutmaßliche Täter zur Inhaftierung an das städtische Männergefängnis überstellt wurde«. Der Polizeijargon ist etwas ganz Besonderes.

Ich las Pankows Bericht mehrmals und machte mir dabei Notizen. Im Großen und Ganzen ergab er, wenn man ihn übersetzte, ein relativ klares Bild der Fakten. Um achtzehn nach vier war Pankow in der Bank Street in westlicher Richtung gegangen. Er hatte einen Tumult gehört und war kurz darauf Leuten begegnet, die ihm sagten, dass in der Bethune Street ein Verrückter sei, der blutbeschmiert auf der Straße herumtanze. Pankow rannte um die Ecke in die Bethune Street, wo er den »mutmaßlichen Übeltäter, der im Anschluss als Richard Vanderpoel, wohnhaft 194 Bethune Street, identifiziert wurde« vorfand, wie er »in unordentlicher Kleidung und mit etwas beschmiert, das Blut zu sein schien, lautstark Obszönitäten von sich gab und Passanten seine Genitalien zeigte.«

Pankow legte ihm klugerweise Handschellen an und fand heraus, wo er wohnte. Er führte den Verdächtigen zwei Stockwerke die Treppe hoch und in das Apartment, in dem Vanderpoel mit Wendy Hanniford gelebt hatte. Dort fand er Wendy Hanniford »allem Anschein nach tot, unbekleidet und mit Schnitten verunstaltet, die allem Anschein nach durch eine scharfe Waffe herbeigeführt worden waren.«

Pankow meldete die Sache ans Revier und die übliche Maschinerie wurde in Bewegung gesetzt. Der Rechtsmediziner kam vorbei, um zu bestätigen, was Pankow bereits festgestellt hatte – dass Wendy in der Tat tot war. Die Fotografen machten ihre Aufnahmen, mehrere von dem blutbespritzten Apartment und ziemlich viele von Wendys Leiche.

Es war unmöglich zu sagen, wie sie ausgesehen hatte, als sie noch am Leben gewesen war. Todesursache war übermäßiger Blutverlust und Lady Macbeths Worte schienen Bestätigung zu finden: Es war schwer sich vorstellen, wieviel Blut ein Mensch verlieren kann, wenn er stirbt. Man kann einen Eispickel in das Herz eines Menschen schlagen und auf der Vorderseite seines Hemds wird sich gerade mal ein Blutstropfen zeigen, aber Vanderpoel hatte ihr in die Brüste, die Oberschenkel, den Bauch und den Hals geschnitten, und das Bett war ein Ozean von Blut.

Nachdem sie die Leiche fotografiert hatten, schafften sie sie für die Autopsie weg. Ein Dr. Jainchill vom Gerichtsmedizinischen Institut hatte die komplette Obduktion durchgeführt. Er stellte fest, dass es sich um eine Frau kaukasischer Abstammung in den Zwanzigern handelte; dass sie vor kurzem Geschlechtsverkehr gehabt hatte, sowohl oral als auch genital; dass sie dreiundzwanzig Schnittwunden aufwies, die von einem scharfen Instrument stammten, höchstwahrscheinlich einem Rasiermesser; dass es keine Stichwunden gab (was der Grund dafür sein mochte, dass er auf ein Rasiermesser tippte); dass verschiedene Venen und Arterien, die er gewissenhaft auflistete, im Rahmen dieser Misshandlung teilweise oder ganz durchtrennt worden waren; dass der Tod etwa gegen vier Uhr an diesem Nachmittag eingetreten war, zu- oder abzüglich zwanzig Minuten; und dass es seiner Meinung nach keinerlei Möglichkeit dafür gab, dass sich das Opfer die Wunden selbst zugefügt hatte.

Ich war stolz auf ihn, weil er hinsichtlich des letzten Punktes so unmissverständlich Stellung bezogen hatte.

Der Rest der Aktenmappe bestand aus verschiedenen Informationen, die später durch Kopien von Berichten anderer Teile der Maschinerie ergänzt werden würden. Es gab eine Notiz, die besagte, dass der Gefangene am Tag nach seiner Festnahme einem Richter vorgeführt und offiziell wegen Mordes angeklagt worden war. Ein anderes Memorandum enthielt den Namen des Pflichtverteidigers. Und eine weitere Notiz hielt fest, dass Richard Vanderpoel kurz vor sechs am Samstagmorgen tot in seiner Zelle aufgefunden worden war.

Im Laufe der Zeit würde die Aktenmappe dicker werden. Der Fall war zwar abgeschlossen, aber die Akte im Sechsten Revier würde weiter wachsen wie die Haare und Fingernägel einer Leiche es tun. Der Wächter, der in die Zelle geschaut und Richard Vanderpoel von der Dampfleitung hängen gesehen hatte, würde seine Beobachtungen aufschreiben. Selbiges würde der Mediziner tun, der ihn für tot erklärt hatte, ebenso wie der Mediziner, der jeden Zweifel daran ausgeräumt hatte, dass für den Tod des Gefangenen aneinandergebundene Streifen der Bettwäsche, die er sich um den Hals geknotet hatte, verantwortlich gewesen waren. Schließlich würde eine amtliche Untersuchung zu dem Schluss kommen, dass Wendy Hanniford von Richard Vanderpoel ermordet worden war und dass sich Richard Vanderpoel kurze Zeit später selbst das Leben genommen hatte. Das Sechste Revier und alle anderen, die mit dem Fall befasst waren, waren bereits zu diesem Schluss gekommen. Sie hatten diesen Beschluss bereits gefasst, bevor Vanderpoels Personalien aufgenommen worden waren.

Ich nahm ein paar der Dokumente erneut zur Hand und las sie noch einmal durch. Dazwischen studierte ich die Fotos. Das Apartment selbst schien nicht sonderlich in Mitleidenschaft gezogen worden zu sein, was vermuten ließ, dass sie ihren Mörder gekannt hatte. Ich ging noch einmal die Obduktion durch. Keine Hautfetzen unter Wendys Fingernägeln, keine offensichtlichen Hinweise auf einen Kampf. Prellungen im Gesicht? Ja. Also konnte sie bewusstlos gewesen sein, während sie aufgeschlitzt wurde.

Es hatte wahrscheinlich eine Weile gedauert, bis sie tot gewesen war. Wenn er ihr zuerst den Hals durchgeschnitten und die Ader dort sauber durchtrennt hätte, wäre es schnell gegangen. Aber sie hatte sehr viel Blut durch die Wunden an ihrem Oberkörper verloren.

Ich wählte ein Foto aus und steckte es in mein Hemd. Ich wusste nicht wirklich, warum ich es haben wollte, aber ich wusste, dass man es nicht vermissen würde. Ich kannte einmal einen Schreibtischpolizisten in Cobble Hill in Brooklyn, der sich von jedem grausigen Foto, das ihm unter die Finger kam, einen Abzug mit nach Hause nahm. Ich habe ihn nie gefragt, warum.

Ich hatte alle Dokumente wieder in der richtigen Reihenfolge in der Aktenmappe, als Koehler zurückkam. Er hatte sich eine neue Zigarre angezündet. Ich kam hinter seinem Schreibtisch hervor und er fragte mich, ob ich nun zufrieden war.

»Ich würde immer noch gerne mit Pankow reden.«

»Ich hab es schon arrangiert. Hab mir gedacht, dass du verdammt noch mal zu stur bist, deine Meinung zu ändern. Hast du irgendwas in dem Haufen finden können?«

»Woher soll ich das wissen? Ich weiß noch nicht mal, wonach ich suche. So wie ich es verstehe, ging sie anschaffen. Gibt es dafür Beweise?«

»Nichts Konkretes. Es gäbe wahrscheinlich etwas, wenn wir danach suchen würden. Teure Klamotten, ein paar hundert Dollar in ihrer Handtasche, keine offenkundigen Einnahmequellen. Worauf lässt das schließen?«

»Warum lebte sie mit Vanderpoel zusammen?«

»Er hatte eine dreißig Zentimeter lange Zunge.«

»Im Ernst. War er ihr Zuhälter?«

»Vermutlich.«

»Aber ihr hattet über keinen von beiden etwas in den Akten?«

»Nein. Keine Verhaftungen. Für uns haben sie offiziell nicht existiert, bis er sich dazu entschlossen hat, sie aufzuschlitzen.«

Ich schloss eine Minute lang die Augen. Koehler nannte meinen Namen. Ich blickte ihn an und sagte: »Nur ein Gedanke. Etwas, das du darüber gesagt hast, wie der zeitliche Ablauf Hanniford überwältigt hat. Da gibt es noch einen anderen Aspekt als den, den du meintest. Wenn sie von einem oder mehreren Unbekannten getötet worden wäre, müsstet ihr die letzten beiden Jahre ihres Lebens auf Objektträger legen und sie durch ein Mikroskop jagen. Aber es war vorbei, bevor es begonnen hatte, und deshalb ist es jetzt nicht eure Aufgabe, das zu tun.«

»Richtig. Deshalb ist es nun dein Job.«

»Mhm. Mit was hat er sie getötet?«

»Der Doc sagt mit einem Rasiermesser.« Er zuckte mit den Schultern. »Gut möglich.«

»Was ist mit der Mordwaffe passiert?«

»Ja, ich dachte mir, dass dir das nicht entgehen würde. Wir haben sie nicht gefunden. Dem solltest du aber nicht zu viel Bedeutung beimessen. Das Fenster stand offen, er könnte sie einfach hinausgeworfen haben.«

»Was ist außerhalb des Fensters?«

»Ein Luftschacht.«

»Habt ihr nachgesehen?«

»Mhm. Jemand könnte es eingesteckt haben. Jeder, der vorbeikam.«

»Habt ihr im Luftschacht nach Blutflecken gesucht?«

»Machst du Witze? Ein Luftschacht im Village? Die Leute dort pissen aus den Fenstern, schmeißen Tampons raus, Müll, alles Mögliche. In neun von zehn Luftschächten wirst du Blutflecken finden. Hättest du danach gesucht? Wenn der Mörder schon in der Zelle sitzt?«

»Nein.«

»Egal, vergiss den Luftschacht. Er rennt mit dem Fleischermesser in der Hand aus dem Apartment. Oder dem Rasiermesser, was auch immer es war. Er lässt es auf der Treppe fallen. Er rennt auf die Straße und lässt es auf den Bürgersteig fallen. Er schmeißt es in eine offene Mülltonne. Er lässt es in einen Gully fallen. Matt, es gibt keine Zeugen dafür, wie er aus dem Haus kam. Wir hätten welche auftreiben können, wenn es nötig gewesen wäre, aber der Hurensohn war sechsunddreißig Stunden, nachdem er das Mädchen kaltgemacht hatte, tot.«

Es lief immer wieder darauf hinaus. Ich erledigte die Arbeit, die die Polizei erledigt hätte, wenn es hätte sein müssen.

Aber Richard Vanderpoel hatte ihnen die Mühe erspart.

»Und wir wissen nicht, wann er auf die Straße gekommen ist«, fügte Koehler hinzu. »Zwei Minuten, bevor Pankow ihn schnappte? Zehn Minuten? Er hätte in der Zeit das Messer zerkauen und herunterschlucken können, so verrückt wie er war.«

»Gab es einen Rasierer in der Wohnung?

»Du meinst ein Rasiermesser? Nein.«

»Ich meine einen Rasierapparat.«

»Ja, er hatte einen elektrischen. Warum zum Teufel vergisst du die Sache mit dem Rasierer nicht? Du weißt, wie diese verdammten Obduktionen sind. Vor ein paar Jahren hatte ich eine, da hat dieses Arschloch von Gerichtsmediziner behauptet, dass das Opfer mit einer Axt getötet worden war. Wir hatten den Scheißkerl am Tatort mit einem Krockethammer in seiner Hand geschnappt. Jemand, der den Schaden, der angerichtet wird, wenn man einem den Schädel mit einer Axt spaltet, mit dem verwechselt, den ein Krockethammer anrichtet, ist auch nicht in der Lage, einen Schnitt mit einem Rasiermesser von einer Fotze zu unterscheiden.«

Ich nickte. Dann sagte ich: »Ich frage mich, warum er es getan hat.«

»Weil er den Verstand verloren hat, deshalb hat er es getan. Er ist die Straße hoch und runter gerannt, bespritzt mit ihrem Blut. Hat sich die Seele aus dem Leib gebrüllt und dabei der Welt seinen Schwanz gezeigt. Frag ihn, warum er es getan hat, und er würde es selbst nicht wissen.«

»Was für eine Welt.«

»Mann, bring mich nicht dazu, damit anzufangen. Diese Gegend wird immer schlimmer. Bring mich bloß nicht dazu, damit anzufangen.« Er nickte mir zu und wir verließen gemeinsam sein Büro und gingen durch den Dienstraum des Reviers. Beamte in Zivil und solche in Uniform saßen vor Schreibmaschinen und hämmerten mühsam Geschichten über mutmaßliche Missetäter und angebliche Übeltäter heraus. Eine Frau machte bei einem uniformierten Beamten eine Aussage auf Spanisch und unterbrach sie zeitweise, um zu weinen. Ich fragte mich, was sie getan hatte oder was ihr zugefügt worden war.

Ich konnte niemanden im Dienstraum sehen, den ich kannte.

Koehler sagte: »Hast du von Barney Segal gehört? Sie haben es endgültig gemacht. Er leitet das Siebzehnte.«

»Nun, er ist ein guter Mann.«

»Einer der besten. Wie lang bist du schon nicht mehr im Dienst, Matt?«

»Ein paar Jahre, denke ich.«

»Ja. Wie geht's Anita und den Jungs? Alles in Ordnung?«

»Es geht ihnen gut.«

»Dann habt ihr noch Kontakt?«

»Von Zeit zu Zeit.«

Als wir uns der Pforte näherten, räusperte er sich. »Denkst du jemals darüber nach, dir wieder die Marke anzustecken, Matt?«

»Niemals, Eddie.«

»Das ist eine Schande, weißt du das?«

»Man tut, was man tun muss.«

»Ja.« Er richtete sich zu seiner vollen Größe auf und kam wieder auf das Geschäftliche zurück. »Ich hab mit Pankow besprochen, dass er dich heute Abend gegen neun treffen wird. Er wird in einer Kneipe namens Johnny Joyce's sein. Sie ist in der 2nd Avenue, aber die Querstraße hab ich vergessen.

»Ich kenne den Laden.«

»Er ist dort bekannt, also frag einfach den Barkeeper, und er wird ihn dir zeigen. Pankow wird in seiner Freizeit dort sein, deshalb hab ich ihm versprochen, dass du dafür sorgen wirst, dass es sich für ihn lohnt.«

Und ihm zweifellos nahegelegt, nicht zu vergessen, einen Teil davon in die Taschen des Lieutenants fließen zu lassen. »Matt?« Ich drehte mich um. »Was zum Teufel willst du ihn fragen?«

»Ich will wissen, welche schmutzigen Ausdrücke Vanderpoel benutzt hat.«

»Im Ernst?« Ich nickte. »Ich denke, du bist genauso verrückt wie Vanderpoel«, sagte er mir. »Aber für den Preis eines Huts kannst du alle schmutzigen Ausdrücke der Welt zu hören bekommen.«

3. Kapitel

Die Bethune Street geht von der Hudson Street nach Westen zum Fluss hin ab. Sie ist eng und führt durch eine Wohngegend. Vor nicht allzu langer Zeit hatte man ein paar Bäume gepflanzt. Sie waren von kleinen Lattenzäunen umgeben, an denen Schilder die Hundebesitzer dazu aufriefen, den natürlichen Instinkten ihrer Tiere entgegenzuwirken: WIR LIEBEN UNSERE BÄUME / BITTE ZÜGELN SIE IHREN HUND. Bei Nummer 194 handelte es sich um ein renoviertes Haus aus rötlich braunem Sandstein mit einer Eingangstür in kunstrasengrüner Farbe. Es gab fünf Apartments, eines pro Stockwerk. An einer sechsten Klingel im Eingangsbereich stand »Hausmeister«. Ich klingelte und wartete.

Die Frau, die die Tür öffnete, war etwa fünfunddreißig. Sie trug ein weißes Männerhemd, dessen oberste Knöpfe offen standen, und fleckige, verblichene Jeans. Sie hatte die Figur eines Hydranten. Ihr Haar war kurz und schien willkürlich mit einer stumpfen Schere behandelt worden zu sein. Der Effekt war jedoch nicht unangenehm. Sie stand in der Tür, sah zu mir auf und entschied innerhalb von fünf Sekunden, dass sie einen Cop vor sich hatte. Ich nannte meinen Namen und erfuhr, dass sie Elizabeth Antonelli hieß. Ich sagte ihr, dass ich mit ihr sprechen wollte.

»Über was?«

»Die Mieter im zweiten Stock.«

»Scheiße. Ich dachte, die Angelegenheit ist abgeschlossen. Ich warte darauf, dass ihr endlich die Tür aufsperrt und die Sachen abtransportiert. Der Vermieter will, dass ich die Wohnung herzeige, und ich kann nicht mal hineinkommen.«

»Hängt immer noch ein Vorhängeschloss dran?«

»Redet ihr eigentlich nicht miteinander?«

»Ich bin nicht von der Polizei. Es geht um eine private Angelegenheit.«

Sie blickte mir tief in die Augen. Ich war ihr wohl sympathischer, weil ich kein Cop war, aber nun musste sie herausfinden, was ich wollte. Und wenn ich nicht in einer offiziellen Angelegenheit hier war, bedeutete das auch, dass sie nicht gezwungen war, ihre Zeit mit mir zu verschwenden.

Sie sagte: »Hören Sie, ich bin gerade beschäftigt. Ich bin Künstlerin, ich muss arbeiten.«

»Es wird schneller gehen, wenn Sie meine Fragen beantworten, als wenn Sie versuchen, mich loszuwerden.«

Sie dachte darüber nach. Dann drehte sie sich plötzlich um und ging in das Gebäude hinein. »Es ist schweinekalt da draußen«, sagte sie. »Kommen Sie mit runter, da können wir reden. Aber erwarten Sie nicht, dass ich viel Zeit für Sie habe.«

Ich folgte ihr die Treppe hinab in den Keller. Sie hatte einen einzigen großen Raum mit Küchenutensilien in einer Ecke und einem Feldbett an der Wand nach Westen. An der Decke verliefen freiliegende Rohre und elektrische Kabel. Sie fertigte Skulpturen an; mehrere Exemplare ihrer Kunst waren im Raum verteilt. Das Teil, an dem sie gerade arbeitete, bekam ich nicht zu sehen, da es mit einem feuchten Tuch verhüllt war. Die anderen Werke waren abstrakt und von wuchtiger Beschaffenheit, eine Schwere, die an Meeresungeheuer erinnerte.

»Ich werde nicht in der Lage sein, Ihnen viel zu erzählen«, sagte sie. »Ich arbeite als Hausmeisterin, weil dadurch meine Miete niedriger ist. Ich bin praktisch veranlagt, kann die meisten Dinge reparieren, wenn sie kaputtgehen, und bin fies genug, Leute anzubrüllen, wenn sie mit der Miete im Rückstand sind. Die meiste Zeit bin ich für mich allein. Ich interessiere mich nicht sehr für das, was im Haus vor sich geht.«

»Kannten Sie Vanderpoel und Miss Hanniford?«

»Vom Sehen.«

»Wann sind die beiden eingezogen?«

»Sie war schon hier, als ich eingezogen bin, und im April wohne ich seit zwei Jahren hier. Ich denke, er ist vor etwas mehr als einem Jahr bei ihr eingezogen. Wenn ich mich richtig erinnere, war es kurz vor Weihnachten.«

»Also sind sie nicht zusammen eingezogen?«

»Nein. Sie hatte sich zuvor die Wohnung mit jemand anderem geteilt.«

»Mit einem Mann?«

»Mit einer Frau.«

Sie hatte keine Unterlagen und kannte den Namen von Wendys früherer Mitbewohnerin nicht. Sie gab mir den Namen und die Adresse des Vermieters. Ich fragte sie, an was sie sich im Zusammenhang mit Wendy erinnerte.

»Da gibt's nicht viel. Ich bemerke Leute nur, wenn sie Probleme machen. Sie feierte nie laute Partys und drehte die Musik auch nicht zu laut. Ich war ein paar Mal in ihrem Apartment. Das Ventil der Schlafzimmerheizung war hinüber und es war zu heiß, weil sie die Heizung nicht mehr regulieren konnten. Ich hab ein neues Ventil eingebaut. Das war vor ein paar Monaten.«

»Hielten sie das Apartment in Ordnung?«

»Sehr sauber. Sehr ansprechend. Der Fensterrahmen war gestrichen und die Wohnung war nett eingerichtet.« Sie dachte einen Augenblick lang nach. »Ich denke, dass er vielleicht dafür verantwortlich war. Ich war in der Wohnung, bevor er einzog, und ich glaube, mich erinnern zu können, dass es damals noch nicht so nett war. Er war irgendwie künstlerisch veranlagt.«

»Haben Sie gewusst, dass sie eine Prostituierte war?«

»Ich weiß es immer noch nicht. In den Zeitungen stehen ziemlich viele Lügen.«

»Denken Sie, dass sie keine war?«

»Ich habe in dieser Hinsicht keine Meinung. Es gab niemals Beschwerden über sie. Andererseits hätte sie auch täglich zehn Typen bei sich oben haben können, ohne dass ich es mitbekommen hätte.«

»Hatte sie Besucher?«

»Wie ich Ihnen gerade gesagt habe, ich hätte es nicht mitbekommen.

Die Leute müssen nicht an mir vorbei, um nach oben zu gelangen.«

Ich fragte sie, wer sonst noch in dem Gebäude wohnte. Es gab fünf Wohnungen, die jeweils ein Stockwerk einnahmen, und sie gab mir die Namen der jeweiligen Bewohner. Ich könnte mit ihnen sprechen, wenn sie mit mir sprechen wollten, sagte sie. Aber nicht mit dem Paar im obersten Stockwerk – das befand sich in Florida und würde erst Mitte März zurückkehren.

»Ist das alles?«, fragte sie. »Ich muss mit meiner Arbeit weitermachen.« Sie ließ die Finger knacken, was ihre Ungeduld, wieder zum Ton zurückkehren zu können, unterstrich.

Ich sagte ihr, dass sie mir eine große Hilfe gewesen war.

»Ich denke nicht, dass ich Ihnen viel Nützliches gesagt habe.«

»Es gibt noch etwas, das Sie mir sagen könnten.«

»Was?«

»Sie haben die beiden nicht wirklich gekannt, weder sie noch ihn, und ich verstehe, dass Sie sich nicht sehr für die Leute in diesem Gebäude interessieren. Aber jeder bekommt unweigerlich einen Eindruck von Menschen, die man über einen längeren Zeitraum hinweg regelmäßig sieht. Sie müssen eine Art Bild von ihnen gehabt haben, irgendein Gefühl, das über bloßes Faktenwissen hinausging. Vermutlich wurde es von dem, was letzte Woche passiert ist und was Sie über die beiden erfahren haben, verdrängt, aber ich möchte gerne wissen, welchen Eindruck Sie von ihnen hatten.«

»Was würde Ihnen das nützen?«

»Es würde mir einen Eindruck davon vermitteln, wie sie für menschliche Augen aussahen. Und Sie sind Künstlerin, Sie haben Empfindungsvermögen.«

Sie kaute an einem Fingernagel. »Ja, ich verstehe, was Sie meinen«, sagte sie nachdem sie einen Moment lang nachgedacht hatte. »Ich weiß nur nicht, wo ich ansetzen soll.«

»Sie waren überrascht, dass er sie getötet hat.«

»Wer wäre das nicht gewesen?«

»Weil es verändert hat, wie Sie sie sahen. Wie haben Sie sie gesehen?«

»Nur als Mieter, ganz gewöhnliche – halt, warten Sie. Okay, Sie haben etwas angestoßen. Ich hab es noch nie in Worte gefasst, aber wissen Sie, wie ich sie gesehen habe? Wie Bruder und Schwester.«

»Bruder und Schwester?«

»Richtig.«

»Warum?«

Sie schloss die Augen und runzelte die Stirn. »Ich kann es nicht genau beschreiben«, sagte sie. »Vielleicht wegen der Weise, wie sie sich verhalten haben, wenn sie zusammen waren. Nichts, was sie *getan* haben. Nur die Schwingungen, die von ihnen ausgingen, der Eindruck, den man von ihnen hatte, wenn sie nebeneinander hergingen. Die Art, wie sie miteinander umgingen.«

Ich wartete.

»Noch etwas. Ich hab mich nicht wirklich damit beschäftigt, womit ich sagen will, dass ich nicht ausführlich darüber nachgedacht habe, aber ich bin irgendwie davon ausgegangen, dass er schwul war.«

»Warum?«

Sie hatte gesessen. Nun stand sie auf und ging zu einer ihrer Kreationen, mehreren gewölbten Ebenen in metallischem Blaugrau, größer und breiter als sie selbst. Sie hatte sich von mir abgewandt und fuhr eine der gekrümmten Oberflächen mit ihren kurzen Fingern nach.

»Der körperliche Eindruck, vermute ich. Eigenheiten. Er war groß und schlank, er sprach sehr gewählt. Man sollte meinen, dass ich die letzte wäre, die so denkt. Mit meiner Figur und den kurzen Haaren. Ich arbeite mit meinen Händen und ich kenne mich mit elektrischen und mechanischen Dingen aus. Die Leute denken oft, dass ich lesbisch bin.« Sie drehte sich zu mir um und ihre Augen blickten mich herausfordernd an. »Ich bin es nicht«, sagte sie.

»War es Wendy Hanniford?«

»Woher soll ich das wissen?«

»Sie haben vermutet, dass Vanderpoel schwul gewesen sein könnte. Hatten Sie bei ihr nicht dieselbe Vermutung?«

»Oh, ich dachte – nein, ich bin mir sicher, dass sie es nicht war. Ich kann normalerweise an der Art, wie sich eine Frau mir gegenüber verhält, erkennen, ob sie lesbisch ist. Nein, ich bin davon ausgegangen, dass sie hetero war.«

»Und Sie sind davon ausgegangen, dass er es nicht war.«

»Richtig.« Sie blickte zu mir hoch. »Und wollen Sie was wissen? Ich denke *noch immer*, dass er eine Schwuchtel war.«

4. Kapitel

Ich aß bei einem Italiener in der Greenwich Avenue zu Abend, dann suchte ich ein paar Bars auf, bevor ich mit dem Taxi hinüber zu Johnny Joyce's fuhr. Ich sagte dem Barkeeper, dass ich nach Lewis Pankow suchte, und wurde in eine Nische im hinteren Teil der Kneipe geschickt.

Ich hätte ihn auch ohne Hilfe finden können. Er war großgewachsen und flachsblond, hatte ein offenes Gesicht und war frisch rasiert. Als ich mich näherte, erhob er sich. Er trug Zivilkleidung, einen grauen Glencheck-Anzug, der nicht sehr teuer gewesen sein dürfte, ein zartblaues Hemd, eine gestreifte Krawatte. Ich sagte ihm, dass ich Scudder sei, und er sagte, er sei Pankow; er streckte die Hand aus und ich schüttelte sie. Ich setzte mich ihm gegenüber und bestellte einen doppelten Bourbon, als der Kellner vorbeikam. Pankow hatte ein halbvolles Bierglas vor sich stehen.

Er sagte: »Der Lieutenant hat gesagt, dass Sie mit mir sprechen wollen. Ich tippe, es ist wegen dem Hanniford-Mord?«

Ich nickte. »Verdammt guter Fang für Sie.«

»Ich hatte Glück. Zum richtigen Zeitpunkt am richtigen Ort.«

»Es wird sich in Ihrer Akte gut machen.«

Er errötete.

»Wahrscheinlich werden Sie dafür auch eine Belobigung bekommen.«

Die Rötung wurde dunkler. Ich fragte mich, wie alt er war. Ich erinnerte mich an seinen Bericht und kam zu dem Schluss, dass er in einem Jahr oder so zum Detective dritten Grades befördert werden würde.

Ich sagte: »Ich habe Ihren Bericht gelesen. Er war sehr detailliert, aber es gibt ein paar Dinge, auf die Sie nicht eingehen konnten. Als Sie zu Vanderpoel kamen, befand der sich ungefähr zwei Häuser von dem Gebäude entfernt, in dem der Mord passiert war. Was hat er dort genau gemacht? Ist er herumgetanzt? Ist er gerannt?«

»Er stand mehr oder weniger an einer Stelle. Aber er hat sich wie ein Wilder bewegt. Als ob er sehr viel Energie hätte, die er loswerden müsste. So, wie wenn man zu viel Kaffee trinkt und einem die Hand zu zittern beginnt. Aber bei ihm war der ganze Körper in diesem Zustand.«

»Sie haben geschrieben, dass seine Kleidung in Unordnung war. Wie genau?«

»Sein Hemdzipfel hing aus der Hose. Der Gürtel war geschlossen, aber die Hose war aufgeknöpft und der Reißverschluss stand offen. Sein Teil hing heraus.«

»Sein Penis?«

»Ja, sein Penis.«

»Hat er sich absichtlich entblößt?«

»Nun, er hing heraus. Er muss davon gewusst haben.«

»Aber er hat nicht an sich herumgemacht oder mit den Hüften gestoßen oder so etwas?«

»Nein.«

»Hatte er eine Erektion?«

»Ist mir nicht aufgefallen.«

»Sie haben seinen Schwanz gesehen und Ihnen ist nicht aufgefallen, ob er einen Steifen hatte oder nicht?«

Er wurde wieder rot. »Er hatte keinen.«

Der Kellner brachte meinen Drink. Ich griff danach und blickte in das Glas. Ich sagte: »Sie haben festgehalten, dass er Obszönitäten von sich gab.«

»Er hat sie geschrien. Ich hab ihn schon schreien gehört, bevor ich um die Ecke war.«

»Was hat er geschrien?«

»Sie wissen schon.«

Es war wirklich leicht, ihn in Verlegenheit zu bringen. Ich musste mich zurückhalten, ihn nicht anzuschnauzen. »Welche Wörter hat er benutzt?«, fragte ich.

»Ich mag sie nicht in den Mund nehmen.«

»Überwinden Sie sich.«

Er fragte, ob es wichtig sei, und ich antwortete, dass das möglich war. Er beugte sich vor und sprach mit leiser Stimme. »Mutterficker«, sagte er.

»Er hat einfach nur ›Mutterficker‹ gebrüllt?«

»Nicht genau.«

»Ich brauche die Worte, die er benutzt hat.«

»Ja, okay. Was er sagte, was er schrie, war: ›Ich bin ein Mutterficker, ich bin ein Mutterficker, ich habe meine Mutter gefickt.‹ Er hat das immer wieder gebrüllt.«

»Er sagte, dass er ein Mutterficker sei und seine Mutter gefickt habe?«

»Richtig, das hat er gesagt.«

»Was haben Sie gedacht?«

»Ich dachte mir, dass er verrückt sei.«

»Dachten Sie, dass er jemanden umgebracht hat?«

»Oh. Nein, das erste, was mir in den Sinn kam, war, dass er sich verletzt hatte. Er war über und über mit Blut beschmiert.«

»Seine Hände?«

»Überall. Seine Hände, sein Hemd, seine Hose, sein Gesicht, er war ganz mit Blut beschmiert. Zunächst dachte ich, dass er Schnittwunden hätte, aber dann sah ich, dass er in Ordnung war und dass das Blut von jemand anderem stammen musste.«

»Woher wussten sie das?«

»Ich wusste es einfach. Er war in Ordnung, es war nicht sein Blut, also musste es von jemand anderem stammen.« Er hob sein Glas und trank es aus. Ich signalisierte dem Kellner und bestellte ein neues Bier für Pankow und einen Kaffee für mich selbst. Wir saßen da und starrten auf den Tisch, bis der Kellner die Bestellung brachte. Pankow erinnerte sich an Dinge, die er in den letzten Tagen versucht hatte zu vergessen, und er genoss es nicht sonderlich.

Ich sagte: »Also haben Sie erwartet, in dem Apartment auf eine Leiche zu stoßen.«

»Ich war mir sicher, ja.«

»Wer dachten Sie, würde es sein?«

»Zum Teufel, ich dachte, es würde seine Mutter sein. Nach dem was er sagte, Mutterficker, ich habe meine Mutter gefickt, dachte ich, dass er durchgedreht war und seine Mutter getötet hatte. Als ich in das Apartment kam, dachte ich sogar zunächst, dass ich richtig vermutet hatte, weil man ihr Alter nicht sofort bestimmen konnte. Da war nur diese nackte Frau und Blut überall, das Laken durchtränkt, die Bettdecke, all das sehr dunkle Blut—«

Sein Gesicht war weiß mit einem Stich ins Grünliche. Ich sagte: »Nur mit der Ruhe, Lew.«

»Ich bin okay.«

»Das weiß ich. Senken Sie den Kopf zwischen die Knie. Los, kommen Sie hinter dem Tisch hervor und senken Sie ihren Kopf. Sie sind okay.«

»Ich weiß.«

Ich befürchtete, dass er ohnmächtig werden würde, aber er riss sich zusammen. Er hielt den Kopf ein, zwei Minuten lang gesenkt, dann setzte er sich wieder aufrecht hin. Nun hatte er wieder etwas Farbe im Gesicht. Er atmete ein paar Mal tief ein und nahm einen langen Schluck von seinem Bier.

Er sagte: »Herrgott.«

»Jetzt geht es Ihnen besser.«

»Ja, klar. Ich warf einen Blick auf sie und musste mich übergeben. Es war nicht die erste Leiche, die ich sehen musste. Mein Vater, er hatte einen Herzinfarkt im Schlaf und ich war derjenige, der hereinkam und ihn entdeckte. Und auch nachdem ich Polizist geworden war, wissen Sie. Aber ich hatte noch nie eine in diesem Zustand gesehen und ich musste kotzen und ich war mit Handschellen an dieses Arschloch gefesselt, das noch immer seinen Schwanz raushängen hatte. Ich zog den blöden Hurensohn hinüber in die Ecke und ich kotzte in die Ecke des Zimmers, einfach so, und dann – dann bekam ich einen Lachkrampf. Ich konnte nicht anders, ich stand da und kicherte wie ein Idiot, und dieser Kerl ist mit Handschellen an mich gefesselt. Und so wahr mir Gott helfe, er hört auf zu brüllen und fragt mich: >Was ist so lustig?< Glauben Sie das? Als ob er wollte, dass ich ihm den Witz erkläre, damit er mitlachen kann. >Was ist so lustig?<«

Ich schüttete den Rest meines Bourbons in den Kaffee und rührte ihn mit einem Teelöffel um. Ich erfuhr dies und das über Vanderpoel. Bis jetzt passten die Teile nicht zusammen, aber es waren Fragmente, die am Ende ein vollständiges Bild ergeben würden. Oder sie würden niemals etwas Wirkliches ergeben. Manchmal ist das Ganze sehr viel weniger als die Summe der einzelnen Teile.

Ich brachte noch ungefähr zwanzig Minuten damit zu, mit Pankow noch einmal auf Dinge einzugehen, über die wir schon gesprochen hatten, aber ich erfuhr nichts Neues mehr von ihm. Er erzählte noch mehr von seiner Reaktion am Tatort, von der Übelkeit, der Hysterie. Er wollte wissen, ob man sich jemals an so etwas gewöhnte. Ich dachte an das Foto, das ich aus der Akte genommen hatte. Ich hatte nicht viel gefühlt, als ich es betrachtete. Aber wenn ich so wie Pankow in das Schlafzimmer gekommen wäre, hätte ich womöglich auf dieselbe Weise reagiert.

»Man gewöhnt sich teilweise daran«, erklärte ich ihm. »Aber mit schöner Regelmäßigkeit begegnet man etwas Neuem, das einen umhaut.«

Als ich alles hatte, was ich bekommen würde, legte ich einen Fünfer für die Getränke auf den Tisch und gab ihm fünfundzwanzig Dollar. Er wollte sie nicht annehmen.

»Machen Sie schon«, sagte ich. »Sie haben mir einen Gefallen getan.«

»Nun, das ist alles, was es war, ein Gefallen. Es kommt mir seltsam vor, dafür Geld zu nehmen.«

»Seien Sie nicht dämlich.«

»Hä?« Er riss die blauen Augen weit auf.

»Dämlich. Das ist keine Bestechung. Es ist sauberes Geld. Sie haben jemandem einen Gefallen getan und damit ein paar Dollar verdient.« Ich schob die Scheine über den Tisch in seine Richtung. »Hören Sie«, sagte ich. »Sie haben gerade einen guten Fang gemacht. Sie haben einen anständigen Bericht geschrieben und Sie verhalten sich vernünftig. Sehr bald werden Sie an die Reihe kommen und von der Fußstreife in den Streifenwagen versetzt werden. Aber niemand wird mit Ihnen im Wagen sitzen wollen, wenn Sie den falschen Ruf haben.«

»Ich verstehe nicht.«

»Denken Sie darüber nach. Wenn Ihnen jemand Geld in die Hände drücken will und Sie es ablehnen, werden Sie eine Menge Leute sehr nervös machen. Sie müssen nicht zu einem Kriminellen werden. Gewisse Arten von Geld können Sie ablehnen. Und Sie müssen nicht mit ausgestreckter Hand auf der Straße herumlaufen. Aber Sie müssen das Spiel mit den Karten spielen, die Sie erhalten. Nehmen Sie das Geld.«

»Herrgott.«

»Hat Ihnen Koehler nicht gesagt, dass es sich für Sie lohnen würde?«

»Klar. Aber das ist nicht der Grund, weshalb ich hier bin. Zum Teufel, ich komme normalerweise nach meiner Schicht auf ein paar Bier hier her. Ich treffe mich hier für gewöhnlich gegen halb elf mit meiner Freundin. Es ist nicht so, dass–«

»Koehler wird erwarten, dass er fünf von den fünfundzwanzig Dollar bekommt, die er Ihnen verschafft hat. Wollen Sie die aus Ihrer eigenen Tasche bezahlen?«

»Herrgott. Und was soll ich tun, einfach so in sein Büro spazieren und ihm fünf Dollar in die Hand drücken?«

»So ungefähr. Sie können etwas sagen wie: ›Hier sind die fünf Dollar, die du mir geliehen hast.‹ Was in der Art.«

»Ich vermute, ich muss noch viel lernen«, sagte er. Er klang nicht allzu erfreut über diese Aussicht.

»Machen Sie sich deshalb keine Sorgen«, sagte ich. »Sie haben viel zu lernen, aber man wird es Ihnen leicht machen. Das System wird Sie Schritt für Schritt damit vertraut machen. Deshalb ist es so ein gutes System.«

Er bestand darauf, mir von seinem neu gewonnenen Reichtum einen Drink auszugeben. Ich saß da und trank, während er mir erzählte, was es für ihn bedeutete, Polizist zu sein. Ich nickte an den richtigen Stellen, ohne dem, was er sagte, allzu viel Aufmerksamkeit zu schenken. Ich konnte mich nicht auf seine Worte konzentrieren.

Schließlich verließ ich die Kneipe und ging auf der 57th Street durch die Stadt zu meinem Hotel. Die Frühausgabe der *Times* war gerade an den Zeitungsstand an der 8th Avenue geliefert worden. Ich kaufte ein Exemplar und nahm es mit nach Hause.

An der Rezeption gab es keine Nachrichten für mich. Ich ging hoch in mein Zimmer, zog die Schuhe aus und legte mich mit der Zeitung auf das Bett. Es stellte sich heraus, dass sie ähnlich fesselnd war wie Lewis Pankows Monolog.

Ich zog mich aus. Als ich das Hemd ablegte, fiel das Foto von Wendy Hannifords Leichnam auf den Boden. Ich hob es auf und blickte es an und versuchte, mich in Lewis Pankows Lage zu versetzen, als er mit dem an sein Handgelenk gefesselten Mörder mit diesem Anblick konfrontiert wurde, ihn dann durch das Zimmer zog, damit er sich in der Ecke übergeben konnte, um danach hysterisch zu lachen, bis Richard Vanderpoel ihn aus gutem Grund nach der Ursache für seine Heiterkeit fragte.

»*Was ist so lustig?*«

Ich duschte und zog mich wieder an. Es hatte zuvor leicht geschneit, nun fing der Schnee an liegenzubleiben. Ich ging um die Ecke ins Armstrong's und setzte mich an die Bar.

Er hatte mit ihr wie Bruder und Schwester gelebt. Er hatte sie getötet und gekreischt, dass er seine Mutter gefickt hätte. Er war mit ihrem Blut beschmiert auf die Straße gelaufen.

Ich kannte zu wenige Fakten, und die, die ich kannte, schienen nicht zusammenzupassen.

Ich hatte ein paar Drinks und vermied Gespräche. Ich blickte mich auf der Suche nach Trina um, aber sie war nach dem Ende ihrer Schicht gegangen. Ich ließ mir vom Barkeeper erzählen, was in diesem Jahr das Problem mit den Knicks war. Ich erinnere mich nicht mehr daran, was er sagte, nur, dass ihm das Thema sehr wichtig war.

5. Kapitel

An Gordon Kalishs Wand hing eine altmodische Pendeluhr; die Art, die früher in Bahnhöfen gehangen hatte. Er blickte immer wieder darauf und verglich die Uhrzeit mit seiner Armbanduhr. Zuerst dachte ich, dass er mir damit etwas mitteilen wollte. Dann wurde mir klar, dass es eine Angewohnheit war. Irgendwann einmal musste ihm jemand gesagt haben, dass seine Zeit kostbar war. Er hatte das nie vergessen, aber er hatte sich wohl immer noch nicht ganz dazu bringen können, es zu glauben.

Kalish war Teilhaber der Immobilienverwaltung Bowdoin Realty Management. Ich war ein paar Minuten nach zehn in den Büros der Firma im Flatiron Building angekommen und hatte etwa zwanzig Minuten warten müssen, bis Kalish mir ein wenig von seiner Zeit widmen konnte. Jetzt hatte er auf seinem Schreibtisch Dokumente und Kontobücher ausgebreitet und entschuldigte sich dafür, dass er nicht mehr Hilfe bieten konnte.

»Wir haben das Apartment an Miss Hanniford persönlich vermietet«, sagte er. »Vielleicht hatte sie von Anfang an eine Mitbewohnerin. Aber wenn dem so war, hat sie uns das nicht gesagt. Sie war die offizielle Mieterin. Es könnte wer auch immer bei ihr gewohnt haben, Mann oder Frau, und wir hätten es nicht gewusst. Es wäre uns auch egal gewesen.«

»Sie hatte eine Mitbewohnerin, als Miss Antonelli als Hausmeisterin eingezogen ist. Ich würde gerne Kontakt mit dieser Frau aufnehmen.«

»Ich habe keine Möglichkeit herauszufinden, wer das war. Oder wann sie ein- oder ausgezogen ist. Solange Miss Hanniford pünktlich am Ersten die Miete bezahlte und sie nicht für Ärgernisse sorgte, gab es für uns keinen Grund, uns für sie zu interessieren.« Er kratzte sich am Kopf. »Wenn es dort eine andere Frau gab und sie ausgezogen ist, würde dann nicht vielleicht die Post eine Nachsendeadresse haben?«

»Ich bräuchte ihren Namen, um die zu bekommen.«

»Oh, natürlich.« Seine Augen wanderten zur Pendeluhr, von dort zu seiner Armbanduhr, dann wieder zu mir. »Als mein Vater in dieses Geschäft einstieg, verhielten sich die Dinge noch anders. Bei ihm war alles noch viel persönlicher. Er war ursprünglich Klempner. Er sparte sein Geld und kaufte Immobilien, ein Gebäude nach dem anderen. Führte alle Reparaturen selbst aus und steckte den ganzen Profit in den Aufkauf weiterer Häuser. Und er kannte seine Mieter. Er machte seine Runde, um die Miete persönlich einzusammeln. Am Ersten des Monats, oder einmal pro Woche in manchen Häusern. Er hatte mit gewissen Mietern monatelang Geduld, wenn sie schwere Zeiten durchmachten. Andere schickte er auf die Straße, wenn sie fünf Tage im Verzug waren. Er sagte, man müsse ein guter Menschenkenner sein.«

»Er muss ein bemerkenswerter Mann gewesen sein.«

»Er ist es immer noch. Natürlich ist er jetzt in Rente. Er lebt seit fünf oder sechs Jahren unten in Florida. Pflückt die Orangen von seinen eigenen Bäumen. Und er zahlt immer noch jedes Jahr seinen Mitgliedsbeitrag zur Klempnergewerkschaft.« Kalish presste die Hände ineinander. »Das Geschäft hat sich verändert. Wir haben die meisten der Gebäude, die er gekauft hat, abgestoßen. Eigentum bereitet zu viele Kopfschmerzen. Man hat sehr viel weniger Sorgen, wenn man die Immobilien von jemand anderem verwaltet. Das Gebäude, in dem Miss Hanniford gewohnt hat, 194 Bethune Street, gehört einer Hausfrau, die in einem Vorort von Chicago lebt und es von ihrem Onkel geerbt hat. Sie hat es noch nie gesehen, sie bekommt nur vier Mal im Jahr einen Scheck von uns.«

Ich sagte: »Dann war Miss Hanniford eine mustergültige Mieterin?«

»In dem Sinne, dass sie nie irgendetwas gemacht hat, das unsere Aufmerksamkeit erregt hätte. In der Zeitung stand, sie sei eine Prostituierte gewesen. Gut möglich, nehme ich an. Es gab nie irgendwelche Beschwerden.«

»Haben Sie sie jemals getroffen?«

»Nein.«

»Sie hat immer pünktlich ihre Miete bezahlt?«

»Ab und zu verspätete sie sich um eine Woche, genau wie jeder andere. Aber das war alles.«

»Sie hat per Scheck bezahlt?«

»Ja.«

»Wann hat sie den Mietvertrag unterzeichnet?«

»Was hab ich mit dem Vertrag gemacht? Ach, hier ist er. Lassen Sie mich nachsehen. 23. Oktober 1970. Standardvertrag über zwei Jahre mit automatischer Verlängerung.«

»Und die monatliche Miete betrug vierhundert Dollar?«

»Sie liegt jetzt bei dreihundertfünfundachtzig. Damals war sie noch niedriger; seitdem gab es ein paar zulässige Erhöhungen. Sie lag bei dreihundertzweiundvierzig fünfzig, als sie den Vertrag unterzeichnete.«

»Sie würden nicht an jemanden vermieten, der kein geregeltes Einkommen hat.«

»Natürlich nicht.«

»Dann muss sie behauptet haben, dass sie eine Arbeit hat. Sie muss Referenzen angegeben haben.«

»Daran hätte ich denken sollen«, sagte er. Er wühlte in den Dokumenten und brachte ihren Antrag zum Vorschein. Ich sah ihn mir an. Sie hatte angegeben, als industrielle Systemanalytikerin zu arbeiten und ein Gehalt von siebzehntausend Dollar im Jahr zu beziehen. Ihr Arbeitgeber war eine Firma namens J.J. Cottrell, Inc. Es war eine Telefonnummer angeführt, und ich notierte sie mir.

Ich fragte, ob die Referenzen überprüft worden waren.

»Davon gehe ich aus«, sagte Kalish. »Aber das besagt nicht viel. Man kann sie leicht fälschen. Alles, was man braucht, ist jemanden unter dieser Nummer, der die Geschichte bestätigt. Wir machen die Anrufe automatisch, aber manchmal frage ich mich, ob es die Mühe wert ist.«

»Dann muss jemand bei dieser Nummer angerufen haben. Und jemand hat abgehoben und ihre Lügen bestätigt.«

»Offensichtlich.«

Ich dankte ihm für seine Zeit. In der Lobby im Erdgeschoss warf ich zehn Cent in ein Münztelefon und wählte die Nummer, die Wendy angegeben hatte. Ein Bandansage informierte mich darüber, dass unter der Nummer, die ich gewählt hatte, kein Anschluss mehr existierte.

Ich warf mein Zehn-Cent-Stück noch einmal in das Telefon und rief im Carlyle Hotel an. Ich bat den Rezeptionisten, mich zu Cale Hannifords Zimmer durchzustellen. Nach dem zweiten Läuten hob eine Frau ab. Ich nannte meinen Namen und verlangte nach Mr. Hanniford. Er fragte mich, ob ich Fortschritte gemacht hatte.

»Ich weiß es nicht«, sagte ich. »Diese Postkarten, die Sie von Wendy bekommen haben. Haben Sie die noch?«

»Gut möglich. Ist das wichtig?«

»Es würde mir helfen, den zeitlichen Ablauf zu überblicken. Sie hat den Mietvertrag für ihr Apartment im Oktober vor drei Jahren unterschrieben. Sie haben gesagt, dass sie im Frühjahr das College abgebrochen hat.«

»Ich glaube, es war im März.«

»Wann haben Sie die erste Postkarte erhalten?«

»Soweit ich mich erinnern kann, nach zwei oder drei Monaten. Lassen Sie mich meine Frau fragen.« Einen Augenblick später war er wieder in der Leitung. »Meine Frau sagt, dass die erste Karte im Juni gekommen ist. Ich hätte gesagt, Ende Mai. Die zweite Karte, die aus Florida, kam ein paar Monate später. Es tut mir leid, aber ich kann es nicht genauer festlegen. Meine Frau sagt, sie glaubt, sich zu erinnern, wo sie die Karten hingetan hat. Wir werden morgen früh nach Utica zurückfahren. Ich vermute, Sie möchten wissen, ob Wendy bevor oder nachdem sie das Apartment bezogen hat nach Florida gegangen ist.«

Das war nahe an der Wahrheit, und ich bestätigte es. Ich kündigte an, dass ich ihn in ein oder zwei Tagen anrufen würde. Ich hatte bereits seine Büronummer und er gab mir auch noch seine private. »Aber bitte versuchen Sie, mich auf der Arbeit anzurufen«, sagte er.

· · ·

Burghash Antiques Imports befand sich in der University Place zwischen 11th und 12th Avenue. Ich stand in einem Gang inmitten von Nachlässen aus der Hälfte der Dachböden Westeuropas. Ich starrte auf eine Uhr, wie ich sie bei Gordon Kalish an der Wand gesehen hatte. Sie war mit zweihundertfünfundzwanzig Dollar ausgezeichnet.

»Interessieren Sie sich für Uhren? Die hier ist sehr gut.«

»Geht sie genau?«

»Oh, diese Pendeluhren sind unverwüstlich. Und sie sind außerordentlich genau. Man muss nur das Gewicht höher oder tiefer einstellen, damit sie schneller oder langsamer gehen. Das Exemplar, das Sie gerade betrachten, ist in einem außergewöhnlich guten Zustand. Es ist kein seltenes Modell, natürlich, aber in so einer Verfassung sind sie schwer zu finden. Über den Preis lässt sich noch etwas reden, wenn Sie wirklich Interesse haben sollten.«

Ich drehte mich um, um mir den Mann genauer anzusehen. Er war Mitte bis Ende zwanzig, ein gepflegter junger Mann, der eine Flanellhose und einen taubenblauen Rollkragenpullover trug. Seiner Frisur war sehr viel teure Aufmerksamkeit geschenkt worden. Seine Koteletten endeten auf einer Linie mit seinen Ohrläppchen. Er trug einen sehr akkuraten Schnurrbart.

Ich sagte: »Genau genommen interessiere ich mich nicht für Uhren. Ich wollte mit jemandem über einen Jungen sprechen, der hier gearbeitet hat.«

»Oh, Sie müssen Richie meinen! Sind Sie von der Polizei? War das nicht eine absolut unglaubliche Sache?«

»Kannten Sie ihn gut?«

»Ich habe ihn kaum gekannt. Ich arbeite erst seit kurz vor Thanksgiving hier. Vorher war ich im Auktionshaus am anderen Ende des Blocks, aber dort ging es immer so furchtbar hektisch zu.«

»Seit wann hat Richie hier gearbeitet?«

»Das weiß ich wirklich nicht. Mr. Burghash könnte es Ihnen sagen. Er ist hinten in seinem Büro. Es ist die reine Hölle für uns alle, seit es passiert ist. Ich kann es immer noch nicht glauben.«

»Haben Sie an dem Tag gearbeitet, als es passierte?«

Er nickte. »Ich habe ihn am Vormittag gesehen. Donnerstagmorgen. Dann war ich den ganzen Nachmittag unterwegs, um eine Auslieferung zu erledigen, eine Ladung von ausgesprochen grässlichen französischen Bauernmöbeln für ein ebenso grässliches Terrassen-Chateau in Syosset. Das ist auf Long Island.«

»Ich weiß.«

»Nun, *ich* wusste es nicht. Ich habe all die lieben Jahre lang in seliger Unwissenheit davon gelebt, dass ein Ort namens Syosset überhaupt existiert.« Er erinnerte sich an die Schwere der Angelegenheit, über die wir sprachen, und seine Miene wurde wieder ernst. »Ich kam um fünf hierher zurück, gerade rechtzeitig, um beim Schließen zu helfen. Richie war früher gegangen. Natürlich war es da bereits passiert, oder?«

»Der Mord hat sich gegen vier ereignet.«

»Als ich mich durch den Verkehr auf dem Long Island Expressway gekämpft habe.« Er schauderte theatralisch. »Ich hatte keine Ahnung, bis ich zufällig am Abend die Elf-Uhr-Nachrichten sah. Und ich konnte nicht glauben, dass es sich um unseren Richard Vanderpoel handelte, aber sie nannten den Namen der Firma und –« Er seufzte und ließ die Arme neben seinem Körper herabhängen. »Man kann es nie wissen«, sagte er.

»Was für eine Art Mensch war er?«

»Ich hatte kaum genug Zeit, ihn richtig kennenzulernen. Er war angenehm, er war höflich, er war bestrebt zu gefallen. Er hatte nicht viel *Ahnung* von Antiquitäten, aber er hatte ein gutes *Gespür* dafür, wenn sie verstehen, was ich meine.«

»Wussten Sie, dass er mit einem Mädchen zusammengelebt hat?«

»Warum hätte ich das wissen sollen?«

»Er hätte es erwähnen können.«

»Nun, hat er nicht. Warum?«

»Hat es Sie überrascht, dass er mit einem Mädchen zusammenge-wohnt hat?«

»Ich bin mir sicher, dass ich weder auf die eine noch auf die andere Weise jemals darüber nachgedacht habe.«

»War er homosexuell?«

»Warum um alles in der Welt sollte *ich* das wissen?«

Ich trat näher an ihn heran. Er wich zurück, ohne die Füße zu bewegen. Ich sagte: »Warum sparen Sie sich die Scheiße nicht?«

»Entschuldigung?«

»War Richie schwul?«

»Ich hab mich ganz gewiss nicht für ihn interessiert. Ich hab ihn auch nie mit einem anderen Mann gesehen, und er schien nie jemanden ab-schleppen zu wollen.«

»Dachten Sie, dass er schwul war?«

»Nun, Himmeldonnerwetter, ich bin davon ausgegangen. Er *schien* zweifellos schwul zu sein.«

Ich fand Burghash in seinem Büro. Er war ein kleiner Mann mit faltiger Stirn, die ihm fast bis ganz nach oben auf den Schädel reichte. Er trug einen zottigen Schnurrbart und hatte sich seit zwei Tagen nicht mehr rasiert. Er erklärte mir, dass ihm die Polizisten und die Reporter schon zu den Ohren herauskämen und er sich um sein Geschäft kümmern müsse. Ich sagte ihm, dass ich nicht sehr viel seiner Zeit in Anspruch nehmen würde.

»Ich habe nur ein paar Fragen«, sagte ich. »Lassen Sie uns über den Donnerstag sprechen, den Tag, an dem der Mord passiert ist. Hat Richie sich anders verhalten als sonst?«

»Nicht wirklich.«

»Er war nicht aufgeregt oder so?«

»Nein.«

»Er ist früher nach Hause gegangen.«

»Das ist richtig. Er hat sich nicht gut gefühlt, als er von der Mit-tagspause zurückkam. Er hatte beim Inder um die Ecke Curry gegessen und das bekam ihm nicht. Ich habe ihm immer gesagt, dass er sich an einfaches, gewöhnliches amerikanisches Essen halten sollte. Er hatte eine empfindliche Verdauung, aber er probierte trotzdem immer wieder exotische Speisen aus, die er nicht vertrug.«

»Wann ist er gegangen?«

»Ich mache mir keine Aufzeichnungen. Er fühlte sich nicht gut, nachdem er vom Essen zurückgekommen war. Ich habe ihm sofort gesagt, dass er sich den Rest des Tages frei nehmen soll. Man kann nicht arbeiten, wenn man Verdauungsbeschwerden hat. Aber er wollte es durchstehen. Er war ein ehrgeiziger Junge und hat hart gearbeitet. Manchmal hatte er eine solche Magenverstimmung, und dann war er nach einer Stunde wieder in Ordnung. Dieses Mal jedoch wurde es schlimmer anstatt besser, und schließlich hab ich ihm gesagt, dass er verduften und nach Hause gehen sollte. Er muss hier um ... mhm, ich weiß es nicht mehr genau. Um drei? Um halb vier? Ungefähr zu der Zeit muss er gegangen sein.«

»Seit wann hat er schon für Sie gearbeitet?«

»Erst seit etwa eineinhalb Jahren. Er hat im letzten Jahr im Juli hier angefangen.«

»Er ist im darauffolgenden Dezember bei Wendy Hanniford eingezogen. Hatten Sie vorher eine Adresse von ihm?«

»Das YMCA in der 23rd Street. Dort hat er gewohnt, als er bei mir anfing. Dann ist er ein paar Mal umgezogen. Ich habe die Adressen nicht, und ich denke, es war wirklich im Dezember, als er in die Bethune Street gezogen ist.«

»Wussten Sie irgendetwas über Wendy Hanniford?«

Er schüttelte den Kopf. »Hab sie nie getroffen. Ich kannte nicht einmal ihren Namen.«

»Wussten Sie, dass er mit einer Frau zusammenwohnte?«

»Ich wusste, dass er es behauptete.«

»Oh?«

Burghash zuckte mit den Schultern. »Ich vermutete, dass er mit jemandem zusammenlebte, und wenn er wollte, dass ich dachte, es handle sich um ein Mädchen, dann war ich bereit mitzuspielen.«

»Sie dachten also, dass er homosexuell war?«

»Mhm. Es ist nicht wirklich etwas Außergewöhnliches in diesem Geschäft. Es ist mir egal, ob meine Angestellten mit Orang-Utans ins Bett gehen. Was sie in ihrer Freizeit machen, ist ihre eigene Sache.«

»Hatte er irgendwelche Freunde, von denen Sie wussten?«

»Nein, nicht, dass ich wüsste. Meistens mied er die Gesellschaft anderer.«

»Und er war ein guter Angestellter.«

»Ein sehr guter. Sehr gewissenhaft, und er hatte ein Gespür für das Geschäft.« Burghash richtete die Augen zur Decke. »Ich ahnte, dass er persönliche Probleme hatte. Er sprach nie darüber, aber er war, äh, wie soll ich es ausdrücken? Angespannt.«

»Nervös? Empfindlich?«

»Nein, das trifft es nicht ganz genau. Angespannt ist das beste Adjektiv, das mir einfällt, um ihn zu beschreiben. Man ahnte, dass es Dinge gab, die ihn belasteten, wegen denen er beunruhigt war. Aber Sie müssen wissen, dass sich das deutlicher bemerkbar machte, als er hier angefangen hat. Seit etwa einem Jahr schien er ausgeglichener zu sein, als ob es ihm gelungen wäre, mit sich selbst ins Reine zu kommen.«

»Seit einem Jahr. Anders ausgedrückt, seit er bei Hanniford eingezogen war.«

»Daran hatte ich noch gar nicht gedacht, aber ich vermute, dass das stimmt.«

»Sie waren überrascht, dass er sie getötet hat.«

»Ich war erstaunt. Ich konnte es einfach nicht glauben. Und ich bin immer noch erstaunt. Wenn man jemanden seit eineinhalb Jahren fünf Tage die Woche sieht, denkt man, dass man ihn kennt. Und dann findet man heraus, dass man ihn überhaupt nicht gekannt hat.«

Als ich ging, hielt mich der junge Mann im Rollkragenpullover auf. Er fragte mich, ob ich etwas Nützliches erfahren hätte. Ich sagte ihm, dass ich es nicht wüsste.

»Aber es ist vorbei«, sagte er. »Oder etwa nicht? Sie sind beide tot.«

»Ja.«

»Welchen Zweck hat es dann noch, weiter nachzubohren?«

»Keine Ahnung«, sagte ich. »Warum, denken Sie, hat er mit ihr zusammengelebt?«

»Warum lebt irgendjemand mit irgendjemand anderem zusammen?«

»Angenommen, er war schwul. Warum würde er dann mit einer Frau zusammenleben?«

»Vielleicht hatte er genug vom Staubwischen und Saubermachen. Hatte keine Lust mehr, seine Wäsche zu waschen.«

»Ich bin mir nicht sicher, ob sie so häuslich war. Es ist ziemlich wahrscheinlich, dass sie als Prostituierte gearbeitet hat.«

»Davon habe ich gehört.«

»Warum würde ein Homosexueller mit einer Prostituierten zusammenleben?«

»Mein Gott, *ich* weiß es nicht. Vielleicht durfte er sich um ihren Überschuss kümmern. Vielleicht war er ein verkappter Heterosexueller. Ich für meinen Teil würde niemals mit jemandem zusammenleben, sei es männlich *oder* weiblich. Es fällt mir schwer genug, mit mir selbst zu leben.«

Dagegen konnte ich nicht argumentieren. Ich ging Richtung Tür, drehte mich dann noch einmal um. Es gab zu viele Dinge, die nicht zusammenpassten, und sie rieben sich aneinander wie Kreide auf einer Schultafel. »Ich will nur, dass es einen Sinn ergibt«, sagte ich sowohl zu ihm als auch zu mir selbst. »Warum zum Teufel hat er sie umgebracht? Er hat sie vergewaltigt und sie umgebracht. Warum?«

»Nun, er war der Sohn eines Pfarrers.«

»Und?«

»Die sind alle verrückt«, sagte er. »Oder etwa nicht?«

6. Kapitel

Reverend Martin Vanderpoel wollte sich nicht mit mir treffen. »Ich habe mit genug Reportern gesprochen«, erklärte er mir. »Ich habe keine Zeit für Sie übrig, Mr. Scudder. Ich habe Verpflichtungen gegenüber meiner Gemeinde. In meiner restlichen Zeit verspüre ich das Bedürfnis, sie mit Gebeten und Meditation auszufüllen.«

Das Bedürfnis war mir bekannt. Ich erklärte ihm, dass ich kein Reporter war, sondern für Cale Hanniford, den Vater des ermordeten Mädchens, arbeitete.

»Ich verstehe«, sagte er.

»Ich werde nicht viel Ihrer Zeit beanspruchen, Reverend Vanderpoel. Mr. Hanniford hat einen Verlust erlitten, so wie Sie auch. Auf gewisse Weise hatte er seine Tochter schon verloren, bevor sie getötet wurde. Jetzt will er mehr über sie herausfinden.«

»Ich wäre eine schlechte Informationsquelle, befürchte ich.«

»Er hat mir gesagt, dass er Sie persönlich treffen wollte, Sir.«

Es gab eine lange Stille. Ich dachte einen Moment lang, dass die Leitung unterbrochen worden war. Dann sagte er: »Es ist schwer, diese Bitte abzulehnen. Ich werde heute Nachmittag mit Kirchenangelegenheiten beschäftigt sein, befürchte ich. Vielleicht heute Abend?«

»Heute Abend wäre ausgezeichnet.«

»Haben Sie die Adresse meiner Kirche? Das Pfarrhaus liegt direkt daneben. Ich werde auf Sie warten – sagen wir, um acht Uhr?«

Ich sagte ihm, acht Uhr wäre ausgezeichnet. Ich fand ein weiteres Zehn-Cent-Stück und tätigte einen weiteren Anruf, und der Mann, mit dem ich sprach, war weitaus williger, über Richard Vanderpoel zu sprechen.

Er schien fast erleichtert zu sein, dass ich ihn angerufen hatte. Er sagte mir, ich könne sofort bei ihm vorbeikommen.

Sein Name war George Topakian, und er führte gemeinsam mit seinem Bruder die Anwaltskanzlei Topakian and Topakian. Sein Büro befand sich in der Madison Avenue auf Höhe der unteren Vierziger Straßen. Gerahmte Diplome an den Wänden bezeugten, dass er vor zweiundzwanzig Jahren seinen ersten Abschluss am City College gemacht und dann an der Fordham Law School weiterstudiert hatte.

Er war klein, schlank und dunkelhäutig. Er ließ mich in einem roten Ledersessel Platz nehmen und fragte mich, ob ich Kaffee wollte. Ich antwortete, dass Kaffee sehr gut wäre. Er sprach über die Gegensprechanlage mit seiner Sekretärin und wies sie an, uns jeweils eine Tasse zu bringen. Während sie damit beschäftigt war, erklärte er mir, dass der Schwerpunkt der Kanzlei, die er und sein Bruder betrieben, Nachlässe seien. Von kleineren Angelegenheiten für regelmäßige Mandanten abgesehen seien die einzigen Strafsachen, mit denen er sich befasste, solche, die sie vom Gericht zugewiesen bekamen. Dabei hatte es sich bislang fast immer um geringfügigere Vergehen gehandelt – Handtaschendiebstahl, leichte Körperverletzung, Besitz von Betäubungsmitteln –, bis ihn das Gericht zum Rechtsbeistand von Richard Vanderpoel bestimmt hatte.

»Ich hatte angenommen, dass man mich bald aus der Verpflichtung entlassen würde«, sagte er. »Sein Vater war Pfarrer und hätte mich mit ziemlich großer Sicherheit durch einen Strafverteidiger ersetzt. Aber ich habe mit Vanderpoel gesprochen.«

»Wann haben Sie mit ihm gesprochen?«

»Am späten Freitagnachmittag.« Er kratzte sich mit dem Zeigefinger an der Seite seiner Nase. »Ich hätte ihn vermutlich eher besuchen sollen.«

»Aber Sie haben es nicht getan.«

»Nein. Ich habe es hinausgezögert.« Er blickte mich ruhig an. »Ich erwartete, dass man mich ablösen würde«, sagte er. »Und ich dachte mir, wenn es sowieso bald passieren würde, könnte ich mir die Zeit sparen, ihn zu besuchen. Es ging mir aber nicht nur um Zeit.«

»Wie meinen Sie das?«

»Ich wollte nicht mit dem Hurensohn sprechen.«

Er erhob sich hinter seinem Schreibtisch und trat ans Fenster. Er spielte mit der Schnur der Jalousien, hob sie an und ließ sie wieder ein paar Zentimeter herab. Ich gab ihm Zeit. Er seufzte und drehte sich um, um mich anzublicken.

»Da war ein Kerl, der einen schrecklichen Mord begangen hatte, der einer jungen Frau Schnittwunden zugefügt hatte, bis sie tot war. Ich wollte ihn nicht zu Gesicht bekommen. Finden Sie das schwer nachzuvollziehen?«

»Nicht im Geringsten.«

»Es hat mich belastet. Ich bin Anwalt, also sollte ich Menschen ohne Rücksicht darauf vertreten, was sie getan oder nicht getan haben. Ich hätte mich der Sache widmen sollen, versuchen sollen, die beste Verteidigungsstrategie für ihn zu finden. Ich hätte auf keinen Fall annehmen sollen, dass mein Klient schuldig ist, ohne überhaupt mit ihm gesprochen zu haben.« Er ging zu seinem Schreibtisch zurück und setzte sich. »Aber das habe ich dennoch getan. Die Polizei hat ihn in unmittelbarer Nähe des Tatorts verhaftet. Ich hätte die Anklage vielleicht angefochten, wenn ich bis vor Gericht mit dem Fall befasst gewesen wäre, aber für mich selbst hatte ich den Scheißkerl bereits angeklagt und für schuldig befunden. Und da ich alle Gründe hatte anzunehmen, dass man mich von dem Fall entbinden würde, habe ich Wege gefunden, meinen Besuch bei Vanderpoel hinauszuzögern.«

»Aber dann sind sie an diesem Freitagnachmittag doch hingegangen.«

»Mhm. Er war in seiner Zelle im Tombs.«

»Dann haben Sie ihn in seiner Zelle besucht?«

»Ja. Ich habe nicht sehr auf die Umgebung geachtet. Man hat endlich das Frauengefängnis abgerissen. Ich musste vor Jahren immer daran vorbeigehen, als ich mit meiner Frau noch im Village lebte. Ein schrecklicher Ort.«

»Ich weiß.«

»Ich wünschte, man würde mit dem Tombs genauso verfahren.« Er berührte wieder die Seite seiner Nase. »Ich vermute, ich konnte die Dampfleitung, an der sich der arme Scheißkerl aufgehängt hat, genau sehen. Und das Bettlaken, das er dazu benutzt hat. Er saß auf dem Bett, während wir sprachen. Er hat mir den Stuhl überlassen.«

»Wie lange waren Sie bei ihm?«

»Ich denke nicht, dass es länger als eine halbe Stunde war. Es hat sich nur sehr viel länger angefühlt.«

»Hat er etwas gesagt?«

»Zunächst nicht. Er war irgendwie geistesabwesend. Ich versuchte, zu ihm durchzudringen, hatte aber kein großes Glück. Er hatte diesen Blick in den Augen, als ob er einen erbitterten inneren Dialog führen würde. Ich versuchte, ihn dazu zu bringen, sich zu öffnen. Gleichzeitig begann ich, die Verteidigungsstrategie zu planen, der ich folgen würde, falls ich die Gelegenheit dazu bekam. Sie müssen verstehen, dass ich nicht wirklich dachte, dass es dazu kommen würde. Es handelte sich für mich um eine rein hypothetische Übung. Aber ich hatte mich mehr oder weniger dafür entschieden, auf Unzurechnungsfähigkeit zu plädieren.«

»Alle scheinen sich einig zu sein, dass er wahnsinnig war.«

»Es gibt einen Unterschied zwischen Wahnsinn und Unzurechnungsfähigkeit. Das führt zu einer Schlacht mit Hilfe von Experten – man bringt seine Zeugen in Stellung und die Staatsanwaltschaft bringt die ihrigen in Stellung. Nun, ich fuhr fort, zu ihm zu sprechen, um ihn dazu zu bringen, sich zumindest ein wenig zu öffnen. Und dann drehte er sich zu mir um und blickte mich an, als ob er sich fragte, wo ich hergekommen war. So, als hätte er bislang nicht gewusst, dass ich bei ihm war. Er fragte mich, wer ich sei, und ich wiederholte noch einmal alles, was ich ihm bereits gesagt hatte.«

»Schien er bei Vernunft zu sein?«

Topakian wog die Frage ab. »Ich bin mir nicht sicher, ob er bei Vernunft *war*«, sagte er. »In diesem Moment schien er sich vernünftig zu *verhalten*.«

»Was hat er gesagt?«

»Ich wünschte, ich könnte mich genau daran erinnern. Ich fragte ihn, ob er Hanniford umgebracht hatte. Er antwortete, lassen Sie mich nachdenken, er antwortete: ›Sie kann es nicht selbst getan haben.‹«

»›Sie kann es nicht selbst getan haben.‹«

»Ich denke, so hat er sich ausgedrückt. Ich fragte ihn, ob er sich daran *erinnerte*, sie umgebracht zu haben. Er behauptete, sich nicht zu erinnern. Er sprach von Magenschmerzen und zunächst dachte ich, er leide in diesem Moment unter Magenschmerzen, aber dann folgerte ich, dass er am Tag des Mordes Magenschmerzen gehabt hatte.«

»Er hatte wegen einer Verdauungsstörung früher mit der Arbeit aufgehört.«

»Nun, er konnte sich an die Magenschmerzen erinnern. Er sagte, dass ihm sein Magen Probleme bereitet hatte und er nach Hause gegangen war. Dann hat er über Blut gesprochen. ›Sie lag in der Badewanne und alles war voller Blut.‹ Soweit ich weiß, wurde sie in ihrem Bett gefunden.«

»Ja.«

»Sie hat nicht in der Badewanne gelegen?«

»Laut Polizeibericht wurde sie im Bett ermordet.«

Er schüttelte den Kopf. »Er war ein sehr verwirrter junger Mann. Er sagte, sie habe in der Badewanne gelegen und alles sei voller Blut gewesen. Ich fragte ihn, ob er sie getötet habe. Ich fragte ihn mehrmals, und er gab mir nie eine richtige Antwort. Manchmal sagte er, dass er sich nicht daran erinnerte, sie umgebracht zu haben. Dann wiederum sagte er, dass er sie umgebracht haben musste, weil sie es nicht selbst getan haben konnte.«

»Er hat das also mehr als einmal gesagt?«

»Mehrmals.«

»Das ist interessant.«

»Wirklich?« Topakian zuckte mit den Schultern. »Ich denke nicht, dass er mich angelogen hat. Ich meine, ich glaube nicht, dass er sich daran erinnert hat, das Mädchen umgebracht zu haben. Denn er hat etwas, äh, Schlimmeres zugegeben.«

»Was?«

»Dass er Sex mit ihr hatte.«

»Das ist schlimmer, als sie getötet zu haben?«

»Dass er danach mit ihr Sex hatte.«

»Oh.«

»Er versuchte nicht, es zu leugnen. Er sagte, er habe sie in ihrem Blut liegend gefunden und dann habe er Sex mit ihr gehabt.«

»Wie hat er sich genau ausgedrückt?«

»Ich bin mir nicht sicher. Sie meinen, was den Geschlechtsverkehr betrifft? Er sagte, dass er sie ›gefickt‹ habe.«

»Nachdem sie tot war.«

»Offenbar.«

»Und er hatte keine Schwierigkeiten, sich daran zu erinnern?«

»Nein. Ich weiß nicht, ob er wirklich vor oder nach der Tat Sex mit ihr hatte. Hat die Obduktion irgendetwas in dieser Hinsicht ergeben?«

»Falls ja, steht es nicht im Bericht. Ich bin mir nicht sicher, ob man den Unterschied feststellen kann, wenn die beiden Handlungen zeitlich nahe aufeinander folgen. Warum fragen Sie?«

»Ich weiß nicht. Er hat wiederholt gesagt: ›Ich habe sie gefickt und sie ist tot.‹ Als ob der Umstand, dass er Sex mit ihr gehabt hatte, die Hauptursache für ihren Tod gewesen wäre.«

»Aber er konnte sich nicht daran erinnern, sie umgebracht zu haben. Vermutlich könnte er es ganz einfach verdrängt haben. Ich frage mich aber, warum er dann nicht alles verdrängt hat. Den Geschlechtsakt. Lassen Sie uns das noch einmal durchgehen. Er sagte, dass er nach Hause kam und sie so gefunden hat?«

»Ich kann mich selbst nicht mehr völlig genau an alles erinnern, Scudder. Er kam nach Hause und sie lag tot in der Badewanne, das hat er gesagt. Er hat nicht einmal wortwörtlich gesagt, dass sie tot war, nur dass sie in einer Wanne voller Blut lag.«

»Haben Sie ihn nach der Mordwaffe gefragt?«

»Ich habe ihn gefragt, was er damit gemacht hat.«

»Und?«

»Er wusste es nicht.«

»Haben Sie ihn gefragt, was die Mordwaffe war?«

»Nein. Das musste ich nicht. Er sagte: ›Ich weiß nicht, was mit dem Rasiermesser passiert ist.‹«

»Er wusste, dass es ein Rasiermesser war?«

»Offenbar. Warum sollte er das nicht wissen?«

»Nun, wenn er sich nicht daran erinnern konnte, es in der Hand gehalten zu haben, warum sollte er sich dann daran erinnern, was es war?«

»Vielleicht hat er gehört, wie jemand von der Mordwaffe gesprochen und sie als Rasiermesser bezeichnet hat.«

»Vielleicht«, sagte ich.

Ich spazierte eine Weile in südwestliche Richtung. In der 6th Avenue kehrte ich auf Höhe der 37th Street für einen Drink ein. Ein Mann ein paar Hocker den Tresen hinunter erklärte dem Barkeeper, dass er die Schnauze davon voll habe, sich den Arsch abarbeiten zu müssen, nur damit sich Neger von der Sozialhilfe Cadillacs kaufen könnten. Der Barkeeper antwortete: »Du? Verdammt noch mal, du sitzt acht Stunden am Tag hier herum. Die Steuern, die du zahlst, reichen höchstens für ’ne Radkappe.«

Ein bisschen weiter südwestlich ging ich in eine Kirche und saß dort eine Zeitlang. Ich denke, es war St. John’s. Ich nahm im vorderen Bereich Platz und beobachtete, wie die Leute den Beichtstuhl betraten und wieder herauskamen. Als sie herauskamen, sahen sie nicht anders aus, als wie sie hineingegangen waren. Ich dachte mir, wie angenehm es sein musste, wenn man seine Sünden in einer kleinen Kabine mit Vorhang lassen konnte.

Richie Vanderpoel und Wendy Hanniford. Ich zog an den Fäden und versuchte, das Muster zu finden. Es gab eine Schlussfolgerung, zu der ich mich gedrängt fühlte, aber ich wollte sie nicht ziehen. Sie war falsch, sie musste falsch sein, und so lange sie sich aufdrängte und mich quälte, hielt sie mich davon ab, den Job zu tun, zu dem ich mich verpflichtet hatte.

Ich wusste, was als nächstes passieren musste. Ich hatte es vermieden, aber es winkte mir zu und ich konnte ihm nicht für immer ausweichen. Und jetzt war die beste Tageszeit dafür. Viel besser, als es mitten in der Nacht zu versuchen.

Ich blieb lange genug in der Kirche, um ein paar Kerzen anzuzünden und ein paar Geldscheine in die Almosenbüchse zu stopfen. Dann schnappte ich mir an der Penn Station ein Taxi und erklärte dem Fahrer, wie er in die Bethune Street kam.

Die Mieter im Erdgeschoss waren nicht Zuhause. Eine Mrs. Hacker im ersten Stock sagte, dass sie sehr wenig Kontakt mit Wendy und Richard gehabt hätte. Sie erinnerte sich, dass Wendys frühere Mitbewohnerin dunkle Haare gehabt hatte. Manchmal, sagte sie, hätten sie in der Nacht das Radio oder die Stereoanlage laut aufgedreht, aber es wäre nie so schlimm gewesen, dass man sich hätte beschweren müssen. Sie mochte Musik, sagte sie. Sie mochte alle Arten von Musik, klassische, halbklassische, leichte – einfach alle Arten von Musik.

An der Tür zum Apartment im zweiten Stock befand sich ein Vorhängeschloss. Es wäre ziemlich leicht gewesen, es zu knacken, aber unmöglich, es so zu tun, dass es nicht auffiel.

Im dritten Stock war niemand Zuhause. Darüber war ich sehr froh. Ich ging hoch in den vierten Stock.

Elizabeth Antonelli hatte gesagt, dass die Mieter erst im März zurückkommen würden. Ich klingelte an der Tür und lauschte angestrengt nach Geräuschen in der Wohnung. Ich konnte nichts hören.

Es gab vier Schlösser an der Tür, darunter ein Taylor; so ziemlich das Nächste an einbruchsicher, das man bekommen konnte. Ich öffnete die anderen drei mit der alten Tankkarte einer Ölfirma, die ansonsten nutzlos für mich ist, da ich kein Auto mehr besitze. Dann trat ich das Taylor ein. Ich musste zweimal zutreten, bevor die Tür nach innen aufflog.

Als ich in der Wohnung war, verschloss ich die anderen drei Schlösser wieder. Die Mieter würden viel Freude damit haben, herauszufinden, was mit dem Taylor passiert war, aber das war ihr Problem, und es würde sich erst irgendwann im März stellen. Ich schaute mich um, bis ich das Fenster fand, das zur Feuerleiter führte, öffnete es und stieg die beiden Stockwerke bis zum Hanniford-Vanderpoel-Apartment hinab.

Das Fenster war nicht abgesperrt. Ich schob es auf, stieg hinein und schloss es wieder.

Eine Stunde später stieg ich wieder aus dem Fenster und die Feuerleiter hoch. In der Wohnung im dritten Stock brannte jetzt Licht, aber an dem Fenster, an dem ich vorbeigehen musste, war die Jalousie herabgezogen. Ich betrat wieder das Apartment im vierten Stock, ging hinaus auf den Korridor und verschloss die Tür hinter mir. Dann ging ich nach unten und verließ das Gebäude. Ich hatte noch genug Zeit, mir ein Sandwich zu gönnen, bevor ich meine Verabredung mit Martin Vanderpoel hatte.

7. Kapitel

Ich fuhr mit der U-Bahn bis zur Station 62nd Street-New Utrecht und ging ein paar Blocks durch den Teil von Brooklyn, an dem sich Bay Ridge und Bensonhurst treffen. Nieselregen ließ einen Teil des gestrigen Schnees schmelzen. Der Wetterdienst erwartete, dass es in der Nacht zu Frost kommen würde. Ich war etwas zu früh dran und genehmigte mir an der Imbisstheke eines Drugstores eine Tasse Kaffee. Am Ende des Tresens stand ein Jugendlicher, der seinen Freunden ein Fallmesser präsentierte. Er warf einen kurzen Blick auf mich und ließ das Messer verschwinden, was mich einmal mehr daran erinnerte, dass ich noch immer wie ein Cop aussah.

Ich trank die Hälfte meines Kaffees und spazierte den Rest des Wegs zur Kirche. Es handelte sich um ein massives Gebäude aus ursprünglich weißem Stein, der über die Jahre hinweg alle möglichen Grautöne angenommen hatte. Ein Grundstein verkündete, dass das Bauwerk im Jahr 1886 von einer Gemeinde erschaffen worden war, die 220 Jahre zuvor gegründet worden war. Ein beleuchtetes Anschlagbrett gab bekannt, dass es sich um die First Reformed Church von Bay Ridge handelte, mit Reverend Martin T. Vanderpoel als Seelsorger. Gottesdienste fanden sonntags um neun Uhr dreißig statt. Am kommenden Sonntag würde Reverend Vanderpoel zum Thema »Der Weg zur Hölle ist mit guten Vorsätzen gepflastert« predigen.

Ich ging um die Ecke und fand das Pfarrhaus gleich neben der Kirche. Es war dreistöckig und aus demselben markanten Stein gebaut. Ich klingelte und stand ein paar Minuten lang vor der Tür im Regen. Dann öffnete eine kleine grauhaarige Frau die Tür und blickte zu mir hoch. Ich nannte ihr meinen Namen.

»Ja«, sagte sie. »Er hat gesagt, dass Sie kommen würden.« Sie führte mich in einen Salon und deutete auf einen Sessel. Ich nahm einem Elektrokamin gegenüber Platz. An den Wänden zu beiden Seiten des Kamins standen Bücherregale. Ein Orientteppich mit gedecktem Muster verbarg den größten Teil des Parkettbodens. Die Möbel in dem Raum waren allesamt dunkel und massiv. Ich saß da, wartete und entschied, dass ich mir einen Bourbon anstelle des Kaffees hätte genehmigen sollen. Es war ziemlich unwahrscheinlich, dass man mir in diesem freudlosen Haus einen Drink anbieten würde.

Er ließ mich fünf Minuten lang warten. Dann hörte ich seine Schritte auf der Treppe. Ich erhob mich, als er den Raum betrat. Er sagte: »Mr. Scudder? Es tut mir leid, dass Sie warten mussten. Ich war am Telefon. Bitte setzen Sie sich doch.«

Vanderpoel war großgewachsen und spindeldürr. Er trug einen schlichten schwarzen Anzug, einen Kollar und Nachtpantoffeln aus schwarzem Leder. Sein Haar war weiß mit gelegentlichen gelben Strähnchen. Vor ein paar Jahren hätte man es vermutlich als lang bezeichnet, aber nun waren die üppigen Locken ausreichend konservativ. Seine Hornbrille hatte dicke Gläser, was es mir erschwerte, seine Augen zu sehen.

»Möchten Sie Kaffee, Mr. Scudder?«

»Nein, danke.«

»Für mich auch keinen. Wenn ich mehr als eine Tasse zum Abendessen trinke, kann ich die halbe Nacht nicht schlafen.« Vanderpoel nahm in einem Sessel Platz, der ein Zwilling dessen war, in dem ich saß. Er beugte sich in meine Richtung und legte die Hände auf die Knie. »Nun gut«, sagte er. »Ich habe keine Ahnung, wie ich Ihnen helfen könnte, aber bitte sagen Sie mir, wenn ich es kann.«

Ich erklärte ihm den Auftrag, den ich für Cale Hanniford übernommen hatte, etwas ausführlicher. Als ich geendet hatte, berührte er sein Kinn mit Daumen und Zeigefinger und nickte nachdenklich.

»Mr. Hanniford hat eine Tochter verloren«, sagte er. »Und ich habe einen Sohn verloren.«

»Ja.«

»Es ist so schwierig, in unserer heutigen Welt ein Vater zu sein, Mr. Scudder. Vielleicht war es immer schwierig, aber es scheint mir, als ob sich die Zeiten gegen uns verschworen hätten. Oh, ich kann mit Mr. Hanniford mitfühlen, mehr als je zuvor, weil ich selbst einen identischen Verlust erlitten habe.« Er wandte sich ab, um in das künstliche Feuer zu starren. »Aber ich befürchte, dass ich keinerlei Mitleid mit der jungen Frau habe.«

Ich schwieg.

»Das ist ein Versagen meinerseits, und ich erkenne es als solches. Der Mensch ist eine unvollkommene Kreatur. Manchmal scheint es mir, als bestehe der höchste Zweck der Religion darin, ihm das Ausmaß seiner Unvollkommenheit bewusst zu machen. Gott allein ist vollkommen. Selbst der Mensch, seine größte Schöpfung, ist hoffnungslos mit Makeln behaftet. Ein Paradox, finden Sie nicht auch, Mr. Scudder?«

»Ja.«

»Nicht der geringste meiner eigenen Mängel ist die Unfähigkeit, um Wendy Hanniford zu trauern. Wissen Sie, ihr Vater macht zweifellos meinen Sohn für den Verlust seiner Tochter verantwortlich. Aber im Gegenzug mache ich seine Tochter für den Verlust meines Sohnes verantwortlich.«

Er erhob sich und ging zum Kamin. Dort stand er einen Moment lang mit perfekt geradem Rücken und wärmte sich die Hände. Er drehte sich zu mir um und schien kurz davor, etwas zu sagen. Stattdessen ging er langsam wieder zu seinem Sessel zurück, setzte sich und schlug dieses Mal die Beine übereinander.

Er fragte: »Sind Sie ein Christ, Mr. Scudder?«

»Nein.«

»Jude?«

»Ich habe keinen Glauben.«

»Wie traurig für Sie«, sagte er. »Ich habe nach Ihrer Religion gefragt, weil die Art Ihres eigenen Glaubens Ihr Verständnis für meine Gefühle gegenüber Wendy Hanniford erleichtern könnte. Aber vielleicht sollte ich mich der Sache von einer anderen Seite nähern. Glauben Sie an Gut und Böse, Mr. Scudder?«

»Ja, das tue ich.«

»Denken Sie, dass so etwas wie das Böse in der Welt existiert?«

»Ich weiß, dass es das tut.«

Er nickte befriedigt. »So wie ich«, sagte er. »Ansonsten wäre es schwierig zu glauben, egal, welcher Religion man anhängt. Ein Blick in eine Tageszeitung bietet genügend Beweise für die Existenz des Bösen.« Er machte eine Pause und ich dachte, er warte darauf, dass ich etwas sagen würde. Dann erklärte er: »*Sie* war böse.«

»Wendy Hanniford?«

»Ja. Eine böse, vom Teufel besessene Frau. Sie hat mir meinen Sohn genommen, ihn von seiner Religion, von seinem Gott abgebracht. Sie hat ihn vom Pfad des Guten abgebracht und auf den Pfad des Bösen geführt.« Seine Stimme gewann Volumen und ich bekam eine Vorstellung von seiner Eindringlichkeit vor der Kirchengemeinde. »Es war mein Sohn, der sie getötet hat. Aber sie war es, die etwas in ihm getötet hat; die ihm ermöglichte zu töten.« Seine Stimme wurde leiser und er hielt die Hände mit den Handflächen nach unten gerichtet an seiner Seite. »Und deshalb kann ich nicht um Wendy Hanniford trauern. Ich kann bedauern, dass sie durch Richards Hände ums Leben kam, ich kann zutiefst bedauern, dass er sich danach selbst das Leben genommen hat, aber ich kann nicht um die Tochter Ihres Mandanten trauern.«

Er ließ die Hände fallen und senkte den Kopf. Ich konnte seine Augen nicht sehen, aber sein Gesicht war von Sorgen erfüllt, in den Ketten von Gut und Böse gefangen. Ich dachte an die Predigt, die er am Sonntag halten würde, und an all die verschiedenen Wege, die in die Hölle führten, und an die Steine, mit denen sie gepflastert waren. Ich stellte mir Martin Vanderpoel als einen hochgewachsenen, schlanken Sisyphus vor, der die Felsbrocken mühsam an ihre Stelle rollte.

Ich sagte: »Ihr Sohn wohnte vor anderthalb Jahren in Manhattan. Damals hat er angefangen, bei Burghash Antiques zu arbeiten.« Vanderpoel nickte. »Also muss er hier ungefähr sechs Monate, bevor er anfing, sich das Apartment mit Wendy Hanniford zu teilen, ausgezogen sein.«

»Das ist richtig.«

»Aber Sie denken, dass sie ihn vom rechten Weg abgebracht hat.«

»Ja.« Er atmete tief ein und dann langsam aus. »Mein Sohn ist ausgezogen, kurz nachdem er die Highschool abgeschlossen hatte. Ich war nicht erfreut darüber, aber ich habe auch nicht heftig dagegen protestiert. Ich hatte gewollt, dass Richard aufs College geht. Er war ein intelligenter Junge und er hätte am College gut abgeschnitten. Ich hatte, verständlicherweise, Hoffnungen, dass er denselben Weg einschlagen würde wie ich. Ich zwang ihn aber nicht in diese Richtung. Jeder muss für sich selbst entscheiden, ob er berufen ist. Ich bin in Bezug auf dieses Thema nicht fanatisch, Mr. Scudder. Ich hätte meinen Sohn lieber als zufriedenen und produktiven Arzt oder Anwalt oder Geschäftsmann gesehen, denn als unzufriedenen Mann Gottes.

Ich erkannte, dass Richard sich selbst finden musste. Das ist eine beliebte Formulierung unter den jungen Leuten heutzutage, nicht wahr? Er musste sich selbst finden. Das verstand ich. Ich erwartete, dass dieser Prozess der Selbstfindung ihn schließlich nach ein oder zwei Jahren ans College führen würde. Ich hoffte, dass das passieren würde, aber auf jeden Fall sah ich keinen Grund, beunruhigt zu sein. Richard hatte eine ehrliche Arbeit, er wohnte in einer anständigen christlichen Unterkunft und ich hatte den Eindruck, dass er sich auf einem guten Weg befand. Vielleicht nicht auf dem Weg, den er schließlich und endlich gehen würde, aber auf einem, der für ihn an diesem Punkt in seinem Leben der richtige war.

Dann hat er Wendy Hanniford kennengelernt. Er hat in Sünde mit ihr gelebt. Er wurde von ihr verdorben. Und, schließlich–«

Ich erinnerte mich an eine Toiletten-Schmiererei: *Glück ist, wenn dein Sohn einen Jungen gleichen Glaubens heiratet.* Offensichtlich hatte Richie Vanderpoel als eine Spielart des Homosexuellen gelebt, ohne dass sein Vater jemals einen Verdacht gehegt hatte. Dann zog er bei einem Mädchen ein und sein Vater war am Boden zerstört gewesen.

Ich sagte: »Reverend Vanderpoel, sehr viele junge Menschen leben heutzutage zusammen, ohne miteinander verheiratet zu sein.«

»Das ist mir bekannt, Mr. Scudder. Es ist kaum zu übersehen, aber ich billige es nicht.«

»Aber Ihr Empfinden in diesem Fall dreht sich um mehr als nur Nichtbilligung.«

»Ja.«

»Warum?«

»Weil Wendy Hanniford böse war.«

Ich hatte die ersten Anzeichen von Kopfschmerzen. Ich rieb die Mitte meiner Stirn mit meinen Fingerspitzen und sagte: »Was ich mehr möchte als alles andere, ist, in der Lage zu sein, ihrem Vater einen Eindruck von ihr zu geben. Sie sagen, sie war böse. Auf welche Weise war sie böse?«

»Sie war eine ältere Frau, die einen unschuldigen jungen Mann in eine unnatürliche Beziehung gelockt hat.«

»Sie war nur drei oder vier Jahre älter als Richard.«

»Ja, das weiß ich. Unter zeitlichen Gesichtspunkten. Aber unter dem Gesichtspunkt der Weltlichkeit war sie ungleich älter als er. Sie war promiskuitiv. Sie war amoralisch. Sie war eine Kreatur der Perversion.«

»Haben Sie sie jemals persönlich getroffen?«

»Ja«, sagte er. Er atmete ein und aus. »Ich habe sie einmal getroffen. Einmal war genug.«

»Wann war das?«

»Es fällt mir schwer, mich daran zu erinnern. Ich denke, es muss im Frühjahr gewesen sein. April oder Mai, würde ich sagen.«

»Hat er sie hierher gebracht?«

»Nein. Richard hütete sich davor, diese Frau in mein Haus zu bringen. Ich ging zu dem Apartment, in dem sie wohnten. Ich ging in der bewussten Absicht hin, sie zu treffen, mit ihr zu reden. Ich wählte einen Zeitpunkt, zu dem Richard bei der Arbeit sein würde.«

»Und Sie haben Wendy getroffen.«

»Das habe ich.«

»Was dachten Sie, könnten Sie erreichen?«

»Ich wollte, dass sie die Beziehung mit meinem Sohn beendet.«

»Und sie hat sich geweigert.«

»Oh ja, Mr. Scudder. Sie hat sich geweigert.« Er lehnte sich in seinem Sessel zurück und schloss die Augen. »Sie war obszön und beleidigend. Sie hat mich verhöhnt. Sie – ich möchte nicht weiter darüber reden, Mr. Scudder. Sie hat sehr deutlich gemacht, dass sie nicht vorhatte, Richard aufzugeben. Es war ihr dienlich, dass er bei ihr wohnte. Das ganze Gespräch war eine der unerfreulichsten Erfahrungen in meinem Leben.«

»Und Sie haben sie danach nie wiedergesehen?«

»Nein. Ich habe Richard mehrmals gesehen, aber nie in dieser Wohnung. Ich habe versucht, mit ihm über diese Frau zu sprechen. Ich kam keinen Schritt weiter. Er war absolut von ihr betört. Sex – böser, hemmungsloser Sex – gibt gewissen Frauen eine außergewöhnliche Macht über einen dafür empfänglichen Mann. Männer sind schwach, Mr. Scudder, und sie sind oft hilflos gegenüber der schrecklichen Kraft der Sexualität einer bösen Frau.« Er seufzte nachdrücklich. »Und am Ende wurde sie durch ihre eigene böse Natur zerstört. Der sexuelle Bann, in den sie meinen Sohn gezogen hatte, war das Werkzeug ihres eigenen Untergangs.«

»Sie beschreiben sie wie eine Hexe.«

Er deutete ein Lächeln an. »Eine Hexe. In der Tat, das tue ich. In einem weniger aufgeklärten Zeitalter als dem unseren hätte man sie wegen Hexerei auf dem Scheiterhaufen verbrannt. Heutzutage sprechen wir von Neurosen, von psychischen Komplikationen, von Zwang. Früher sprachen wir von Hexerei und dämonischer Besessenheit. Manchmal frage ich mich, ob wir heute wirklich so aufgeklärt sind, wie wir denken. Oder ob uns unsere Aufgeklärtheit etwas nutzt.«

»Nutzt uns irgendetwas?«

»Wie bitte?«

»Ich habe mich gefragt, ob uns irgendetwas von Nutzen ist.«

»Ah«, sagte er. Er nahm die Brille ab und legte sie auf seine Knie. Ich hatte bislang die Farbe seiner Augen noch nicht wahrgenommen. Sie waren hellblau mit goldenen Flecken. Er sagte: »Sie besitzen keinen Glauben, Mr. Scudder. Vielleicht erklärt das Ihren Zynismus.«

»Vielleicht.«

»Ich würde sagen, dass uns Gottes Liebe von großem Nutzen ist. In der nächsten Welt, wenn nicht schon in dieser.«

Ich entschied, dass ich mich erst einmal nur mit dieser Welt beschäftigen wollte. Ich fragte ihn, ob Richie gläubig gewesen war.

»Er durchlief eine Phase des Zweifels. Er war zu sehr mit seinem Versuch der Selbstfindung beschäftigt, um Platz für die Erkenntnis Gottes zu haben.«

»Ich verstehe.«

»Und dann geriet er in den Bann dieser Hanniford-Frau. Ich verwende das Wort mit Bedacht. Er geriet buchstäblich in ihren Bann.«

»Wie war er davor gewesen?«

»Ein guter Junge. Ein wacher, interessierter und engagierter junger Mann.«

»Sie hatten niemals Probleme mit ihm?«

»Keine Probleme.« Er setzte die Brille wieder auf. »Ich komme nicht umhin, mir selbst die Schuld zu geben, Mr. Scudder.«

»Wofür?«

»Für alles. Wie sagt man? ›Des Schusters Kinder haben die schlechtesten Schuhe.‹ Vielleicht trifft dieser Spruch in diesem Fall zu. Vielleicht habe ich mich zu sehr um meine Kirchengemeinde und zu wenig um meinen Sohn gekümmert. Ich musste ihn allein großziehen, müssen sie wissen. Damals schien das keine schwere Aufgabe zu sein. Aber vielleicht war sie schwieriger, als mir jemals bewusst wurde.«

»Richards Mutter –«

Er schloss die Augen. »Ich habe meine Frau vor fast fünfzehn Jahren verloren«, sagte er.

»Das wusste ich nicht.«

»Es war für uns beide schwer. Für Richard und für mich. Im Nachhinein denke ich, dass ich wieder hätte heiraten sollen. Ich habe niemals... niemals mit dem Gedanken gespielt. Ich war in der Lage, eine Haushälterin zu haben, und meine eigenen Pflichten ermöglichten mir, mehr Zeit mit ihm zu verbringen, als der durchschnittliche Vater es gekonnt hätte. Ich dachte, dass das ausreichend wäre.«

»Und jetzt sind Sie nicht mehr dieser Ansicht?«

»Ich weiß es nicht. Manchmal denke ich, dass es nur wenig gibt, das wir tun können, um unser Schicksal zu ändern. Unser Leben läuft nach einem vorgezeichneten Plan.« Er lächelte kurz. »Daran zu glauben ist entweder sehr beruhigend oder genau das Gegenteil, Mr. Scudder.«

»Ich verstehe, wie das der Fall sein könnte.«

»Dann wiederum denke ich, dass es etwas hätte geben müssen, das ich hätte tun können. Richard hat sich zu sehr in sich selbst zurückgezogen. Er war schüchtern, zugeknöpft, ein überaus zurückhaltender Mensch.«

»Was war mit seinem Sozialleben? Ich meine, während der Highschool, als er noch hier wohnte.«

»Er hatte Freunde.«

»Ist er mit Mädchen ausgegangen?«

»Er hat sich damals nicht für Mädchen interessiert. Er hatte sich nie für Mädchen interessiert, bis er in die Klauen dieser Frau geriet.«

»Hat es Sie beunruhigt, dass er sich nicht für Mädchen interessierte?«

Das war so nahe, wie ich mir erlaubte, der Andeutung zu kommen, dass Richard eher an Jungs interessiert gewesen sein könnte. Falls er es verstand, ließ Vanderpoel es sich nicht anmerken. »Ich machte mir keine Sorgen«, sagte er. »Ich betrachtete es als gegeben, dass er irgendwann eine gute und gesunde Beziehung mit einem Mädchen haben würde, das schließlich seine Frau werden und seine Kinder gebären würde. Dass er sich bis dahin nicht mit der Partnersuche beschäftigte, störte mich nicht. Wenn Sie in der Lage wären, das zu sehen, was ich sehe, Mr. Scudder, würden Sie erkennen, dass ein großer Teil der Probleme daher rührt, dass das eine Geschlecht zu sehr mit dem anderen beschäftigt ist. Ich habe Mädchen gesehen, die in ihren frühen Jugendjahren schwanger wurden. Ich habe Männer gesehen, die in sehr jungen Jahren in die Ehe gezwungen wurden. Ich habe junge Menschen gesehen, die unter unaussprechlichen Krankheiten zu leiden hatten. Nein, wenn überhaupt, dann war ich erfreut, dass Richard auf diesem Gebiet ein Spätentwickler war.«

Er schüttelte den Kopf. »Und dennoch«, sagte er, »wenn er erfahrener gewesen wäre, wenn er weniger unschuldig gewesen wäre, dann wäre er vielleicht kein so leichtes Opfer für Miss Hanniford geworden.«

Wir saßen einen Moment lang stumm da. Ich fragte ihn noch ein paar weitere Dinge, ohne als Antwort etwas von Bedeutung zu bekommen. Er fragte mich noch einmal, ob ich eine Tasse Kaffee wollte. Ich lehnte ab und sagte, dass es Zeit für mich sei, mich zu verabschieden. Er versuchte nicht, mich zum Bleiben zu bewegen.

Ich nahm meinen Mantel aus dem Dielenschrank, in dem ihn die Haushälterin verstaut hatte. Als ich ihn anzog, sagte ich: »Ich habe gehört, dass Sie Ihren Sohn nach dem Mord einmal besucht haben.«

»Ja.«

»In seiner Zelle.«

»Das ist richtig.« Er zuckte bei der Erinnerung fast unmerklich zusammen. »Wir haben nicht lange gesprochen. Ich habe nur versucht, das Wenige zu tun, das ich tun konnte, um ihn zu beruhigen. Offensichtlich bin ich gescheitert. Er ... er entschied, sich selbst die Strafe für das, was er getan hatte, zuzumessen.«

»Ich habe mit dem Verteidiger gesprochen, dem der Fall zugeteilt worden war. Ein Mr. Topakian.«

»Ich habe den Mann nicht persönlich kennengelernt. Nachdem Richard ... sich das Leben genommen hatte ... Nun, ich sah keinen Grund, mit dem Anwalt zu sprechen. Und ich konnte mich nicht dazu bringen, es zu tun.«

»Ich verstehe.« Ich war damit fertig, meinen Mantel zuzuknöpfen. »Topakian sagte, dass Richard sich nicht an die eigentliche Mordtat erinnern konnte.«

»Oh?«

»Hat Ihr Sohn Ihnen irgendetwas darüber gesagt?«

Er zögerte einen Augenblick, und ich dachte, dass er nicht antworten würde. Dann schüttelte er ungeduldig den Kopf. »Es macht nichts, das jetzt zu sagen, oder? Vielleicht hat er dem Anwalt die Wahrheit gesagt, vielleicht konnte er sich zu dem Zeitpunkt wirklich nicht erinnern.« Er seufzte noch einmal. »Mir hat Richard gesagt, dass er sie umgebracht hat. Er sagte mir, dass er nicht wusste, was über ihn gekommen war.«

»Hat er Ihnen eine Erklärung dafür gegeben?«

»Eine Erklärung? Ich weiß nicht, ob Sie es eine Erklärung nennen würden, Mr. Scudder. Mir zumindest hat es einiges erklärt.«

»Was hat er gesagt?«

Er blickte über meine Schulter hinweg an mir vorbei, während er nach den richtigen Worten suchte. Schließlich sagte er: »Er sagte mir, dass er einen plötzlichen Moment schrecklicher Klarheit gehabt hatte, als er ihr Gesicht sah. Er sagte, dass es war, als ob er einen flüchtigen Blick auf den Teufel geworfen hätte und nur noch wusste, dass er zerstören musste, zerstören.«

»Ich verstehe.«

»Ohne meinen Sohn von seiner Schuld freisprechen zu wollen, Mr. Scudder, ich mache nichtsdestotrotz Miss Hanniford für den Verlust ihres eigenen Lebens verantwortlich. Sie hat ihn umgarnt, sie hat ihr wirkliches Selbst vor ihm verschleiert, und dann wurde der Schleier einen Augenblick lang gelüftet. Der Schleier vor seinen Augen lockerte sich einen Moment lang und er sah sie, wie sie wirklich war. Und er sah, da bin ich mir sicher, was sie ihm und seinem Leben angetan hatte.«

»Sie klingen fast so, als würden Sie denken, dass er ein Recht hatte, sie zu töten.«

Er starrte mich an, die Augen schockiert aufgerissen. »Oh nein«, sagte er. »Niemals. Man spielt nicht Gott. Gott ist dafür zuständig zu bestrafen und zu belohnen, zu geben und zu nehmen. Der Mensch nicht.«

Ich langte nach dem Türgriff, zögerte aber. »Was haben Sie Richard gesagt?«

»Ich kann mich kaum erinnern. Es gab nur wenig zu sagen, und ich befürchte, dass ich mich selbst zu sehr in einem Schockzustand befand, um sehr kommunikativ zu sein. Mein Sohn bat mich um Vergebung. Ich gab ihm meinen Segen. Ich sagte ihm, dass er den Herrn um Vergebung bitten solle.« Aus der Nähe betrachtet wurden seine Augen durch die dicken Brillengläser vergrößert. In ihren Winkeln standen Tränen. »Ich kann nur hoffen, dass er es getan hat«, sagte er. »Ich kann nur hoffen, dass er es getan hat.«

8. Kapitel

Als ich aufstand, war es noch dunkel. Ich hatte noch immer dieselben Kopfschmerzen, mit denen ich zu Bett gegangen war. Im Badezimmer schluckte ich ein paar Aspirin-Tabletten, dann zwang ich mich dazu, etwas Zeit unter der heißen Dusche zu verbringen. Als ich mich abgetrocknet und angezogen hatte, waren die Kopfschmerzen fast völlig verschwunden und der Himmel begann, heller zu werden.

Mein Kopf war voller Bruchstücke der Gespräche vom Vorabend. Ich war aus Brooklyn mit Kopfschmerzen und Durst zurückgekehrt, und ich hatte mich letzterem fürsorglicher gewidmet als ersterem. Ich erinnerte mich lückenhaft an einen Anruf bei Anita in Long Island – den Jungs ginge es gut, sie schliefen schon, sie würden gerne nach New York kommen und mich besuchen, vielleicht über Nacht bleiben, wenn es sich einrichten ließe. Ich hatte geantwortet, dass das großartig wäre, ich aber gerade an einem Fall arbeitete. »Des Schusters Kinder haben die schlechtesten Schuhe«, sagte ich ihr. Ich denke nicht, dass sie wusste, wovon ich sprach.

Ins Armstrong's war ich gerade zu Trinas Schichtende gekommen. Ich spendierte ihr ein paar Stinger-Cocktails und erzählte ihr ein wenig über den Fall, an dem ich arbeitete. »Seine Mutter starb, als er sechs oder sieben Jahre alt war«, sagte ich. »Das hatte ich nicht gewusst.«

»Macht es einen Unterschied, Matt?«

»Ich weiß es nicht.«

Nachdem sie gegangen war, saß ich für mich allein und gönnte mir noch ein paar Drinks. Zum Ende hin wollte ich mir einen Hamburger bestellen, aber die Küche hatte bereits geschlossen. Ich weiß nicht, um wieviel Uhr ich auf mein Zimmer kam. Entweder hatte ich nicht darauf geachtet oder ich konnte mich nicht erinnern.

Ich aß ein Frühstück mit viel Kaffee nebenan im Red Flame. Ich überlegte mir, Hanniford in seinem Büro anzurufen, entschied dann aber, dass es warten konnte.

Der Beamte auf dem Postamt in der Christopher Street klärte mich darüber auf, dass Nachsendeadressen nur für ein Jahr aktiv seien. Ich schlug vor, dass er in den alten Unterlagen nachsehen könnte, und er antwortete, das sei nicht seine Aufgabe und es wäre sehr zeitaufwändig und er sei ohnehin schon überarbeitet. Damit wäre er der erste überarbeitete Postangestellte seit Benjamin Franklin gewesen. Ich nahm den Hinweis zur Kenntnis und steckte ihm einen Zehn-Dollar-Schein zu. Er schien überrascht, entweder wegen der Höhe des Betrags oder weil er überhaupt irgendetwas bekam außer Streit. Er verschwand in einem Hinterzimmer und kehrte nach ein paar Minuten mit der Adresse von Marcia Maisel in der East 84th Street auf Höhe der York Avenue zurück.

Bei dem Gebäude handelte es sich um ein Hochhaus mit Tiefgarage und einer Lobby, die auch einem kleinen Flughafen gut zu Gesicht gestanden hätte. Es gab einen kleinen Wasserfall mit Kieselsteinen und Plastikpflanzen. Ich konnte im Mieterverzeichnis keine Maisel finden. Der Portier hatte noch nie von ihr gehört. Es gelang mir, den Hausmeister aufzutreiben, und er erinnerte sich an ihren Namen. Er sagte, dass sie vor ein paar Monaten geheiratet habe und ausgezogen sei. Ihr Ehename sei Mrs. Gerald Thal. Er hatte ihre neue Adresse in Mamaroneck.

Die Telefonauskunft für Westchester gab mir eine Nummer, die ich wählte. Bei den ersten drei Versuchen war besetzt. Beim vierten Mal klingelte es zweimal, bevor sich eine Frauenstimme meldete.

Ich sagte: »Mrs. Thal?«

»Ja?«

»Mein Name ist Matthew Scudder. Ich möchte gerne mit Ihnen über Wendy Hanniford sprechen.«

Es folgte eine lange Stille und ich begann, mich zu fragen, ob ich überhaupt mit der richtigen Person sprach. Ich hatte einen Stapel mit alten Zeitschriften in einem Schrank in Wendys Apartment gefunden, auf denen Marcia Maisels Name mit der Anschrift in der Bethune Street gestanden hatte. Es war möglich, dass irgendwo unterwegs ein Irrtum passiert war – der Postangestellte konnte die falsche Maisel herausgesucht haben, der Hausmeister konnte die falsche Karte aus seiner Kartei gezogen haben.

Dann sagte sie: »Was wollen Sie von mir?«

»Ich möchte Ihnen ein paar Fragen stellen.«

»Warum mir?«

»Sie haben sich das Apartment in der Bethune Street mit ihr geteilt.«

»Das war vor sehr langer Zeit.« Vor langer Zeit und in einem fernen Land. Und außerdem, das Frauenzimmer ist tot. »Ich habe Wendy seit Jahren nicht mehr gesehen. Ich bin mir nicht sicher, dass ich sie überhaupt wiedererkennen würde. Sie wiedererkannt *hätte*.«

»Aber Sie haben sie gekannt.«

»Na und? Können Sie bitte am Apparat bleiben? Ich brauche eine Zigarette.« Ich blieb am Apparat. Sie meldete sich einen Moment später wieder und sagte: »Ich habe natürlich in der Zeitung davon gelesen. Der Junge, der es getan hat, hat sich umgebracht, oder?«

»Ja.«

»Warum wollen Sie mich dann in die Sache hineinziehen?«

Die Tatsache, dass sie nicht in die Sache hineingezogen werden wollte, war an sich schon fast Grund genug, es zu tun. Aber ich erklärte ihr die Art meines Auftrags: Cale Hannifords Bedürfnis, etwas über die jüngere Vergangenheit seiner Tochter zu erfahren, wenn sie schon keine Zukunft mehr hatte. Als ich damit fertig war, sagte sie mir, dass sie vermutlich in der Lage wäre, mir ein paar Fragen zu beantworten.

»Sie sind im Juni letzten Jahres von der Bethune Street in die East 84th Street gezogen.«

»Woher wissen Sie so viel über mich? Egal, machen Sie weiter.«

»Ich habe mich gefragt, warum Sie umgezogen sind.«

»Ich wollte eine eigene Wohnung haben.«

»Ich verstehe.«

»Außerdem war es näher an meiner Arbeit. Ich hatte einen Job an der East Side und es war immer ziemlich schwer, vom Village dorthin zu kommen.«

»Wie kamen Sie überhaupt dazu, mit Wendy zusammenzuwohnen?«

»Sie hatte ein Apartment, das für sie allein zu groß war, und ich suchte ein Dach über dem Kopf. Es schien eine gute Idee zu sein.«

»Aber es hat sich dann doch nicht als gute Idee entpuppt?«

»Nun, wie gesagt, die Lage, und außerdem schätze ich meine Privatsphäre.«

Sie würde mir genau die Antworten geben, mit denen sie mich am schnellsten loswerden würde. Ich wünschte mir, mit ihr von Angesicht zu Angesicht sprechen zu können anstatt über das Telefon. Gleichzeitig hoffte ich, dass ich nicht einen Tag damit verschwenden müsste, nach Mamaroneck hinauszufahren.

»Wie kam es dazu, dass Sie sich das Apartment geteilt haben?«

»Ich habe Ihnen gerade gesagt, sie hatte die Wohnung–«

»Haben Sie auf eine Anzeige geantwortet?«

»Oh, jetzt verstehe ich, was Sie meinen. Nein, um genau zu sein, ich habe sie auf der Straße getroffen.«

»Sie kannten sie schon von früher?«

»Oh, ich dachte, das wäre Ihnen bekannt. Ich habe sie am College kennengelernt. Ich kannte sie nicht sehr gut, wir waren niemals eng befreundet gewesen, müssen Sie wissen, aber es war ein kleines College und jeder kannte mehr oder weniger jeden, und ich habe sie auf der Straße getroffen und wir sind ins Gespräch gekommen.«

»Sie haben sie am College kennengelernt.«

»Ja, ich dachte, das wäre Ihnen bekannt. Sie scheinen so viele Dinge über mich zu wissen, dass ich überrascht bin, dass Sie das nicht wussten.«

»Ich würde gerne zu Ihnen rausfahren, um mich mit Ihnen zu unterhalten, Mrs. Thal.«

»Oh, ich denke, das ist keine gute Idee.«

»Ich weiß, dass ich damit Ihre Zeit in Anspruch nehmen würde, aber–«

»Ich will nicht in die Sache verwickelt werden«, sagte sie. »Können Sie das nicht verstehen? Herrgott, Wendy ist tot, oder? Was kann es ihr da noch nutzen? Oder?«

»Mrs. Thal–«

»Ich werde jetzt auflegen«, sagte sie. Und tat es.

Ich kaufte mir eine Zeitung, ging zu einer Imbisstheke und trank eine Tasse Kaffee. Ich ließ ihr eine halbe Stunde Zeit sich zu fragen, ob sie mich so leicht loswerden würde oder nicht. Dann wählte ich wieder ihre Nummer.

Vor langer Zeit habe ich etwas gelernt. Es ist nicht notwendig zu wissen, wovor eine Person Angst hat. Es genügt zu wissen, dass sie Angst hat.

Sie hob während des zweiten Läutens ab. Sie hielt den Hörer einen Moment lang gegen ihr Ohr, ohne etwas zu sagen. Dann sagte sie: »Hallo?«

»Hier ist Scudder.«

»Hören Sie, ich–«

»Halten Sie den Rand, Sie dumme Schlampe. Ich will mit Ihnen sprechen. Ich werde entweder in der Anwesenheit Ihres Ehemanns mit Ihnen sprechen oder ich werde mit Ihnen allein sprechen.«

Stille.

»Denken Sie einfach darüber nach. Ich kann mir ein Auto mieten und in einer Stunde in Mamaroneck sein. Eine weitere Stunde später sitze ich wieder im Auto und verschwinde aus Ihrem Leben. Das ist der einfache Weg. Wenn Sie den harten Weg möchten, kann ich das auch einrichten, aber ich sehe nicht, welchen Vorteil das für irgendeinen von uns beiden hätte.«

»Oh Gott.«

Ich ließ sie darüber nachdenken. Sie hing jetzt am Haken und es gab keine Möglichkeit, wie sie sich befreien konnte.

Sie sagte: »Heute geht es nicht. Freunde kommen zum Kaffeetrinken, und sie werden jeden Augenblick hier sein.«

»Heute Abend?«

»Nein. Gerry wird zu Hause sein. Morgen?«

»Vormittags oder nachmittags?«

»Ich hab einen Termin beim Arzt um zehn. Danach bin ich frei.«

»Ich werde um zwölf bei Ihnen sein.«

»Nein. Warten Sie einen Moment. Ich will nicht, dass Sie hierher kommen.«

»Dann schlagen Sie einen Ort vor und ich werde dort hinkommen.«

»Lassen Sie mich kurz nachdenken. Mein Gott. Ich kenne mich hier nicht aus, wir sind erst vor ein paar Monaten hierher gezogen. Lassen Sie mich überlegen. Es gibt ein Restaurant mit Cocktailbar auf dem Schuyler Boulevard. Es heißt Carioca. Ich könnte dort nach meinem Arztbesuch zu Mittag essen.«

»Um zwölf?«

»In Ordnung. Die genaue Adresse weiß ich nicht.«

»Ich werde es finden. Das Carioca auf dem Schuyler Boulevard.«

»Ja. Ich habe Ihren Namen vergessen.«

»Scudder. Matthew Scudder.«

»Wie werde ich Sie erkennen?«

Ich dachte, ich werde der Mann sein, der fehl am Platze ist. Ich sagte: »Ich werde an der Bar einen Kaffee trinken.«

»In Ordnung. Ich denke, wir werden einander finden.«

»Ich bin mir sicher, dass wir das werden.«

Mein rechtswidriges Eindringen am Vorabend hatte mir außer Marcia Maisels Namen kaum neue Fakten verschafft. Meine Durchsuchung der Wohnung war durch den Umstand erschwert worden, dass ich nicht genau wusste, wonach ich suchte. Wenn man eine Wohnung filzt, hilft es, wenn man nach etwas Bestimmtem sucht. Es hilft außerdem, wenn es egal ist, ob man Spuren hinterlässt oder nicht. Man kann beispielsweise ein

Bücherregal sehr viel effektiver durchsuchen, wenn man die Bücher nach dem Durchblättern einfach auf einen Haufen auf den Boden fallen lassen kann. Aus einer Aufgabe, die zwanzig Minuten lang dauern kann, wird eine ganze Stunde, wenn man jedes einzelne Buch wieder schön brav an seinen Platz zurückstellen muss.

Es gab nur wenige Bücher in Wendys Apartment und ich hatte mich nicht mit ihnen beschäftigt. Ich war nicht auf der Suche nach etwas gewesen, das absichtlich versteckt worden war. Ich hatte nicht gewusst, wonach ich suchte, und nun, im Nachhinein, war ich mir nicht sicher, was ich gefunden hatte.

Den größten Teil der Stunde hatte ich damit verbracht, durch die Zimmer zu laufen, auf Stühlen zu sitzen, mich gegen die Wand zu lehnen und zu versuchen, mich dem Wesen der beiden Menschen, die dort gelebt hatten, anzunähern. Ich blickte auf das Bett, in dem Wendy gestorben war, ein Doppelbett mit Federkernbox und Matratzen auf einem Hollywood-Rahmen. Die blutdurchtränkten Laken waren noch nicht abgezogen, aber das hätte auch wenig Sinn gemacht, denn auch die Matratze war reichlich mit Blut durchtränkt und man würde das Bett komplett entsorgen müssen. Irgendwann hielt ich einen Klumpen rostfarbenen Bluts in der Hand und in meinen Gedanken wirbelten Bilder eines Pfarrers, der die Kommunion ausgab. Ich eilte in das Badezimmer und würgte, ohne dass etwas hochkam.

Während ich im Bad war, schob ich den Duschvorhang beiseite und untersuchte die Badewanne. Ein Schmutzrand zeugte vom letzten Bad, das darin genommen worden war, und im Abfluss sah ich verfilzte Haare, aber da war nichts, das Anlass zu der Vermutung gegeben hätte, dass jemand in der Wanne ermordet worden war. Ich hatte auch nicht vermutet, dass ich etwas finden würde. Richard Vanderpoels Erinnerungen waren kein Paradebeispiel präzisen, geradlinigen Denkens gewesen.

Aus der Untersuchung des Badezimmerschränkchens erfuhr ich, dass Wendy die Pille genommen hatte. Die Pillen waren auf einer Karte verpackt, die auch die Wochentage auswies, so dass man immer wusste, ob man einen Tag ausgelassen hatte oder nicht. Die Pille für Donnerstag fehlte. Dadurch hatte ich zumindest in Hinsicht auf eine Sache, die sie am Tag ihres Todes getan hatte, Gewissheit: Sie hatte ihre Pille genommen.

Außer den Antibabypillen fand ich genug Fläschchen mit natürlichen Vitaminen, um den Verdacht zu hegen, dass zumindest einer der beiden Bewohner des Apartments fest von ihrer Wirksamkeit überzeugt gewesen war. Eine kleine Ampulle mit Verschreibungsetikett sagte mir, dass Richie unter Heuschnupfen gelitten hatte. Es gab ziemlich viele Kosmetika, zwei verschiedene Sorten Deodorant, einen kleinen elektrischen Rasierer für Beine und Achselhöhlen, einen großen elektrischen Rasierer für die Gesichtsrasur. Ich fand noch weitere verschreibungspflichtige Medikamente – Seconal und Darvon (für ihn), Dexedrine-Kapseln mit der Aufschrift *Für Gewichtskontrolle* (für sie), und ein Fläschchen ohne Etikett, in dem sich etwas befand, das wie Librium aussah. Ich war überrascht, dass sich die Medikamente noch dort befanden. Polizisten besitzen die Neigung, sie einzustecken, und selbst Männern, die kein Bargeld von Toten stehlen würden, fällt es schwer, den kleinen Pillen, die einen hoch- oder runterbringen können, zu widerstehen.

Ich ließ das Seconal und das Dex mitgehen.

Ein Schrank und eine Kommode im Schlafzimmer waren voll mit Wendys Kleidung. Keine große Garderobe, aber mehrere Kleider trugen Etiketten von Bloomingdale's und Lord & Taylor. Seine Kleidung befand sich im Wohnzimmer. Einer der Schränke dort war mit seinen Sachen belegt und er hatte Hemden, Socken und Unterwäsche in den Schubladen eines Schreibtisches im spanischen Stil gelagert.

Bei dem Sofa im Wohnzimmer handelte es sich um eine Schlafcouch. Ich öffnete sie und fand sie mit Laken und Decken vorbereitet. Auf den Laken war geschlafen worden, seit sie zum letzten Mal gewaschen worden waren. Ich klappte die Couch wieder zu und setzte mich darauf.

Eine gut ausgestattete Küche, Bratpfannen mit Kupferboden, eine Garnitur ofenrot emailliertes, gusseisernes Kochgeschirr, ein Gewürzregal aus Teakholz mit zweiunddreißig Gläsern mit Kräutern und Gewürzen.

Im Kühlschrank befanden sich mehrere Fertiggerichte im Gefrierfach, aber ansonsten war er reichhaltig mit echtem Essen gefüllt. Ebenso wie die Einbauschränke. Für Manhattan war die Küche relativ groß, sie bot Platz für einen runden Eichentisch. Am Tisch standen zwei Kapitänsstühle. Ich ließ mich auf einem der beiden nieder und stellte mir gemütliche häusliche Szenen vor; wie einer von beiden eine Gourmetmahlzeit zubereitet, wie sie beide an diesem Tisch sitzen und sie verzehren.

Ich hatte das Apartment verlassen, ohne die hilfreichen Dinge gefunden zu haben, die man zu finden hofft. Keine Adressbücher, keine Scheckbücher, keine Kontoauszüge. Keine aufschlussreichen Stapel geplatzter Schecks. Was auch immer ihre finanziellen Vereinbarungen gewesen waren, sie hatten sie offenbar auf Bargeldbasis vollzogen.

Nun, einen Tag später, dachte ich über meine Eindrücke von diesem Apartment nach und versuchte, sie mit Martin Vanderpoels Porträt von Wendy als Inkarnation des Bösen in Einklang zu bringen. Wenn sie seinen Sohn mit Sex in die Falle gelockt hatte, warum schlief er dann auf einem Klappbett im Wohnzimmer? Und warum war das ganze Apartment von solch einer beschaulichen Häuslichkeit geprägt gewesen, einer derart behaglichen Häuslichkeit, dass sie selbst durch das ganze Blut im Schlafzimmer nicht völlig überdeckt werden konnte?

9. Kapitel

Zurück in meinem Hotel fand ich an der Rezeption eine Nachricht vor. Cale Hanniford hatte um Viertel nach elf angerufen; ich sollte ihn zurückrufen. Er hatte eine Nummer hinterlassen, bei der es sich um die handelte, die er mir bereits gegeben hatte. Seine Nummer im Büro.

Ich rief ihn von meinem Zimmer aus an. Er war zu Mittag. Seine Sekretärin bot mir an, dass er mich zurückrufen würde. Ich lehnte ab und kündigte an, dass ich es in einer Stunde oder so noch einmal versuchen würde.

Das Telefonat brachte mir J.J. Cottrell, Inc., in Erinnerung, den Arbeitgeber, den Wendy auf ihrem Mietantrag angegeben hatte. Ich suchte die Nummer in meinem Notizbuch und versuchte es noch einmal mit dem Gedanken, dass ich mich beim ersten Mal vielleicht verwählt hatte. Ich durfte mir dieselbe Ansage anhören. Dann schlug ich im Telefonbuch unter J.J. Cottrell nach, konnte aber nichts finden. Ich versuchte es bei der Auskunft, aber die konnten mir auch nicht weiterhelfen.

Ich überlegte ein paar Minuten lang, dann wählte ich eine besondere Nummer. Als sich eine Frau meldete, sagte ich: »Wachtmeister Lewis Pankow, Sechstes Revier. Ich habe eine Nummer, die vorübergehend außer Betrieb ist, und ich muss wissen, unter welchem Namen sie eingetragen ist.«

Sie fragte nach der Nummer. Ich gab sie ihr. Sie bat mich, am Apparat zu bleiben. Ich saß fast zehn Minuten lang mit dem Hörer am Ohr da, bis sie sich wieder meldete.

»Das ist keine vorübergehende Abschaltung«, sagte sie. »Es ist eine endgültige Stilllegung.«

»Können Sie mir sagen, auf wen die Nummer zuletzt eingetragen war?«

»Ich befürchte nein.«

»Haben Sie diese Information nicht in den Akten?«

»Wir müssen sie irgendwo haben, aber ich habe keinen Zugang dazu. Ich kann Abschaltungen neueren Datums einsehen, aber der Anschluss wurde vor mehr als einem Jahr stillgelegt. Es überrascht mich, dass die Nummer noch nicht neu vergeben wurde.«

»Dann ist alles, was Sie wissen, dass sie vor mehr als einem Jahr stillgelegt wurde?«

Das war alles, was sie wusste. Ich dankte ihr und legte auf. Ich schenkte mir einen Drink ein und als ich ihn getrunken hatte, entschied ich, dass Hanniford nun wieder zurück in seinem Büro sein musste. Ich hatte Recht.

Er teilte mir mit, dass es ihm gelungen war, die Postkarten zu finden. Die erste, die aus New York, war am vierten Juni abgestempelt worden. Die zweite, aus Miami, trug einen Stempel vom sechzehnten September.

»Sagt Ihnen das irgendetwas, Scudder?«

Es sagte mir, dass sie im frühen Juni in New York gewesen war, wenn nicht sogar schon früher. Es sagte mir, dass sie die Reise nach Miami unternommen hatte, bevor sie den Mietvertrag für ihr Apartment unterschrieben hatte. Ansonsten sagte es mir nicht sonderlich viel.

»Ein weiteres Stück des Puzzles«, erwiderte ich. »Haben Sie die Karten jetzt bei sich?«

»Ja, sie liegen vor mir.«

»Können Sie mir die Nachrichten vorlesen?«

»Sie sind nicht sehr lang.« Ich wartete und er sagte: »Nun, es gibt keinen Grund, sie nicht vorzulesen. Das ist die erste Karte: ›Liebe Mom, lieber Dad, hoffe, ihr sorgt euch nicht um mich. Alles ist gut. Bin in New York, wo es mir sehr gut gefällt. Die Schule wurde zu nervig. Werde euch alles erklären, wenn wir uns sehen.‹« Seine Stimme überschlug sich etwas bei diesem Satz, aber er räusperte sich und fuhr fort: »›Macht euch keine Sorgen. Alles liebe, Wendy.‹«

»Und die andere Karte?«

»Hat kaum Text. ›Liebe Mom, lieber Dad, nicht schlecht, oder? Ich dachte immer, Florida ist nur für den Winter, aber es ist auch zu dieser Jahreszeit toll. Bis bald. Alles liebe, Wendy.‹«

Er fragte mich, wie ich vorankam. Ich wusste nicht wirklich, was ich darauf antworten sollte. Ich sagte, dass ich sehr fleißig gewesen wäre und dabei war, dies und das zusammenzufügen, aber dass ich nicht wusste, wann ich etwas für ihn haben würde. »Wendy hat sich das Apartment mehrere Monate lang mit einem anderen Mädchen geteilt, bevor Vanderpoel aufgetaucht ist.«

»War das andere Mädchen eine Prostituierte?«

»Ich weiß es nicht. Ich bezweifle es zwar, bin mir aber nicht sicher. Ich werde sie morgen treffen. Offenbar hatten sie sich am College kennengelernt. Hat sie jemals eine Freundin namens Marcia Maisel erwähnt?«

»Maisel? Ich denke nicht.«

»Erinnern Sie sich an Namen ihrer Freunde am College?«

»Ich glaube nicht. Lassen sie mich nachdenken. Wenn ich mich richtig erinnere, hat sie sie immer nur mit Vornamen erwähnt, und die sind mir nicht im Gedächtnis geblieben.«

»Es ist vermutlich unwichtig. Sagt Ihnen der Name Cottrell irgendetwas?«

»Cottrell?« Ich buchstabierte den Namen und er wiederholte ihn laut. »Nein, sagt mir nichts. Sollte er?«

»Wendy hat eine Firma mit diesem Namen als Arbeitgeber angegeben, als sie die Wohnung gemietet hat. Die Firma scheint nicht zu existieren.«

»Warum dachten Sie, dass ich den Namen gehört haben könnte?«

»Nur ein Schuss ins Blaue. Davon habe ich in der letzten Zeit eine Menge abgegeben, Mr. Hanniford. War Wendy eine gute Köchin?«

»Wendy? Nicht, dass ich wüsste. Natürlich kann sie während ihrer Zeit am College ein Interesse am Kochen entwickelt haben. Davon weiß ich aber nichts. Als sie noch zu Hause gewohnt hat, denke ich nicht, dass sie jemals etwas Aufwändigeres als ein Erdnussbutter-Marmeladen-Sandwich zubereitet hat. Warum fragen Sie?«

»Nur so.«

Sein anderes Telefon klingelte und er fragte mich, ob es noch etwas gäbe. Ich wollte gerade verneinen, dachte dann aber an etwas, woran ich schon früher hätte denken sollen. »Die Postkarten«, sagte ich.

»Was ist damit?«

»Was ist auf der anderen Seite?«

»Auf der anderen Seite?«

»Es sind Ansichtskarten, oder? Drehen Sie sie um. Ich will wissen, was auf der anderen Seite ist.«

»Ich verstehe. Grants Grab. Ist das ein wichtiges Teil des Puzzles, Scudder?«

Ich ignorierte den Sarkasmus. »Das ist New York«, sagte ich. »Ich interessiere mich mehr für die aus Miami.«

»Es ist ein Hotel.«

»Was für ein Hotel?«

»Oh, um Himmels Willen. Daran habe ich überhaupt nicht gedacht. Es könnte von Bedeutung sein, oder?«

»Was für ein Hotel, Mr. Hanniford?«

»Das Eden Roc. Haben Sie jetzt eine wichtige Spur?«

Ich hatte keine.

Ich bekam den Direktor des Eden Roc ans Telefon und erklärte ihm, dass ich ein New Yorker Polizeibeamter sei, der in einem Betrugsfall ermittle. Ich ließ ihn die Meldescheine für den September 1970 ausgraben. Ich hing eine halbe Stunde am Telefon, während er die Karten heraussuchte und auf der Suche nach einer Anmeldung für Hanniford oder Cottrell durchging. Er hatte keinen Erfolg.

Ich war nicht allzu überrascht. Cottrell musste nicht der Mann gewesen sein, der sie mit nach Miami genommen hatte. Und selbst wenn er es gewesen wäre, hieß das nicht unbedingt, dass er seinen richtigen Namen auf einem Meldeschein angeben würde. Es hätte das Leben vereinfacht, wenn er es getan hätte, aber nichts im Zusammenhang mit Wendy Hannifords Leben oder Tod war bislang einfach gewesen, weshalb ich jetzt nicht plötzlich einen Ansturm von Einfachheit erwarten konnte.

Ich schenkte mir noch einen Drink ein und beschloss, den Tag ausklingen zu lassen. Ich versuchte, zu viel zu tun und den ganzen Sand der Wüste zu durchsieben. Das war sinnlos, denn ich suchte dabei nach Antworten auf Fragen, die mein Mandant überhaupt nicht gestellt hatte. Es spielte keine große Rolle, wer Richie Vanderpoel gewesen war oder warum er Wendy mit roten Strichen gezeichnet hatte. Alles, was Hanniford wollte, war ein Einblick in das Leben, das sie in der letzten Zeit geführt hatte. Und den würde mir Mrs. Gerald Thal, die frühere Miss Marcia Maisel, morgen geben.

Deshalb konnte ich es bis dahin locker angehen lassen. Die Zeitung lesen, meinen Drink trinken und ins Armstrong's spazieren, wenn die Wände meines Zimmers einander zu nahe kamen.

Nur, dass ich es nicht konnte. Ich zog den Drink eine halbe Stunde in die Länge, dann spülte ich das Glas aus und zog meinen Mantel an und nahm die U-Bahn Richtung Downtown.

Wenn man am Abend in eine Schwulenkneipe geht und dort eine Meute trinkt und nach Partnern Ausschau hält, liegt echte Ausgelassenheit in der Luft. Sie mag erzwungen wirken und es mag ein Hauch schlecht versteckter Verzweiflung darin mitklingen, aber »ausgelassen« beschreibt es dennoch so gut wie jedes andere Wort. Anders verhält es sich an einem Wochentag nachmittags gegen drei oder vier. Dann gibt es in der Kneipe nur eine Handvoll ernsthafter Trinker, die keinen anderen Ort haben, an den sie gehen können, und einen Barkeeper, dessen Gesicht einem sagt, dass er weiß, wie schlimm die Dinge stehen, und er aufgehört hat, darauf zu warten, dass sie besser werden.

Ich machte meine Runden. Eine Kellerkneipe in der Bank Street, in der ein Mann mit langem weißem Haar und einem gewachsten Schnurrbart alleine an der Kegelmaschine spielte, während sein Bier schal wurde. Ein großer Raum in der West 10th Street, der mit seinem Ambiente die alt gewordene College-Athleten-Meute ansprechen wollte und versuchte, bei ihnen mit Sägemehl auf dem Boden und Wimpeln mit griechischen Buchstaben an den bloßliegenden Ziegelsteinwänden Eindruck zu schinden. Alles in allem ein halbes Dutzend Schwulenkneipen in einem Radius von vier Blöcken um 194 Bethune Street.

Ich wurde oft angestarrt. War ich ein Cop? Oder ein potentieller Sex-Partner? Oder beides?

Ich hatte das Zeitungsfoto von Richie bei mir und zeigte es jedem, der willig war, einen Blick darauf zu werfen. Fast alle erkannten das Foto, weil sie es in der Zeitung gesehen hatten. Der Mord war vor kurzem geschehen, noch dazu in der Nachbarschaft, und Heterosexuelle besitzen kein Monopol auf morbide Neugier. Deshalb erkannten die meisten das Foto, und nicht wenige hatten ihn in der Nachbarschaft gesehen. Aber niemand konnte sich daran erinnern, ihn in den einschlägigen Kneipen getroffen zu haben.

»Natürlich komme ich nicht allzu oft hierher«, durfte ich mir mehr als einmal anhören. »Schaue nur ab und zu auf ein Bier vorbei, wenn der Hals zu sehr kratzt.«

In einer Kneipe namens Sinthia's erkannte mich der Barkeeper und spielte übertrieben den Erstaunten. »Täuschen mich meine Augen? Oder ist das der einzig wahre Matthew Scudder?«

»Hallo, Ken.«

»Erzähl mir nicht, dass du endlich auf die andere Seite gekommen bist. Es war schon schockierend genug zu hören, dass du den Schweinestall verlassen hast. Wenn Matthew Scudder auch noch angefangen hat zu glauben, dass schwul sein gut ist, nun, dann bin ich wirklich am Boden zerstört.«

Er sah immer noch wie achtundzwanzig aus, obwohl er fast doppelt so alt sein musste. Das blonde Haar war sein eigenes, selbst wenn die Farbe aus einem Fläschchen kam. Wenn man nahe genug an ihn herankam, konnte man die Narben des Faceliftings sehen, aber aus ein paar Metern Entfernung sah er keinen Tag älter aus als damals vor fünfzehn Jahren, als ich ihn wegen Beihilfe zur Jugenddelinquenz verhaftet hatte. Ich war nicht sonderlich stolz auf diesen Fang gewesen; der Minderjährige war siebzehn Jahre alt gewesen und schon sehr viel verdorbener, als Ken jemals hoffen konnte zu sein. Aber der Knabe hatte einen Vater und der Vater hatte Anzeige erstattet und ich hatte Kenny einbuchten müssen. Er hatte sich einen vernünftigen Anwalt besorgt und die Anklage wurde fallengelassen.

»Du siehst gut aus«, sagte ich ihm.

»Alk und Tabak und viel Sex. Das hält einen Kerl jung.«

»Hast du jemals diesen Mann gesehen?« Ich ließ das Zeitungsfoto auf die Theke fallen. Er sah es an und gab es mir zurück.

»Interessant.«

»Erkennst du ihn?«

»Das ist der junge Kerl, der sich letzte Woche so böse benommen hat, oder? Schauderhafte Geschichte.«

»Ja.«

»Was hast du damit zu tun?«

»Schwer zu sagen. Hast du ihn jemals hier gesehen, Kenny?«

Er stützte die Ellbogen auf den Tresen und macht mit den Händen ein V, in das er dann sein Kinn legte. »Der Grund, weshalb ich gesagt habe, dass es interessant ist, ist folgender«, sagte er. »Mir kam das Foto bekannt vor, als ich es in der *Post* gesehen habe. Ich habe ein außerordentliches Gedächtnis für Gesichter. Neben anderen anatomischen Regionen.«

»Du hattest ihn schon einmal gesehen.«

»Das *dachte* ich, und jetzt bin ich mir sicher. Warum spendierst du uns beiden nicht einen Drink, während ich mein Gedächtnis durchkämme?«

Ich legte einen Geldschein auf die Theke. Er schenkte mir einen Bourbon ein und mischte sich selbst etwas Oranges. Dann sagte er: »Ich will dich nicht hinhalten, Matthew. Ich versuche, mich daran zu erinnern, wie das mit dem Gesicht war. Ich weiß, dass ich es schon lange nicht mehr gesehen habe.«

»Wie lange?«

»Mindestens ein Jahr.« Er nippte an seinem Drink, streckte sich, verschränkte die Hände hinter dem Kopf und schloss die Augen. »Auf jeden Fall mindestens ein Jahr. Ich erinnere mich jetzt an ihn. Sehr attraktiv. Und *sehr* jung. Als er zum ersten Mal hier auftauchte, hab ich ihn nach seinem Ausweis gefragt, und er schien nicht überrascht zu sein. Es war, als ob er immer nach einem Altersnachweis gefragt wurde.«

»Er war damals erst neunzehn.«

»Nun, er hätte für reife sechzehn durchgehen können. Über mehrere Wochen hinweg war er fast jeden Abend hier. Dann hab ich ihn nie wieder gesehen.«

»Ich gehe davon aus, dass er schwul war.«

»Nun, er ist vermutlich nicht hierhergekommen, um Mädchen abzuschleppen, oder?«

»Vielleicht kam er nur für einen Schaufensterbummel vorbei.«

»Wie wahr. Von dieser Sorte gibt es hier mehr als genug. Aber Richie war keiner von denen. Er war kein großer Trinker, musst du wissen. Er bestellte einen Wodka Collins und hatte ihn erst ausgetrunken, wenn das ganze Eis geschmolzen war.«

»Kein sehr einträglicher Kunde.«

»Oh, wenn sie jung und hinreißend sind, ist es egal, ob sie viel Geld hierlassen oder nicht. Sie sind Dekoration, musst du wissen. Sie ziehen andere an. Vom Schaufensterbummel zur Schaufensterdekoration, und nein, unser Knabe wollte sich nicht nur mal umgucken, vielen Dank. Ich denke nicht, dass es einen Abend gab, an dem er hierhergekommen ist und sich nicht von jemandem hat abschleppen lassen.«

Kenny ging ans andere Ende der Theke, um jemandem einen neuen Drink zu servieren. Als er zurückkam, fragte ich ihn, ob er selbst Vanderpoel mit zu sich nach Hause genommen hatte.

»Matthew, Schätzchen, wenn ich das getan hätte, hätte ich wohl nicht so viele Mühe gehabt, mich an ihn zu erinnern, oder?«

»Vielleicht doch.«

»Du *Miststück*! Nein, zu der Zeit durchlebte ich eine sehr monogame Phase. Du brauchst gar nicht so die Braue hochzuziehen, mein Lieber. Das steht dir nicht. Ich vermute, ich könnte in Versuchung gekommen sein, aber so süß er auch war, er war nicht mein Typ.«

»Ich hatte eher gedacht, dass er genau dein Typ gewesen wäre.«

»Oh, du kennst mich nicht so gut, wie du denkst, Matthew. Ich gebe zu, dass ich ab und zu ein bisschen Küken mag. Weiß Gott, das ist nicht gerade das am besten gehütete Geheimnis der Welt. Aber es ist nicht nur die Jugend, die es für mich ausmacht, musst du wissen. Es ist die verdorbene Jugend.«

»Oh?«

»Dieses sinnliche Wesen unreifer Dekadenz. Junge Früchte, die an den Reben verrotten.«

»Du hast eine entzückende Art, dich auszudrücken.«

»Nicht wahr? Aber Richard war gar nicht so. Er hatte diese unberührte Unschuld. Du hättest seine achte Nummer in einer Nacht sein können und noch immer das Gefühl gehabt, dass du eine Jungfrau verführst. Und das, mein lieber Freund, ist nun wirklich nicht meine Schiene, wie die Jugend zu sagen pflegt.«

Er mixte sich einen neuen Drink und nahm dafür von meinem Wechselgeld. Ich hatte noch genug Bourbon übrig. Ich sagte: »Du hast etwas von acht Nummern in einer Nacht gesagt. Hat er sich verkauft?«

»Niemals. Er hatte keine Chance, selbst für seine Drinks zu bezahlen, aber wenn er einen Drink pro Abend hatte, war das viel. Es ging ihm nicht um Geld.«

»Ging es ihm um die Anzahl?«

»Nein, ein Partner pro Nacht schien alles zu sein, was er wollte. Soweit ich das sagen kann.«

»Und dann hat er aufgehört, hierher zu kommen. Ich frage mich, warum?«

»Vielleicht hat er eine Allergie gegen die Einrichtung entwickelt.«

»Gab es jemand speziellen, mit dem er abgezogen ist?«

Ken schüttelte den Kopf. »Nie mit demselben Kerl zweimal. Ich würde tippen, dass er drei Wochen lang hierher kam, also war er vielleicht fünfzehn oder achtzehn Mal hier, und nie hab ich ihn bei einer Wiederholung ertappt. Das ist nicht so furchtbar ungewöhnlich, musst du wissen. Viele Leute sind von Abwechslung besessen. Vor allem die jüngeren.«

»Etwa zu der Zeit, als er aufgehört hat hierherzukommen, ist er bei Wendy Hanniford eingezogen.«

»Ich habe es so verstanden, dass er mit ihr zusammengelebt hat. Was das Zeitliche betrifft, hab ich keine Ahnung.«

»Warum würde er mit einer Frau zusammenleben, Ken?«

»Ich hab ihn nicht wirklich gekannt, Matt. Und ich bin kein Psychiater. Ich *hatte* einen Psychiater, aber das war keines der Themen, über die wir gesprochen haben.«

»Warum würde irgendein Homosexueller mit einer Frau zusammenleben?«

»Das weiß nur Gott.«

»Im Ernst, Kenny.«

Er trommelte mit den Fingern auf die Theke. »Im Ernst? Okay. Weißt du, er könnte bisexuell gewesen sein. Das ist nicht wirklich unbekannt, vor allem nicht in der heutigen Zeit. Alle machen es, soweit ich gehört habe. Heteros tauchen in die Schwulenszene ein, um es mal auszuprobieren. Schwule unternehmen zaghafte Versuche mit Heterosexualität.« Er gähnte demonstrativ. »Ich befürchte, ich selbst bin ein hoffnungslos reaktionärer alter Sack. Ein Geschlecht ist kompliziert genug für mich. Zwei wären eine Katastrophe.«

»Irgendwelche anderen Ideen?«

»Nicht wirklich. Wenn ich ihn *gekannt* hätte, Matt. Aber für mich war er nur ein weiteres hübsches Gesicht.«

»Wer hat ihn gekannt?«

»Kennt irgendjemand irgendjemanden? Ich vermute, wer auch immer mit ihm ins Bett gegangen ist, könnte ihn gekannt haben.«

»Wer hat ihn abgeschleppt?«

»Ich bin kein Punktezähler, Schätzchen. Und wir hatten hier in den letzten Monaten eine ziemliche Fluktuation. Die meisten von der alten Meute versuchen ihr Glück nun woanders. In der letzten Zeit haben wir hier eine Menge schmieriger kleiner Jungs in Leder.« Er runzelte die Stirn bei dem Gedanken, erinnerte sich dann aber daran, dass man vom Stirnrunzeln Falten bekommt, und zwang sein Gesicht, wieder den normalen Ausdruck anzunehmen. »Ich bin nicht gerade in das Publikum vernarrt, das wir in der letzten Zeit anziehen. Motorrad-Jungs, SM-Typen. Ich will nicht, dass hier in meiner Bar jemand ums Leben kommt, musst du wissen. Vor allem nicht ich selbst.«

»Warum tust du nichts dagegen?«

»Wenn ich schrecklich ehrlich sein soll: Sie machen mir Angst.«

Ich trank meinen Bourbon aus. »Es gibt einen einfachen Weg für dich, damit umzugehen.«

»Ich bin ganz Ohr.«

»Geh rüber ins Sechste Revier und sprich mit Lieutenant Edward Koehler. Erzähl ihm von deinem Problem und bitte ihn, bei dir ein paar Razzien durchzuführen.«

»Du machst Witze.«

»Denk darüber nach. Steck Koehler ein bisschen Geld zu. Fünfzig Dollar sollten genügen. Er wird ein paar Razzien bei dir arrangieren und deiner Lederclique das Leben schwermachen. Es wird keine Anzeigen gegen dich geben, weshalb du auch keine Schwierigkeiten mit der Alkoholbehörde bekommen wirst. Also wird deine Schanklizenz nicht in Gefahr geraten. Die Motorrad-Jungs sind wie alle anderen. Sie können sich Scherereien nicht leisten. Deshalb werden sie sich einen anderen Ort suchen, den sie beglücken können. Natürlich wird dein Umsatz für ein paar Wochen zurückgehen.«

»Der ist eh am Boden. Die kleinen Säcke trinken alle Bier und geben kein Trinkgeld.«

»Also wirst du nicht viel Verlust haben. Und dann, in einem Monat oder so, wirst du das Publikum bekommen, das du möchtest.«

»Was für ein Schlingel du bist, Matthew. Ich denke, das könnte funktionieren.«

»Das sollte es. Und rechne mir das nicht zu hoch an. So läuft das die ganze Zeit.«

»Und du meinst, dass fünfzig Dollar ausreichen?«

»Ich denke schon. Damals, als ich noch bei der Truppe war, hätte es gereicht, aber in der letzten Zeit ist alles teurer geworden, selbst Bestechung. Wenn Koehler mehr will, wird er es dich wissen lassen.«

»Daran zweifle ich nicht. Es ist ja nicht so, dass ich dem Stolz von New York nie Geld zustecken würde. Sie kommen jeden Freitag vorbei, um abzukassieren, und du kannst dir nicht vorstellen, was mich das an Weihnachten kostet.«

»Doch, kann ich.«

»Aber ich hab ihnen immer nur Geld gegeben, um im Geschäft bleiben zu dürfen. Ich wusste nicht, dass man im Gegenzug dafür um Gefallen bitten kann.«

»Das ist das System der freien Marktwirtschaft.«

»Sieht so aus. Ich werde es wohl mal ausprobieren, und aus diesem Grund gebe ich dir jetzt einen Drink aus.«

Er füllte großzügig mein Glas. Ich hob es hoch und sah ihn über die Oberkante hinweg an. »Es gibt noch etwas, das du für mich tun könntest«, sagte ich.

»Oh?«

»Hör dich wegen Richie Vanderpoel um. Ich weiß, dass du mir keine Namen verraten willst. Das ist nachvollziehbar. Aber sieh zu, ob du herausfinden kannst, wie er war. Ich würde es zu schätzen wissen.«

»Mach dir keine großen Hoffnungen.«

»Werde ich nicht.«

Er fuhr mit den Fingern durch sein wunderbar blondes Haar. »Interessiert dich *wirklich*, wie er war, Matt?«

»Ja«, antwortete ich. »Offenbar schon.«

Vielleicht war es eine Reaktion auf zu viele Besuche in Kneipen, die nur vom Ruf her ausgelassen waren. Ich bin mir nicht sicher, aber auf meinem Weg zur U-Bahn hielt ich bei einer Telefonzelle und schlug eine Nummer in meinem Notizbuch nach. Ich warf ein Zehn-Cent-Stück ein und als sie sich meldete, sagte ich: »Elaine? Matt Scudder.«

»Oh, hallo, Matt. Wie geht's?«

»Nicht schlecht. Ich habe mich gefragt, ob du Lust auf Gesellschaft hast.«

»Ich würde mich freuen, dich zu sehen. Gibst du mir eine halbe Stunde? Ich wollte mich gerade duschen.«

»Klar.«

Ich kaufte mir einen Kaffee und ein Brötchen und las die *Post*. Der neue Bürgermeister hatte Schwierigkeiten damit, einen Vizebürgermeister zu ernennen. Sein Berufungsausschuss hatte wiederholt feststellen müssen, dass die möglichen Kandidaten auf mehrere uninteressante Arten korrupt waren. Es gab eine offenkundige Lösung, und früher oder später würde er sie auch entdecken. Er würde den Berufungsausschuss loswerden müssen.

Ein paar weitere Bürger hatten sich gegenseitig umgebracht, seit die gestrige Ausgabe gedruckt worden war. Zwei Streifenpolizisten hatten sich nach Dienstschluss ein paar Drinks in einer Kneipe in Woodside genehmigt und mit ihren Dienstrevolvern aufeinander geschossen. Einer war tot, der andere schwebte in Lebensgefahr. Ein Mann und eine Frau, die jeweils neunzig Tage wegen Kindesmisshandlung abgesessen hatten, hatten vor Gericht das Sorgerecht für ihr Kind zurückerlangt, das dreieinhalb Jahre bei Pflegeeltern gelebt hatte. Auf dem Dach eines Mietshauses in der East 5th Street war der nackte Rumpf eines Jugendlichen entdeckt worden. Jemand hatte ein X in seine Brust geritzt, vermutlich dieselbe Person, die die Arme, die Beine und den Kopf abgetrennt hatte.

Ich ließ die Zeitung auf dem Tisch liegen und nahm mir ein Taxi.

Sie wohnte in einem guten Haus in der 51st Street zwischen First und

Second Avenue. Der Portier ließ sich bestätigen, dass ich erwartet wurde, und bedeutete mir mit einem Nicken den Weg zum Lift. Sie wartete in der Tür auf mich, in königsblauer Hüfthose und lindgrüner Bluse. Sie hatte goldene Creolen in den Ohren und roch nach einem üppigen, moschusartigen Parfüm.

Ich legte meinen Mantel über einen Eames-Stuhl, während sie die Tür schloss und den Riegel vorlegte. Sie kam für einen Kuss mit offenem Mund in meine Arme und rieb ihren kleinen Körper an den meinen. »Mmmm,«, sagte sie. »Das ist gut.«

»Du siehst toll aus, Elaine.«

»Lass mich dich anschauen. Du siehst selbst gar nicht so schlecht aus, auf eine raue, ungehobelte Weise. Wie ist es dir ergangen?«

»Ziemlich gut.«

»Viel zu tun?«

»Mhm.«

Auf ihrem Plattenwechsler befand sich Kammermusik. Die letzte Platte endete gerade und ich saß auf der Couch und sah zu, wie sie zum Plattenspieler ging und den Stapel Platten umdrehte. Ich fragte mich, ob das Hüftwackeln speziell für mich gedacht war oder ob es ihr einfach angeboren war. Ich hatte mich das schon immer gefragt.

Mir gefiel das Zimmer. Ein weißer Shaggy-Teppich von Wand zu Wand, schlichte moderne Möbel, die gemütlicher waren als sie aussahen, viele Grundfarben und Chrom. Ein paar abstrakte Ölgemälde an den Wänden. Ich hätte nicht in so einem Raum leben können, aber ich genoss es, mich bisweilen darin aufzuhalten.

»Möchtest du einen Drink?«

»Jetzt nicht.«

Sie nahm neben mir auf der Couch Platz und sprach über Bücher, die sie gelesen hatte, und Filme, die sie gesehen hatte. Sie war sehr gut, was Small Talk anbetraf. Ich vermute, sie musste es sein.

Wir küssten uns mehrmals und ich berührte ihre Brüste und legte eine Hand auf ihren runden Hintern. Sie gab ein schnurrendes Geräusch von sich.

»Sollen wir ins Bett gehen, Matt?«

»Gerne.«

Das Schlafzimmer war klein mit einer dezenteren Farbzusammenstellung. Sie knipste eine kleine Buntglas-Lampe an und schaltete die Deckenleuchte aus. Wir zogen uns aus und legten uns auf das schmale Doppelbett.

Sie war warm und jung und begierig, mit weicher, parfümierter Haut und einem straffen, muskulösen Körper. Ihre Hände und ihr Mund waren geschickt. Aber es funktionierte nicht, und nach ein paar Minuten löste ich mich von ihr und streichelte ihr sanft die Schulter.

»Entspann dich, Liebling.«

»Nein, es funktioniert nicht«, sagte ich.

»Willst du, dass ich etwas Bestimmtes mache?«

Ich schüttelte den Kopf.

»Hast du zu viel getrunken?«

Das war es nicht. Ich war viel zu sehr in meinem eigenen Kopf gefangen. »Vielleicht«, sagte ich.

»Das kommt vor.«

»Oder vielleicht ist es die falsche Zeit des Monats für mich.«

Sie lachte. »Klar, du hast deine Tage.«

»Das muss es sein.«

Wir zogen uns wieder an. Ich nahm drei Zehn-Dollar-Scheine aus meiner Brieftasche und legte sie auf den Nachttisch. Wie immer tat sie so, als ob sie es nicht bemerkte.

»Willst du jetzt einen Drink?«

»Mhm, vermutlich. Bourbon, wenn du welchen hast.«

Sie hatte keinen. Sie hatte Scotch und ich gab mich damit zufrieden. Sie schenkte sich selbst ein Glas Milch ein und wir saßen nebeneinander auf der Couch und lauschten eine Weile der Musik, ohne etwas zu sagen. Ich fühlte mich so entspannt, als wenn wir miteinander geschlafen hätten.

»Arbeitest du zur Zeit, Matt?«

»Mhm.«

»Nun, jeder muss arbeiten.«

»Mhm.«

Sie schüttelte eine Zigarette aus ihrer Packung und ich zündete sie ihr an. »Dir gehen Sachen im Kopf herum«, sagte sie. »Das ist das Problem.«

»Wahrscheinlich hast du Recht.«

»Ich weiß, dass ich Recht habe. Willst du darüber reden?«

»Nicht wirklich.«

»Okay.«

Das Telefon klingelte und sie nahm das Gespräch im Schlafzimmer an. Als sie zurückkam, fragte ich sie, ob sie jemals mit einem Mann zusammengelebt hatte.

»Du meinst mit einem Zuhälter? Nie passiert und wird nie passieren.«

»Ich meinte mit einem festen Freund.«

»Niemals. Mit den festen Freunden ist es so eine Sache in diesem Geschäft. Sie entpuppen sich früher oder später immer als Zuhälter.«

»Wirklich?«

»Mhm. Ich habe viele Mädchen gekannt. ›Oh, er ist kein Zuhälter, er ist mein Freund.‹ Aber dann stellt sich immer heraus, dass er gerade keine Arbeit hat und auch hart daran arbeitet, keine Arbeit zu haben, und sie darf für alles zahlen. Aber nein, er ist kein Zuhälter, er ist nur ihr Freund. Solche Mädchen sind sehr gut darin, sich selbst etwas vorzumachen. Ich bin schlecht darin, mir etwas vorzumachen. Deshalb versuche ich es erst gar nicht.«

»Gut für dich.«

»Ich kann mir keine festen Freunde leisten. Ich muss für meine alten Tage vorsorgen.«

»Immobilien, oder?«

»Mhm. Mietshäuser in Queens. Aktien können mir gestohlen bleiben. Ich brauche etwas, das greifbar ist, das ich anfassen kann.«

»Du bist Hausbesitzerin. Das ist lustig.«

»Oh, ich habe nichts mit den Mietern zu tun und so. Es gibt eine Firma, die das für mich erledigt.«

Ich überlegte, ob es sich um Bowdoin Realty Management handeln konnte, machte mir aber nicht die Mühe zu fragen. Sie fragte mich, ob ich es noch einmal im Schlafzimmer versuchen wollte. Ich sagte nein.

»Ich will dich nicht drängen, aber in etwa vierzig Minuten erwarte ich einen Freund.«

»Klar.«

»Du kannst noch einen Drink haben, wenn du möchtest.«

»Nein, es ist Zeit, dass ich mich auf den Weg mache.« Sie brachte mich zur Tür und half mir in den Mantel. Ich küsste sie zum Abschied.

»Lass dir bis zum nächsten Besuch nicht so lange Zeit.«

»Pass auf dich auf, Elaine.«

»Oh, das werde ich.«

10. Kapitel

Der Freitagmorgen war klar und frisch. Ich mietete mir bei Olin am Broadway einen Wagen und nahm den East Side Drive aus der Stadt. Der Wagen war ein Chevrolet Malibu, ein scheues kleines Ding, das man in den Kurven hätscheln musste. Vermutlich war es sparsam im Benzinverbrauch.

Ich fuhr auf dem New England Expressway durch Pelham und Larchmont nach Mamaroneck. An einer Exxon Tankstelle wusste der Junge, der den Tank auffüllte, nicht, wo sich der Schuyler Boulevard befand. Er ging nach drinnen und fragte den Chef, der herauskam und mir den Weg beschrieb. Der Chef kannte auch das Carioca und fünfundzwanzig Minuten vor zwölf parkte ich den Malibu auf dem Parkplatz des Restaurants. Ich ging in die Cocktailbar und nahm auf einem Vinylhocker am vorderen Ende eines schwarzen Resopaltresens Platz. Ich bestellte eine Tasse Kaffee mit einem Schuss Bourbon. Der Kaffee war bitter, es war der Rest vom Vorabend.

Die Tasse war noch halbvoll, als ich mich umblickte und sie zögernd im Durchgang zum Speisesaal stehen sah. Wenn ich nicht gewusst hätte, dass sie im gleichen Alter wie Wendy Hanniford war, hätte ich sie drei oder vier Jahre älter geschätzt. Dunkles, schulterlanges Haar umrahmte ein ovales Gesicht. Sie trug eine dunkle Karohose und einen perlgrauen Pullover, der ihre großen Brüste aggressiv zur Geltung brachte. Über ihrer Schulter hing eine große braune Lederhandtasche, in der rechten Hand hielt sie eine Zigarette. Sie schien sich nicht zu sehr zu freuen, mich zu sehen.

Ich wartete ab und nach einem Moment des Zögerns schritt sie auf mich zu. Ich drehte mich langsam zu ihr um.

»Mr. Scudder?«

»Mrs. Thal? Sollen wir uns an einen Tisch setzen?«

»Vermutlich.«

Der Speisesaal war relativ leer. Die Oberkellnerin brachte uns zu einem Tisch im hinteren Bereich, der abgelegen war. Der Saal war überdekoriert, er bemühte sich zu sehr und war nach der Vorstellung, die jemand vom Flamenco-Thema gehabt hatte, gestaltet worden. Das Farbschema bestand aus sehr viel Rot und Schwarz und Eisblau. Ich hatte meinen bitteren Kaffee an der Bar zurückgelassen und bestellte mir nun einen Bourbon und ein Glas Wasser. Ich fragte Marcia Thal, ob sie auch einen Drink wollte.

»Nein, danke. Oder, warten Sie einen Moment. Doch, ich denke, ich werde etwas trinken. Warum sollte ich nicht?«

»Ich wüsste keinen Grund.«

Sie sah an mir vorbei zur Kellnerin und bestellte einen Whiskey Sour mit Eis. Ihre Augen blickten in die meinigen, wandten sich ab und kehrten wieder zu ihnen zurück.

»Ich kann nicht sagen, dass ich mich freue, hier zu sein«, sagte sie.

»Ich auch nicht.«

»Es war Ihre Idee. Und Sie haben mich in der Hand, oder nicht? Es macht Ihnen bestimmt Spaß, Leute dazu zu bringen, das zu tun, was Sie möchten.«

»Früher hab ich Fliegen die Flügel ausgerissen.«

»Das würde mich nicht überraschen.« Sie versuchte, mich wütend anzustarren, dann konnte sie sich nicht mehr beherrschen und musste gegen ihren Willen grinsen. »Oh, Mist«, sagte sie.

»Sie werden in nichts hineingezogen werden, Mrs. Thal.«

»Das hoffe ich.«

»Sie werden nicht. Ich bin daran interessiert, etwas über Wendy Hannifords Leben zu erfahren. Ich bin nicht daran interessiert, Ihr Leben auf den Kopf zu stellen.«

Unsere Drinks kamen. Sie nahm ihren in die Hand und studierte ihn, als ob sie noch nie zuvor etwas Ähnliches gesehen hätte. Es schien ein gewöhnlicher Whiskey Sour zu sein. Sie nahm einen Schluck, stellte ihn ab, angelte die Maraschinokirsche heraus und aß sie. Ich nippte an meinem Bourbon und wartete ab.

»Sie können etwas zu essen bestellen, wenn Sie wollen. Ich bin nicht hungrig.«

»Ich auch nicht.«

»Ich weiß nicht, wo ich anfangen soll. Ich weiß es wirklich nicht.«

Ich wusste es selbst nicht so genau. Ich sagte: »Wendy scheint keinen Job gehabt zu haben. Hat sie gearbeitet, als Sie bei ihr eingezogen sind?«

»Nein. Aber das habe ich nicht gewusst.«

»Sie hat Ihnen gesagt, dass sie einen Job hätte?«

Sie nickte. »Aber sie hat sich in diesem Zusammenhang immer sehr vage ausgedrückt. Ich habe nicht sehr darauf geachtet, um ehrlich zu sein. Ich interessierte mich für Wendy vor allem, weil sie ein Apartment hatte, das sie für hundert Dollar pro Monat mit mir teilen würde.«

»So wenig hat sie von Ihnen verlangt?«

»Ja. Damals hat sie mir gesagt, dass die Miete zweihundert pro Monat betrug und wir sie zu gleichen Teilen aufteilen würden. Ich habe den Mietvertrag oder so etwas nie zu Gesicht bekommen und irgendwie vermutet, dass ich etwas mehr als die Hälfte zahlen musste. Aus meiner Sicht ging das in Ordnung. Die Möbel und der Rest gehörten ihr, und es war sowieso ein Schnäppchen für mich. Zuvor habe ich im Evangeline House gewohnt. Sagt Ihnen das etwas?«

»In der West 13th Street?«

»Richtig. Jemand hatte es mir empfohlen, ein Wohnheim für anständige junge Damen, die alleine in die große Stadt kommen.« Sie verzog das Gesicht. »Es gab Sperrstunde und solche Sachen. Es war wirklich ziemlich lächerlich, und ich musste mir ein kleines Zimmer mit einem anderen Mädchen teilen. Sie gehörte zu den Südlichen Baptisten oder so und betete den ganzen Tag, und man durfte keine Männerbesuche empfangen und es war alles ziemlich zum Gähnen. Und es kostete mich fast genauso viel, wie das Apartment mit Wendy zu teilen. Deshalb ging es in Ordnung, wenn sie an mir ein bisschen Geld verdiente. Erst viel später fand ich heraus, dass die

Miete für das Apartment sehr viel höher war als zweihundert pro Monat.«

»Und sie arbeitete nicht.«

»Nein.«

»Haben Sie sich gefragt, woher sie Geld hatte?«

»Nicht sofort. Erst langsam fiel mir auf, dass sie niemals ins Büro gehen musste, und als ich es erwähnte, räumte sie ein, im Augenblick arbeitslos zu sein. Sie behauptete, genug Geld zu haben, weshalb es ihr egal sei, wenn sie erst in ein oder zwei Monaten etwas finden würde. Was ich damals nicht wahrnahm, war, dass sie überhaupt nicht nach Arbeit suchte. Ich kam von meiner eigenen Arbeit nach Hause und sie sagte etwas über Arbeitsvermittler und Vorstellungsgespräche; ich hatte aber keinen Grund anzunehmen, dass sie überhaupt nicht gesucht hatte.«

»Arbeitete sie damals als Prostituierte?«

»Ich weiß nicht, ob man es so bezeichnen kann.«

»Wie meinen Sie das?«

»Sie nahm Geld von Männern. Ich vermute, sie hat das getan, seit sie in das Apartment gezogen war. Aber ich weiß nicht, ob sie wirklich eine Prostituierte war.«

»Wann haben Sie zum ersten Mal kapiert, was ablief?«

Sie hob ihren Drink und nahm einen weiteren Schluck. Sie stellte das Glas ab und rieb sich die Stirn mit den Fingerspitzen. »Es war schrittweise«, sagte sie.

Ich wartete.

»Sie ging oft aus. Mit älteren Männern, aber das überraschte mich nicht. Und normalerweise, äh, nun, gingen sie und ihre Verabredung auch miteinander ins Bett.« Sie senkte die Augen. »Ich schnüffelte ihr nicht nach, aber es war unmöglich, es nicht zu bemerken. Das Apartment, sie hatte das Schlafzimmer und ich hatte das Wohnzimmer, es gab eine aufklappbare Couch im Wohnzimmer–«

»Ich habe das Apartment gesehen.«

»Dann wissen Sie, wie es aufgeteilt ist. Man muss durch das Wohnzimmer gehen, um ins Schlafzimmer zu gelangen, weshalb sie, wenn ich zuhause war, ihre Verabredung durch mein Zimmer ins Schlafzimmer schleusen musste. Dann waren sie für eine halbe oder eine ganze Stunde dort drinnen und dann brachte Wendy ihn entweder zur Tür oder er verließ die Wohnung alleine.«

»Hat Sie das gestört?«

»Dass sie Sex mit den Männern hatte? Nein, es hat mich nicht gestört. Warum hätte es mich stören sollen?«

»Ich weiß nicht.«

»Einer der Gründe, weshalb ich aus dem Evangeline House auszog, war, dass ich wie eine Erwachsene leben wollte. Ich war selbst keine Jungfrau mehr. Und der Umstand, dass Wendy Männer mit ins Apartment brachte, bedeutete, dass ich selbst auch Männer mit nach Hause bringen konnte, wenn mir danach war.«

»Haben Sie?«

Sie wurde rot. »Es gab zu dieser Zeit für mich niemand Speziellen.«

»Also wussten Sie, dass Wendy promiskuitiv war, aber Sie wussten nicht, dass sie Geld dafür nahm.«

»Damals nicht, nein.«

»Hat sie sich mit sehr vielen verschiedenen Männern getroffen?«

»Das weiß ich nicht. Ich habe dieselben Männer bei mehreren Gelegenheiten gesehen, vor allem am Anfang. Sehr oft habe ich aber die Männer, die bei ihr waren, überhaupt nicht getroffen. Ich verbrachte sehr viel Zeit außerhalb der Wohnung. Oder ich kam nach Hause, wenn sie bereits mit jemandem im Schlafzimmer war, und ich bin dann auf einen Drink oder so etwas ausgegangen und erst zurückgekommen, nachdem er gegangen war.«

Ich studierte sie und sie wandte die Augen ab. Ich sagte: »Sie hatten fast von Anfang an einen Verdacht, oder?«

»Ich weiß nicht, was Sie meinen.«

»Es hatte etwas mit den Männern zu tun.«

»Vermutlich.«

»Was war es? Wie waren die Männer?«

»Älter, natürlich, aber das überraschte mich nicht. Außerdem waren sie gut gekleidet. Sie sahen aus wie, oh, ich weiß nicht. Geschäftsleute, Anwälte, Männer mit guten Berufen. Und ich hatte einfach das Gefühl, dass die meisten von ihnen verheiratet waren. Ich könnte Ihnen nicht sagen, warum ich das dachte, aber ich dachte es. Es ist schwierig zu erklären.«

Ich bestellte noch eine Runde Drinks und sie fing an, lockerer zu werden. Das Bild begann, Farbe und Gestalt anzunehmen. Es gab Anrufe, die sie entgegennahm, wenn Wendy nicht in der Wohnung war; kryptische Nachrichten, die sie übermitteln sollte. Es gab den Betrunkenen, der eines Nachts auftauchte, als Wendy nicht zu Hause war, und der Marcia sagte, dass sie ihm auch genügen würde, und auf plumpe Weise versuchte, sich ihr anzunähern. Es gelang ihr, ihn abzuwimmeln, aber sie hatte damals noch immer nicht verstanden, dass die Männerbekanntschaften Wendys Einkommensquelle darstellten.

»Ich dachte, dass sie ein Flittchen war«, sagte sie. »Ich bin kein Moralapostel, Mr. Scudder. Damals neigte ich wahrscheinlich eher übertrieben in die entgegengesetzte Richtung. Nicht, was mein Verhalten anbetraf, aber darin, wie ich die Dinge sah. All diese verklemmten Jungfrauen im Evangeline House ... Das Ergebnis war, dass ich in Hinsicht auf Wendy gemischte Gefühle hatte.«

»Inwiefern?«

»Ich dachte, dass das, was sie tat, vermutlich eine schlechte Idee war. Dass es gefühlsmäßig für sie schlecht sein würde. Sie wissen schon, Verlust des Selbstwertgefühls, etwas in der Art. Denn tief unten in ihrem Inneren war sie immer so unschuldig gewesen.«

»Unschuldig?«

Sie kaute an einem Fingernagel. »Ich weiß nicht, wie ich das erklären soll. Sie hatte etwas von einem kleinen Mädchen an sich. Ich hatte das Gefühl, dass sie, egal welche Art von Sexleben sie führte, im Grunde immer ein kleines Mädchen bleiben würde.« Sie überlegte einen Moment lang, dann zuckte sie mit den Schultern. »Jedenfalls dachte ich, dass ihr Verhalten eigentlich selbstzerstörerisch war. Ich dachte, dass sie Verletzungen davontragen würde.«

»Sie meinen damit nicht körperliche Verletzungen.«

»Nein, ich meine seelische. Und gleichzeitig muss ich zugeben, dass ich sie beneidete.«

»Weil sie frei war?«

»Ja. Sie schien keinerlei Komplexe zu haben. Soweit ich das sehen konnte, war sie völlig frei von Schuldgefühlen. Sie tat, wonach ihr der Sinn stand. Ich beneidete sie darum, denn ich glaubte an diese Art von Freiheit, oder ich dachte zumindest, dass ich daran glaubte, und in meinem eigenen Leben kam sie nicht vor.« Sie grinste plötzlich. »Ich beneidete Wendy auch, weil ihr Leben so viel aufregender war als meins. Ich hatte ein paar Verabredungen, die aber nicht sehr interessant waren, und die Jungs, mit denen ich ausging, waren etwa in meinem Alter und hatten nicht viel Geld. Wendy wurde zum Essen an Orte wie das Barbetta's und das Forum ausgeführt, während ich jede Menge billiger Orange Julius' Läden von Innen bewundern durfte. Deshalb konnte ich nicht anders und beneidete sie ein wenig.«

Sie entschuldigte sich und ging auf die Toilette. In ihrer Abwesenheit fragte ich die Kellnerin, ob sie frischen Kaffee hatten. Sie bejahte und ich bat sie, zwei Tassen zu bringen. Ich saß da und wartete auf Marcia Thal und fragte mich, warum Wendy überhaupt eine Mitbewohnerin gesucht hatte, vor allem eine, die nicht wusste, wie sie ihren Unterhalt verdiente. Die hundert Dollar im Monat schienen als Motiv unbefriedigend, und die Unannehmlichkeiten, die es mit sich brachte, unter den von Marcia beschriebenen Bedingungen als Prostituierte zu arbeiten, mussten sehr viel gewichtiger gewesen sein als die kleine Einnahmequelle, die Marcia dargestellt hatte.

Sie kam gerade an den Tisch zurück, als die Kellnerin uns den Kaffee brachte. »Danke«, sagte sie. »Ich habe gerade angefangen, die Drinks zu spüren. Ich kann den Kaffee vertragen.«

»Geht mir ebenso. Ich habe noch eine lange Rückfahrt vor mir.«

Sie nahm eine Zigarette. Ich griff nach einer Schachtel Streichhölzer und gab ihr Feuer. Ich fragte sie, wie sie herausgefunden hatte, dass Wendy für ihre Gefälligkeiten Geld nahm.

»Sie hat es mir gesagt.«

»Warum?«

»Zum Teufel«, sagte sie. Sie blies den Rauch in einem langen, dünnen Faden aus. »Sie hat es mir einfach gesagt, okay? Belassen wir es dabei.«

»Es ist sehr viel einfacher, wenn Sie mir alles sagen, Marcia.«

»Wie kommen Sie darauf, dass es noch mehr zu sagen gibt?«

»Was hat sie gemacht? Eine ihrer Verabredungen an Sie weitergereicht?«

Ihre Augen blitzten auf. Sie schloss sie kurz und zog an ihrer Zigarette. »Es war fast so«, sagte sie. »Nicht ganz, aber es kommt der Sache nahe. Sie sagte mir, dass ein Freund von ihr einen Geschäftspartner von außerhalb in der Stadt hätte, und sie fragte mich, ob ich Lust hätte, mit dem Kerl auszugehen, gemeinsam mit ihr und ihrem Freund. Ich lehnte ab und sie sprach davon, wie wir uns eine tolle Vorstellung ansehen und ein gutes Abendessen genießen würden und so weiter. Und dann sagte sie: ›Sei vernünftig, Marcia. Du wirst dich gut unterhalten und auch ein paar Dollar verdienen.‹«

»Wie haben Sie reagiert?«

»Nun, ich war nicht schockiert. Also musste ich schon die ganze Zeit vermutet haben, dass sie Geld dafür bekam. Ich fragte sie, was sie damit meinte, was zu diesem Zeitpunkt eine ziemlich dämliche Frage war. Und sie sagte mir, dass die Männer, mit denen sie ausging, alle sehr viel Geld hätten und wussten, wie schwer es für eine junge Frau war, ein angemessenes Auskommen zu haben. Deshalb würden sie ihr am Ende des Abends normalerweise etwas geben. Ich wollte wissen, ob das nicht Prostitution sei, und sie antwortete, dass sie die Männer niemals um Geld bat, auf keinen Fall, aber sie würden ihr trotzdem immer etwas geben. Ich wollte fragen, wieviel, tat es aber nicht, und dann sagte sie es mir trotzdem. Sie meinte, dass sie ihr immer mindestens zwanzig Dollar gaben und manchmal würde ihr ein Mann sogar einen Hunderter zustecken. Der Mann, mit dem sie verabredet war, gab ihr immer fünfzig Dollar, sagte sie, und wenn ich mitgehen würde, hieße das, dass ich von seinem Freund mit großer Sicherheit auch fünfzig Dollar bekommen würde. Sie fragte mich, ob das nicht ein guter Ertrag für einen Abend war, den man damit zubrachte, ein gutes Abendessen zu genießen, eine tolle Vorstellung zu sehen und dann eine halbe Stunde oder so mit einem netten, kultivierten Gentleman im Bett zu verbringen. So hat sie sich ausgedrückt: ›Ein netter, kultivierter Gentleman‹.«

»Wie lief die Verabredung?«

»Warum sind Sie so sicher, dass ich mitgemacht habe?«

»Sie haben. Oder etwa nicht?«

»Ich verdiente achtzig Dollar in der Woche. Niemand führte mich zum Essen aus oder in Vorstellungen auf dem Broadway. Und ich hatte noch nicht einmal jemanden getroffen, mit dem ich schlafen wollte.«

»Haben Sie den Abend genossen?«

»Nein. Alles, woran ich denken konnte, war, dass ich mit diesem Mann ins Bett gehen musste. Und er war *alt*.«

»Wie alt?«

»Ich weiß nicht. Fünfundfünfzig, sechzig. Ich bin nicht gut darin zu schätzen, wie alt Leute sind. Er war zu alt für mich, das war alles, was ich wusste.«

»Aber Sie haben mitgemacht.«

»Ja. Ich hatte gesagt, dass ich mitgehen würde, und ich wollte den Abend nicht verderben. Das Abendessen war gut, mein Partner war relativ charmant. Ich habe nicht sehr auf die Vorstellung geachtet. Ich konnte nicht. Ich war zu nervös, was den weiteren Verlauf des Abends anbetraf.« Sie machte eine Pause und blickte über meine Schulter in die Ferne. »Ja, ich habe mit ihm geschlafen. Und ja, er gab mir fünfzig Dollar. Und ja, ich habe sie genommen.«

Ich trank von meinem Kaffee.

»Wollen Sie mich nicht fragen, warum ich das Geld genommen habe?«

»Sollte ich das?«

»Ich wollte das verdammte Geld. Und ich wollte wissen, wie es sich anfühlt. Eine Hure zu sein.«

»Haben Sie sich wie eine Hure gefühlt?«

»Nun, das war ich doch, oder nicht? Ich habe mich von einem Mann vögeln lassen und Geld dafür genommen.«

Ich schwieg. Nach ein paar Augenblicken sagte sie: »Ach, zum Teufel damit. Ich hab mich auf ein paar weitere Verabredungen eingelassen. Im Durchschnitt vielleicht eine pro Woche. Ich weiß nicht, warum. Es war nicht das Geld. Nicht wirklich. Es war, ich weiß es nicht. Nennen wir es ein Experiment. Ich wollte wissen, wie ich mich dabei fühlen würde. Ich wollte ... gewisse Dinge über mich selbst lernen.«

»Was haben Sie gelernt?«

»Dass ich ein bisschen spießiger bin, als ich gedacht hatte. Dass mir die Dinge egal waren, die ich versteckt in den dunklen Ecken meines Bewusstseins finden würde. Dass ich ein, äh, reineres Leben wollte. Dass ich mich in jemanden verlieben wollte. Heiraten, Kinder kriegen, das ganze Trara. Es hat sich herausgestellt, dass ich das wollte. Und als ich das erkannte, wusste ich, dass ich ausziehen musste. Ich konnte nicht mehr länger mit Wendy zusammenleben.«

»Wie hat sie reagiert?«

»Sie war sehr bestürzt.« Bei der Erinnerung wurden ihre Augen größer. »Damit hatte ich nicht gerechnet. Wir hatten uns nicht nahegestanden. Zumindest hatte ich nie gedacht, dass wir uns furchtbar nahestehen würden. Ich hab ihr nie erzählt, was in meinem Kopf vorging, und sie hat mir nie erzählt, was in ihrem vorging. Wir waren häufig zusammen, vor allem, nachdem ich mich auf die Verabredungen eingelassen hatte, und wir sprachen viel miteinander, aber immer nur über oberflächliche Dinge. Ich hatte nicht gedacht, dass meine Gegenwart besonders wichtig für sie sein würde. Ich sagte ihr, dass ich ausziehen müsste, und ich sagte ihr, warum, und sie war wirklich erschüttert. Sie hat mich tatsächlich angebettelt zu bleiben.«

»Das ist interessant.«

»Sie sagte mir, dass sie einen größeren Teil der Miete übernehmen würde. Das war der Punkt, an dem ich herausfand, dass sie sowieso schon doppelt so viel wie ich gezahlt hatte. Ich denke, sie hätte mich dort wohnen lassen, ohne dass ich Miete zahlte, wenn ich es gewollt hätte. Und natürlich betonte sie, dass ich keine Verabredungen mehr annehmen müsste, dass sie das nicht wollen würde, wenn mir das zu schaffen machte. Sie bot sogar an, ihre eigenen Aktivitäten auf die Zeit zu beschränken, wenn ich bei der Arbeit war – tatsächlich fanden viele ihrer Verabredungen am Nachmittag statt. Geschäftsmänner, die sich abends nicht von ihren Ehefrauen loseisen konnten, was einer der Gründe dafür war, dass es so lange dauerte, bis mir klar wurde, wie sie ihren Unterhalt bestritt. Sie sagte, dass ihre Verabredungen sie zukünftig am Abend in ein Hotel oder so etwas mitnehmen müssten, dass das Apartment nur für uns wäre, wenn ich zu Hause wäre. Aber das war es nicht; ich musste mich einfach völlig von diesem Leben lösen. Denn es war eine zu große Versuchung für mich. Ich verdiente achtzig Dollar in der Woche und musste hart dafür arbeiten, und es war eine gewaltige Versuchung, einfach zu kündigen. Was ich nicht gemacht habe, aber ich erkannte die Versuchung als solche. Und sie hat mir Angst gemacht.«

»Also sind Sie ausgezogen.«

»Ja. Wendy hat geweint, als ich meine Sachen packte und wegging. Sie hat immer wieder gesagt, dass sie nicht wüsste, was sie ohne mich tun würde. Ich erklärte ihr, dass sie ohne Probleme eine neue Mitbewohnerin finden würde, jemanden, der besser zu dem Leben passte, das sie führte. Sie sagte, dass sie niemanden wollte, der zu gut dazu passte, denn sie sei mehr als eine Art von Person. Damals habe ich nicht verstanden, was sie damit gemeint hat.«

»Wissen Sie es jetzt?«

»Ich denke, ja. Ich denke, sie wollte jemanden, der ein bisschen spießiger war als sie selbst. Jemanden, der nicht zu der Sexszene gehörte, in der sie sich bewegte. Ich glaube jetzt, dass sie sogar etwas enttäuscht war, als ich mich auf diese erste Doppelverabredung mit ihr einließ. Sie hat ihr Bestes gegeben, mich dazu zu bewegen, aber sie war enttäuscht, als sie damit Erfolg hatte. Verstehen Sie, was ich meine?«

»Ich denke, ja. Es passt zu einigen anderen Dingen.« Es gab etwas, das sie früher gesagt hatte und das mich stutzig gemacht hatte, und ich stocherte in meinem Gedächtnis herum, bis ich es wieder zum Vorschein gebracht hatte. »Sie haben gesagt, Sie seien nicht überrascht gewesen, dass sie sich mit älteren Männern traf.«

»Nein, das hat mich nicht überrascht.«

»Warum nicht?«

»Nun, wegen dem, was am College passiert war.«

»Was ist am College passiert?«

Sie legte die Stirn in Falten. Sie schwieg und ich wiederholte die Frage.

»Ich will nicht, dass irgendjemand Schwierigkeiten bekommt.«

»Hatte sie ein Verhältnis mit jemandem an der Schule? Einem älteren Mann?«

»Sie müssen im Auge behalten, dass ich sie nicht sehr gut kannte. Ich kannte sie zwar gut genug, um sie zu grüßen, und vielleicht besuchten wir auch irgendwann einmal den gleichen Kurs, aber ansonsten kannte ich sie kaum.«

»Besteht ein Zusammenhang damit, dass sie nur wenige Monate vor ihrem Abschluss die Schule schmiss?«

»Ich weiß wirklich nicht sehr viel darüber.«

Ich sagte: »Marcia, sehen Sie mich an. Alles, was Sie mir über das, was am College passiert ist, sagen, ist etwas, das ich sowieso herausfinden werde. Sie würden mir nur eine Menge Zeit und Herumkutschieren ersparen. Ich würde lieber darauf verzichten, nach Indiana zu reisen, um einer Menge Leute peinliche Fragen zu stellen. Ich–«

»Oh, machen Sie das nicht.«

»Ich würde gerne darauf verzichten. Aber es liegt an Ihnen.«

Sie erzählte es mir häppchenweise, vor allem, weil sie selbst nicht sehr viel über die Sache wusste. Kurz vor Wendys Abschied vom College hatte es einen Skandal gegeben. Es schien, dass sie eine Affäre mit einem Professor für Kunstgeschichte gehabt hatte, einem Mann mittleren Alters mit Kindern, die in Wendys Alter oder älter waren. Der Mann hatte seine Frau verlassen und Wendy heiraten wollen. Die Frau hatte eine Handvoll

Schlaftabletten geschluckt und war ins Krankenhaus gebracht worden, wo man ihr den Magen auspumpte. Sie überlebte. Im Verlauf der sich daraus entwickelnden Katastrophe hatte Wendy ihre Koffer gepackt und war verschwunden.

Laut dem Klatsch auf dem Campus war das nicht das erste Mal gewesen, dass sie ein Verhältnis mit einem älteren Mann gehabt hatte. Ihr Name war mit mehreren Professoren in Verbindung gebracht worden, und alle von ihnen waren deutlich älter gewesen als sie.

»Ich bin mir sicher, dass vieles davon nur dummes Gerede war«, erklärte mir Marcia Thal. »Ich denke nicht, dass sie Affären mit so vielen Männern gehabt haben könnte, ohne dass mehr Leute davon Wind bekommen hätten. Aber als die Sache ans Tageslicht kam, haben die Leute wirklich viel über sie geredet. Ich tippe, einiges davon dürfte wahr gewesen sein.«

»Dann wussten Sie, als Sie bei ihr eingezogen sind, dass sie eher unkonventionell war?«

»Ich habe es Ihnen doch gesagt. Ihre Moral war mir egal. Ich konnte nichts Schlechtes daran finden, mit einer Menge von Männern zu schlafen. Nicht, wenn sie das tun wollte.« Sie dachte einen Augenblick lang darüber nach. »Ich denke, ich habe mich seitdem verändert.«

»Dieser Professor, der Kunstgeschichtler. Wie hieß er?«

»Ich werde Ihnen seinen Namen nicht sagen. Es ist nicht wichtig. Vielleicht können Sie ihn selbst herausfinden. Ja, ich bin mir sicher, dass Sie das können, aber von *mir* werden Sie ihn nicht erfahren.«

»Hieß er Cottrell?«

»Nein. Warum?«

»Kannte sie irgendjemanden namens Cottrell? In New York?«

»Ich denke nicht. Der Name kommt mir absolut nicht bekannt vor.«

»Gab es jemanden, mit dem sie sich regelmäßig getroffen hat? Öfters als mit den anderen?«

»Nicht wirklich. Natürlich hätte es jemanden geben können, der häufig am Nachmittag vorbeikam, ohne dass ich etwas davon gewusst hätte.«

»Was denken Sie, wieviel Geld sie verdient hat?«

»Ich weiß nicht. Das ist kein Thema, über das wir gesprochen haben. Ich denke, ihr Durchschnittspreis war dreißig Dollar. Bestimmt nicht mehr als das. Viele Männer gaben nur zwanzig. Sie hat von Männern erzählt, die ihr hundert gaben, aber ich denke, dass die eher selten waren.«

»Was denken Sie, wie viele Freier sie pro Woche hatte?«

»Ich weiß es wirklich nicht. Sie hatte vielleicht drei Nächte pro Woche jemanden bei sich, vielleicht auch vier. Aber sie traf sich auch tagsüber mit Männern. Sie hat nicht versucht, reich zu werden, sie wollte einfach genug haben, um so leben zu können, wie sie es wollte. Sehr häufig hat sie auch Verabredungen abgelehnt. Sie traf sich nur mit einem Mann pro Abend. Es war nicht immer eine große Verabredung mit Abendessen und so weiter. Manchmal kam ein Mann einfach vorbei und sie ging mit ihm ins Bett. Aber sie hat viele Verabredungen abgelehnt, und wenn sie mit einem Mann ausging und sie ihn nicht mochte, traf sie sich nicht noch einmal mit ihm. Und wenn sie sich mit jemandem traf, den sie nicht kannte, und sie ihn nicht mochte, ging sie auch nicht mit ihm ins Bett und dann bekam sie natürlich auch kein Geld. Es gab Männer, die ihre Nummer von anderen Männern bekommen hatten, wissen Sie, und sie ging mit ihnen aus, aber wenn sie nicht ihr Typ waren oder so, nun, dann sagte sie, dass sie Kopfschmerzen hatte und nach Hause ginge. Sie hat nicht versucht, eine Million Dollar zu machen.«

»Also muss sie ein paar hundert Dollar pro Woche verdient haben.«

»Das hört sich richtig an. Es war ein Vermögen im Vergleich zu dem, was ich verdiente, aber auf lange Sicht gesehen war es keine gewaltige Summe. Ich denke nicht, dass sie es wegen dem Geld getan hat, wenn Sie verstehen, was ich meine.«

»Ich bin mir nicht sicher.«

»Ich denke, sie war, nun, eine glückliche Nutte?« Sie errötete, als sie es aussprach. »Ich denke, dass sie genossen hat, was sie tat. Das denke ich wirklich. Dieses Leben und die Männer und alles. Ich denke, es hat ihr großen Spaß gemacht.«

Ich hatte mehr von Marcia Thal erfahren als erwartet. Vielleicht war es das, was ich wissen musste.

Man muss aber auch wissen, wann man aufhören muss. Man kann niemals alles herausfinden, aber man kann fast immer mehr herausfinden als das, was man schon weiß, und es gibt einen Punkt, ab dem die zusätzlichen Informationen, die man erfährt, irrelevant werden und man nur noch seine Zeit mit ihnen vergeudet.

Ich konnte nach Indiana fliegen. Ganz bestimmt würde ich dort noch mehr erfahren. Aber wenn ich dort fertig war, würde ich nicht unbedingt mehr wissen als jetzt schon. Ich würde über Namen und Daten Bescheid wissen. Ich konnte mit Leuten sprechen, die Erinnerungen an ihre eigene Wendy Hanniford hatten. Aber inwiefern würde das meinem Mandanten helfen?

Ich verlangte die Rechnung. Während die Kellnerin unsere Getränke zusammenrechnete, dachte ich an Cale Hanniford und fragte Marcia Thal, ob Wendy oft von ihren Eltern gesprochen hatte.

»Manchmal sprach sie über ihren Vater.«

»Was sagte sie über ihn?«

»Oh, sie fragte sich, wie er wohl gewesen sein mochte.«

»Sie war der Ansicht, ihn nicht zu kennen?«

»Nun, natürlich. Ich meine, soweit ich weiß, starb er, bevor sie geboren wurde oder zu der Zeit. Wie konnte sie ihn gekannt haben?«

»Ich meinte ihren Stiefvater.«

»Oh. Nein, soweit ich mich erinnern kann, sprach sie niemals von ihm, außer um vage zu sagen, dass sie ihren Eltern schreiben müsste, um sie wissen zu lassen, dass alles in Ordnung war. Sie hat das öfters gesagt, weshalb ich vermute, dass sie nicht dazu kam.«

Ich nickte. »Was sagte sie über ihren Vater?«

»Ich erinnere mich nicht mehr, außer, dass ich denke, dass sie ihn vergöttert hat. Einmal sprachen wir über Vietnam und sie sagte, egal ob der Krieg richtig oder falsch war, die Männer, die dort kämpften, wären auf jeden Fall gute Männer, und sie sprach davon, wie ihr Vater in Korea getötet worden war. Und einmal sagte sie: ›Wenn er noch am Leben wäre, wäre wahrscheinlich alles anders.‹«

»Anders inwiefern?«

»Das sagte sie nicht.«

11. Kapitel

Ich brachte den Leuten von Olin das Auto um kurz nach zwei zurück. Danach gönnte ich mir ein Sandwich und ein Stück Kuchen und ging mein Notizbuch durch. Ich versuchte, einen Weg zu finden, wie alles miteinander in Verbindung stehen konnte.

Wendy Hanniford. Sie hatte eine Vorliebe für ältere Männer gehabt, und wenn man wollte, konnte man das auf die nicht verarbeiteten Gefühle für den Vater, den sie niemals kennengelernt hatte, zurückführen. Am College hatte sie ihre eigene Macht erkannt und Affären mit Professoren gehabt. Dann hatte sich einer von ihnen zu sehr in sie verliebt und es war zu Turbulenzen gekommen, und als alles vorüber war, hatte sie die Schule geschmissen und dann allein in New York gelebt.

In New York gab es jede Menge älterer Männer. Einer von ihnen war mit ihr nach Miami Beach gefahren. Derselbe, oder ein anderer, hatte bestätigt, ihr Arbeitgeber zu sein, als sie das Apartment mieten wollte. Und die ganze Zeit über musste es jede Menge älterer Männer gegeben haben, die sie zum Essen ausführten, ihr zwanzig Dollar für das Taxi zusteckten, zwanzig oder dreißig oder fünfzig Dollar auf der Kommode liegen ließen.

Sie hatte keine Mitbewohnerin nötigt gehabt. Sie hatte Marcia Maisel bezuschusst und deutlich weniger als die Hälfte der Miete von ihr verlangt. Es war wahrscheinlich, dass sie auch Richie Vanderpoel bezuschusst hatte, und es war ebenso wahrscheinlich, dass sie ihn aus demselben Grund als Mitbewohner bei sich aufnahm, aus dem sie auch Marcia aufgenommen hatte, aus demselben Grund, aus dem sie gewollt hatte, dass Marcia bei ihr wohnen blieb.

Denn es war eine einsame Welt, und sie hatte immer allein in ihr gelebt, nur mit dem Geist ihres Vaters als Gesellschaft. Die Männer, mit denen sie sich abgab, die Männer, von denen sie sich angezogen fühlte, waren Männer, die zu anderen Frauen gehörten und zu ihnen nach Hause zurückkehrten, wenn sie mit ihr fertig waren. Sie hatte jemanden in diesem Apartment in der Bethune Street gebraucht, der nicht mit ihr ins Bett gehen wollte. Jemanden, der einfach nur eine gute Gesellschaft war. Zuerst Marcia – und war Wendy nicht vielleicht ein bisschen enttäuscht gewesen, als sich Marcia bereit erklärt hatte, mit ihr gemeinsam mit Männern auszugehen? Ich vermutete, dass sie das gewesen war, denn obwohl sie eine Gefährtin für die Verabredungen gewonnen hatte, hatte sie gleichzeitig eine Gefährtin verloren, die nicht zu dieser brüchigen Welt gehörte, sondern der dieselbe Unschuld angehaftet hatte, die Marcia auch bei Wendy gespürt hatte.

Dann war Richie gekommen, der wahrscheinlich sogar ein noch besserer Gefährte gewesen war. Richie, ein schüchterner und zurückhaltender Homosexueller, der die Einrichtung der Wohnung verbessert, Gourmetspeisen gekocht und ein Zuhause für sie geschaffen hatte, während er seine Kleidung im Wohnzimmer aufbewahrte und die Nächte auf der aufklappbaren Couch verbrachte. Und im Gegenzug hatte sie Richie ein Zuhause gegeben. Sie hatte ihm die Gesellschaft einer Frau geboten, ohne ihn vor die sexuelle Herausforderung zu stellen, die eine andere Frau möglicherweise dargestellt hätte. Er war bei ihr eingezogen und hatte die Schwulenkneipen hinter sich gelassen.

Ich bezahlte die Rechnung und ging den Broadway hinab zurück zu meinem Hotel. Ein Bettler mit roten Augen und zerlumpter Kleidung versperrte mir den Weg. Er wollte wissen, ob ich Kleingeld übrig hatte. Ich schüttelte den Kopf und ging auf ihn zu, und er trippelte zur Seite. Er sah aus, als ob er mir gerne sagen würde, dass ich zur Hölle fahren sollte, wenn es ihm nur gelänge, den Mut dazu aufzubringen.

Wieviel tiefer wollte ich noch schürfen? Ich konnte nach Indiana fliegen und auf dem Campus, auf dem Wendy ihre Rolle im Leben zu definieren gelernt hatte, Leute belästigen. Ich konnte ohne größere Probleme den Namen des Professors herausfinden, dessen Affäre mit ihr so dramatische

Folgen gehabt hatte. Ich konnte den Professor selbst finden, egal, ob er noch an der Hochschule lehrte oder nicht. Er würde mit mir sprechen. Ich konnte ihn dazu bringen, mit mir zu sprechen. Ich konnte anderen Professoren auf die Spur kommen, die mit ihr geschlafen hatten, anderen Studenten, die sie gekannt hatten.

Aber was konnten sie mir sagen, das ich nicht schon wusste? Ich war nicht damit beschäftigt, ihre Biografie zu schreiben. Ich versuchte, genug von ihrem Kern zu fassen zu bekommen, damit ich zu Cale Hanniford gehen und ihm sagen konnte, wer sie gewesen und wie sie dazu geworden war. Ich wusste wahrscheinlich schon genug, um das gut hinzubekommen. Ich würde in Indiana nicht sehr viel mehr herausfinden.

Es gab nur ein Problem. Auf sehr reale Weise waren meine Vereinbarungen mit Hanniford mehr als nur ein Kniff gewesen, den Lizenzbestimmungen für Detektive und der Einkommenssteuer ein Schnippchen zu schlagen. Das Geld, das er mir gegeben hatte, war ein Geschenk, ebenso wie es das Geld gewesen war, das ich Koehler und Pankow und dem Postbeamten gegeben hatte. Und im Gegenzug tat ich ihm einen Gefallen, ebenso wie sie mir Gefallen getan hatten. Ich arbeitete nicht für ihn.

Deshalb konnte ich die Sache nicht einfach auf sich beruhen lassen, nur weil ich die Antworten auf Cale Hannifords Fragen hatte. Ich hatte selbst ein oder zwei Fragen und war mir mit den Antworten darauf noch nicht sicher. Ich hatte sie fast, oder dachte zumindest, dass ich sie fast hatte, aber es gab immer noch ein paar Lücken und die wollte ich füllen.

Vincent war an der Rezeption, als ich ins Hotel kam. Vor einiger Zeit hatte er mir das Leben schwergemacht, und er war sich immer noch nicht sicher, was ich über ihn dachte. Ich hatte ihm gerade erst zehn Dollar für Weihnachten gegeben, was ihm eigentlich hätte klarmachen sollen, dass ich ihm nichts nachtrug, aber er hatte immer noch die Neigung zusammenzuzucken, wenn ich mich näherte. Auch jetzt zuckte er zusammen, dann gab er mir meinen Zimmerschlüssel und einen Zettel, der mich darüber informierte, dass Kenny angerufen hatte. Es gab eine Nummer, unter der ich ihn erreichen konnte.

Ich rief ihn von meinem Zimmer aus an. »Ah, Matthew«, sagte er. »Wie nett, dass du dich meldest.«

»Was ist das Problem?«

»Es gibt kein Problem. Ich bin damit beschäftigt, meinen freien Tag zu genießen. Entweder das oder ins Gefängnis gehen, und ich mach mir nicht viel aus Gefängnissen. Ich bin mir sicher, dass sie unschöne Erinnerungen wachrufen würden.«

»Ich kann dir nicht folgen.«

»Spreche ich in Rätseln? Ich habe mit dem guten Lieutenant Koehler gesprochen, wie du vorgeschlagen hast. Für heute Abend ist Razzia im Sinthia's angesagt. Gefahr erkannt, Gefahr gebannt, um mich mal so auszudrücken. Also habe ich zu der Vorsichtsmaßnahme gegriffen, einen meiner Barkeeper heute Nachmittag und am Abend den Laden schmeißen zu lassen.«

»Weiß er, was ihn erwartet?«

»Ich bin nicht diabolisch, Matthew. Er weiß, dass er im Knast landen wird. Er weiß auch, dass er ruckzuck auf Kaution freikommen wird und die Vorwürfe gegen ihn sofort fallengelassen werden. Und er weiß, dass ihn die Erfahrung um fünfzig Dollar reicher machen wird. Ich persönlich würde mir ja die Erniedrigung einer Verhaftung auch für das Zehnfache nicht antun, aber jedem Tierchen sein Pläsierchen, wie man so schön sagt. Dein Lieutenant Koehler war überaus kooperativ, kann ich hinzufügen, abgesehen davon, dass er hundert Dollar anstelle der von dir vorgeschlagenen fünfzig wollte. Hätte ich vielleicht versuchen sollen, ihn runterzuhandeln?«

»Eher nicht.«

»Das dachte ich mir auch. Nun, wenn es funktioniert, ist die Summe ein Almosen. Ich hoffe, es macht dir nichts aus, dass ich deinen Namen erwähnt habe?«

»Nicht im Geringsten.«

»Er schien mir gewisse Türen zu öffnen. Aber das heißt, dass ich dir jetzt einen Gefallen schulde, und ich schätze mich glücklich, in der Lage zu sein, mich umgehend dieser Verpflichtung entledigen zu können.«

»Hast du was über Richie Vanderpoel herausgefunden?«

»In der Tat, das habe ich. Ich habe ein paar Stunden damit zugebracht, in einer illegalen Kneipe sachdienliche Fragen zu stellen. Der Laden in der Houston Street?«

»Kenne ich nicht.«

»So ziemlich meine liebste Flüsterstube. Ich kann dich mal mitnehmen, wenn du möchtest.«

»Mal sehen. Was hast du herausgefunden?«

»Ah, mal überlegen. Was *habe* ich denn herausgefunden? Ich habe mit drei Herren gesprochen, die bereit waren, sich daran zu erinnern, unseren Jungen mit den strahlenden Augen auf Milch und Kekse mit sich nach Hause genommen zu haben. Ich habe auch mit ein paar anderen gesprochen, von denen ich unter Eid aussagen würde, dass sie dasselbe gemacht haben, aber bedauerlicherweise waren deren Gedächtnisse getrübt. Es scheint, als ob ich richtig vermutet hatte und er nicht darauf aus war, Geld zu verdienen. Er hat nie irgendjemanden um Geld gebeten, und ein Kerl hat gesagt, dass er Richie ein paar Dollar für das Taxi nach Hause in die Hand drücken wollte, er sie aber nicht genommen hat. Ein Mann von edlem Charakter, meinst du nicht auch?«

»Ja, tue ich.«

»Viel zu selten in der heutigen Zeit. So viel zu den harten Fakten. Der Rest sind Eindrücke, aber ich vermute, dass ist das, woran du am meisten interessiert bist.«

»Ja.«

»Nun, es scheint, als ob Richard nicht übermäßig spannend gewesen wäre.«

»Hä?«

Er seufzte. »Der liebe Junge hatte keinen großen Spaß an der Sache und war auch nicht sehr gut darin. Soweit ich das sagen kann, waren es nicht nur die Nerven, obwohl er von der nervösen und ängstlichen Sorte gewesen zu sein scheint. Es war eher so, dass er sich bei der ganzen Sache unbehaglich fühlte und nicht sehr viel Gefallen am Sex hatte. Und er wich vor Intimitäten zurück. Er würde die schmutzige Angelegenheit willig durchziehen, aber er wollte nicht, dass man seine Hand hielt oder ihm die Schulter streichelte. Das ist nichts völlig Außergewöhnliches, musst du wissen. Es gibt eine Art von Schwuchtel, die nach Sex giert, aber Nähe nicht ertragen kann. Alle ihre Freunde sind dazu verdammt, Fremde zu bleiben. Aber Richie schien auch den Sex nicht sonderlich genossen zu haben.«

»Interessant.«

»Dachte ich mir, dass du das sagen würdest. Und wenn es vorüber war, hatte Richie nur noch eines im Sinn gehabt: das Weite zu suchen. Nicht der Typ, der die Nacht über bleibt. Wollte nicht mal auf Kaffee und Brandy bleiben. Nur Rumms-bumms-danke-schön-mein-Herr. Und kein Interesse an einer Neuauflage zu einem späteren Zeitpunkt. Ein Kerl wollte ihn wirklich noch einmal treffen, nicht weil der Sex gut gewesen wäre, denn er war es nicht, sondern weil er fasziniert war. Dachte sich, dass es ihm gelingen könnte, bei einer weiteren Gelegenheit den Panzer zu durchbrechen. Aber Richie wollte nichts davon hören. Wollte nicht einmal mehr mit jemandem sprechen, mit dem er einmal das Kopfkissen geteilt hatte.«

»Diese drei Männer—«

»Keine Namen, Matthew. Ich habe meinen Ehrenkodex, wirklich.«

»Ich interessiere mich nicht für ihre Namen. Ich habe mich nur gefragt, ob sie ein bestimmter Typ sind.«

»Inwiefern?«

»Alter. Sind sie alle etwa gleich alt?«

»Mehr oder weniger.«

»Alle fünfzig oder älter?«

»Woher weißt du das?«

»Nur eine Vermutung.«

»Nun, es ist eine gute. Ich würde sie alle zwischen fünfzig und sechzig einschätzen. Und sie sehen auch ihrem Alter entsprechend aus, diese armen

Teufel. Nicht so wie diejenigen unter uns, die im Jungbrunnen gebadet haben.«

»Es passt alles zusammen.«

»Wie?«

»Zu kompliziert zum Erklären.«

»Bedeutet das ›zisch ab‹? *Mich* stört das nicht. Für mich ist es Genugtuung zu wissen, dass ich von Hilfe sein konnte; das ist Belohnung genug, Matthew. Es ist ja nicht so, als ob es mich nach einer Geschichte dürstet, die ich in meinen alten Tagen meinen Enkelkindern erzählen kann.«

12. Kapitel

Eddie Koehler saß nicht an seinem Schreibtisch. Ich hinterließ eine Nachricht, dass er mich zurückrufen solle, dann ging ich nach unten und kaufte mir am Zeitungsstand in der Lobby eine Zeitung. Ich hatte mich bis zur Lebenshilfekolumne durchgearbeitet, als das Telefon klingelte.

Er dankte mir dafür, dass ich Kenny zu ihm geschickt hatte, und klang dabei recht argwöhnisch. Ich war nicht mehr im Polizeidienst und er wollte mich wohl dafür nicht entlohnen müssen.

Ich beruhigte ihn. »Du könntest mir als Gegenleistung einen kleinen Gefallen tun. Du könntest jemanden suchen, der ein paar Telefonate erledigt oder in den richtigen Büchern nachschlägt. Ich könnte es wahrscheinlich auch selbst erledigen, aber dann würde es dreimal so lange dauern.«

Ich erklärte es ihm. Es war eine einfache Möglichkeit für ihn, die Rechnung bei mir zu begleichen, und er war froh darüber. Er sagte, er würde sich bei mir melden, und ich erwiderte, dass ich im Hotel bleiben und auf seinen Anruf warten würde.

Der Anruf kam fast genau eine Stunde später. J.J. Cottrell, Inc. hatten Büros im Kleinhans Building an der Kreuzung William Street und Pine Street gehabt. Die Firma hatte etwa ein Dutzend Jahre lang ein Mitteilungsblatt mit Tipps für die Wall Street publiziert, bis sie nach dem Tod des Inhabers die Geschäftstätigkeit eingestellt hatte. Der Inhaber war ein gewisser Arnold P. Leverett gewesen und vor zweieinhalb Jahren gestorben. Niemand mit dem Namen Cottrell hatte in Verbindung mit der Firma gestanden.

Ich dankte Koehler und legte auf. Dadurch wurden die Dinge ziemlich schön abgerundet. Ich hatte keinen Cottrell finden können, weil es nie einen gegeben hatte. Es war naheliegend anzunehmen, dass Leverett irgendeine Rolle in Wendy Hannifords Leben gespielt hatte, aber ob das eine große oder eine kleine Rolle gewesen war, war jetzt nicht mehr wichtig. Ohne die Dienste eines Mediums konnte der Mann nicht für eine Stellungnahme erreicht werden.

Nur so zum Spaß rief ich im Eden Roc an und erwischte wieder den Hoteldirektor. Er erinnerte sich an mich. Ich fragte ihn, ob er im gleichen Register nach Leverett suchen könnte, und er brauchte diesmal nicht so lange, weil er nun wusste, wo er die Unterlagen finden würde. Kaum überraschend ließ sich den Unterlagen entnehmen, dass Mr. und Mrs. Arnold P. Leverett vom vierzehnten bis zum zwanzigsten September im Eden Roc zu Gast gewesen waren.

Nun kannte ich also den Namen eines der Männer in ihrem Leben. Wenn Leverett verheiratet gewesen war, hätte ich die Witwe aufsuchen und sie plagen können, aber es gab wohl nur wenig, das sinnloser gewesen wäre. Was ich wirklich erreicht hatte, war eher negativ als positiv. Ich musste mich nun nicht mehr damit beschäftigen, den Mann aufzuspüren, der sie mit nach Florida genommen hatte, und ich brauchte mich nicht mehr zu fragen, wer zur Hölle J.J. Cottrell war. Es war keine Person, es war ein Unternehmen und es hatte die Geschäftstätigkeit eingestellt.

Ich ging um die Ecke ins Armstrong's und setzte mich an die Bar. Es war bereits ein langer Tag gewesen und die Fahrt nach Mamaroneck und wieder zurück hatte mich stärker ermüdet, als ich gedacht hatte. Ich überlegte mir, den Rest des Tages auf diesem Barhocker zu verbringen und Kaffee und Bourbon einander ausgleichen zu lassen, bis es spät genug war, in mein Zimmer zurück und schlafen zu gehen.

Es klappte nicht. Nach zwei Drinks fiel mir etwas ein, das ich tun konnte, und es gelang mir nicht, mich davon abzubringen. Es würde vermutlich Zeitverschwendung sein, aber auf gewisse Weise war alles Zeitverschwendung, und ganz offensichtlich verlangte etwas in mir danach, meine Zeit auf genau diese Weise zu verschwenden.

Und es sollte sich herausstellen, dass die Zeit doch nicht verschwendet sein würde.

Ich schnappte mir ein Taxi in der 9th Avenue und hörte dem Fahrer zu, wie er über die Benzinpreise jammerte. Es sei alles eine Verschwörung, sagte er und erklärte, wie genau sie angelegt war. Die großen Ölfirmen gehörten alle Zionisten und indem sie das Öl knapp machten, würden sie die öffentliche Meinung dahingehend beeinflussen, dass sich die Vereinigten Staaten mit Israel verbünden sollten, um ölreiche arabische Gebiete zu erobern. Er fand sogar einen Weg, das alles mit dem Attentat auf Kennedy in Verbindung zu bringen. Ich habe vergessen, welchen Kennedy er meinte.

»Das ist meine eigene Theorie«, sagte er. »Was halten Sie davon?«

»Es ist eine Theorie.«

»Ergibt Sinn, oder?«

»Ich kenne mich auf diesem Gebiet nicht so gut aus.«

»Ja, klar. Das ist die amerikanische Öffentlichkeit. Niemand weiß nichts. Niemand kümmert's. Mach eine Umfrage, egal zu welchem Thema, und die Hälfte der Leute hat keine Meinung. Keine Meinung! Das ist der Grund, weshalb das Land vor die Hunde geht.«

»Ich dachte mir, dass es einen gibt.«

Er ließ mich vor der Bibliothek an der Ecke 42nd Street und 5th Avenue aussteigen. Ich ging zwischen den Steinlöwen hindurch und die Treppe hoch in die Mikrofilmabteilung. Ich schlug in meinem Notizbuch den Todestag von Arnold P. Leverett nach und füllte einen Zettel aus. Ein Mädchen mit traurigen Augen in Jeans und karierter Bluse brachte mir die gewünschte Filmspule.

Ich fädelte den Mikrofilm in das Lesegerät ein und begann, ihn durchzugehen. Es ist fast unmöglich, alte Ausgaben der *Times* auf Mikrofilm durchzusehen, ohne abgelenkt zu werden. Andere Geschichten fallen einem ins Auge und sorgen dafür, dass man Zeit verschwendet. Aber ich zwang mich dazu, die passende Nachrufseite zu suchen und las den Artikel über Arnold Philip Leverett.

Ihm war nicht viel Platz gewidmet. Vier Abschnitte, und nichts sonderlich Interessantes darin. Er war an einem Herzinfarkt in seinem Haus in Port Washington gestorben. Er hatte eine Frau und drei Kinder hinterlassen. Er hatte diverse Schulen besucht und für diverse Börsenmakler gearbeitet, bevor er sich 1959 selbstständig gemacht hatte, um sein eigenes Wall-Street-Mitteilungsblatt *Cottrell's Weekly Analyzer* zu publizieren. Zum Zeitpunkt seines Todes war er achtundfünfzig Jahre alt gewesen. Das letzte Faktum war das einzige, das man als relevant bezeichnen konnte, und es bestätigte nur, was ich bereits vorausgesetzt hatte.

Ich frage mich, was Menschen dazu bringt, an bestimmte Dinge zu denken. Vielleicht hatte ich im Augenwinkel eine andere Geschichte gesehen und das hatte meinem Hirn einen Stoß gegeben. Ich weiß nicht, was dafür verantwortlich war, und ich wurde mir der Sache nicht einmal bewusst, bis ich die Mikrofilmabteilung bereits wieder verlassen hatte und auf halbem Weg die Treppe hinunter war. Dann drehte ich mich um und ging wieder dorthin zurück, von wo ich gekommen war, um mir den *Times Index* für 1959 geben zu lassen.

Das war das Jahr, in dem Leverett mit seinem Mitteilungsblatt begonnen hatte, also war das vielleicht der Auslöser. Ich ging den *Index* durch und fand die Bestätigung, dass es auch das Jahr war, in dem Mrs. Martin Vanderpoel gestorben war.

Ich hatte nicht wirklich erwartet, auf einen Nachruf zu stoßen. Sie war die Frau eines Geistlichen gewesen, aber er war nicht allzu prominent, ein Pfarrer mit einer kleinen Gemeinde irgendwo in Brooklyn. Ich hatte nicht viel mehr als eine Todesnachricht erwartet, aber es gab einen normalen *Times*-Nachruf, und als ich die richtige Spule im Lesegerät und die Seite mit dem Nachruf vor mir hatte, wusste ich, warum man gedacht hatte, dass sie den Platz verdiente.

Mrs. Martin Vanderpoel, die frühere Miss Frances Elizabeth Hegermann, hatte Selbstmord begangen. Sie hatte es im Badezimmer des Pfarrhauses der First Reformed Church von Bay Ridge getan. Sie hatte sich die Pulsadern aufgeschnitten und war tot in der Badewanne von ihrem jungen Sohn Richard gefunden worden.

• • •

Ich ging zurück ins Armstrong's, aber das war der falsche Ort für die Stimmung, in der ich mich befand. Ich spazierte die 9th Avenue entlang nach Norden und ging weiter, als sie zur Columbus Avenue wurde. Wann immer ich des Gehens müde wurde, genehmigte ich mir in einer der Bars einen schnellen Drink. Es gibt viele Bars in der Columbus Avenue.

Ich war auf der Suche nach etwas, aber ich wusste nicht, was es war, bis ich es gefunden hatte. Ich hätte in der Lage sein sollen, es vorherzusagen. Ich hatte derartige Abende schon früher gehabt, zu Fuß unterwegs durch schlimme Gegenden, auf eine Gelegenheit wartend, etwas von dem Druck loszuwerden, der sich in mir aufgestaut hatte.

Ich bekam die Gelegenheit in der Columbus Avenue irgendwo bei den höheren achtziger Straßen. Ich hatte gerade eine Bar mit irischem Namen und spanisch sprechenden Gästen verlassen und gönnte mir den schwankenden Gang, der speziell Betrunkenen und Matrosen eigen ist. In einem Hauseingang etwa zehn oder zwölf Meter vor mir nahm ich Bewegungen wahr, aber ich ging einfach weiter darauf zu, und als der Mann mit einem Messer in der Hand aus dem Hauseingang trat, wusste ich, dass ich seit Stunden nach ihm gesucht hatte.

Er sagte: »Mach schon, mach schon, her mit dem Geld!«

Er war kein Junkie. Die Leute glauben, dass sie alle Junkies sind, aber sie sind es nicht. Junkies brechen in Wohnungen ein, wenn niemand zu Hause ist, und schnappen sich Fernseher und Schreibmaschinen, kleine Dinge, die sie schnell zu Geld machen können. Höchstens jeder fünfte Straßenräuber ist heroinabhängig. Die anderen vier tun es, weil es besser ist, als zu arbeiten.

Und es zeigt ihnen, wie hart sie sind.

Er vergewisserte sich, dass ich die Klinge des Messers sehen konnte. Wir befanden uns in den Schatten, aber die Klinge spiegelte ein wenig Licht und blitzte mich boshaft an. Es war ein Küchenmesser mit Holzgriff und einer etwa fünfzehn Zentimeter langen Klinge.

Ich sagte: »Immer mit der Ruhe.«

»Zeig mir das verdammte Geld!«

»Klar«, sagte ich. »Nur vorsichtig mit dem Messer. Messer machen mich nervös.«

Ich vermute, er war etwa neunzehn oder zwanzig Jahre alt. Vor ein paar Jahren musste er unter schwerer Akne gelitten haben, denn seine Backen und sein Kinn waren vernarbt. Ich bewegte eine Hand in Richtung meiner inneren Brusttasche und in einer lockeren, rollenden Bewegung senkte ich eine Schulter, drehte mich auf meiner rechten Ferse und trat mit meinem linken Fuß gegen sein Handgelenk. Das Messer flog aus seiner Hand.

Er wollte es sich zurückholen, und das war ein Fehler, denn es landete hinter ihm und er musste danach hasten. Er hätte eines von zwei Dingen tun sollen. Er hätte mich direkt angreifen sollen oder er hätte sich umdrehen sollen und davonlaufen, aber stattdessen entschied er sich für das Messer und das war die falsche Entscheidung.

Er schaffte es nicht einmal, auf drei Meter an es heranzukommen. Er geriet aus dem Gleichgewicht und stolperte, und ich packte ihn mit der Hand an seiner Schulter und drehte ihn wie einen Kreisel. Ich schlug mit der rechten offenen Hand zu und traf ihn mit dem Handballen genau unter der Nase. Er jaulte auf und legte beide Hände auf sein Gesicht, woraufhin ich ihm drei oder vier Mal in den Bauch schlug. Als er zusammenklappte, legte ich meine Hände auf seinen Hinterkopf und ließ mein Knie nach oben schnellen, während ich seinen Kopf nach unten drückte.

Die Wirkung war stark und nachhaltig. Ich gab ihn frei und er kauerte sich benommen hin. Seine Beine waren an den Knien im rechten Winkel abgespreizt. Sein Körper wusste nicht, ob er sich aufrichten oder zusammenbrechen sollte. Ich nahm sein Kinn in meine Hand und schob. Das nahm ihm die Entscheidung ab. Er fiel nach hinten auf den Rücken und blieb liegen.

Ich fand eine dicke Rolle Geldscheine in der rechten Tasche seiner Jeans. Es war ihm nicht darum gegangen, Milch für seine hungrigen Brüder und Schwestern kaufen zu können. Nein, er hatte fast zweihundert Dollar in der Tasche. Ich schob einen Dollarschein für die U-Bahn zurück in seine Tasche und steckte den Rest in meine Brieftasche. Er lag da, ohne sich zu bewegen, und beobachtete die ganze Transaktion. Ich denke, er konnte nicht glauben, dass es wirklich passierte.

Ich stützte mich neben ihm auf ein Knie, nahm seine rechte Hand in meine linke und näherte mein Gesicht dem seinen. Seine Augen waren weit aufgerissen und er hatte Angst, und darüber war ich froh, denn ich wollte, dass er Angst hatte. Ich wollte, dass er wusste, was Angst war und wie sie sich anfühlte.

Ich sagte: »Hör zu. Diese Straßen sind hart und unerbittlich, und du bist weder hart genug noch unerbittlich genug. Du solltest dir besser eine ehrliche Arbeit suchen, denn du wirst es hier draußen nicht schaffen, weil du zu weich bist. Du denkst, dass es hier draußen leicht ist, aber es ist härter als du jemals gedacht hast, und nun hast du Gelegenheit, es zu lernen.«

Ich bog die Finger seiner rechten Hand einzeln zurück, bis sie brachen. Nur die vier Finger. Den Daumen ließ ich in Frieden. Er schrie nicht. Ich vermutete, der Schreck blockierte den Schmerz.

Ich hob sein Messer auf und warf es in den ersten Kanaldeckel, an dem ich vorbeikam. Dann spazierte ich die zwei Blocks bis zum Broadway und nahm ein Taxi nach Hause.

13. Kapitel

Ich denke nicht, dass ich wirklich schlief.

Ich zog mich aus und legte mich ins Bett. Ich schloss die Augen und hatte die Art von Traum, die man haben kann, ohne wirklich zu schlafen, wenn man sich bewusst ist zu träumen. Mein Bewusstsein stand an der Seitenlinie und beobachtete den Traum wie ein abgestumpfter Kritiker ein Theaterstück. Dann kam eine Reihe von Dingen zusammen und ich wusste, dass ich nicht in der Lage sein würde zu schlafen und es auch gar nicht mehr wollen würde.

Also ließ ich das Wasser aus dem Duschkopf so heiß strömen, wie es möglich war, und stand neben der Badewanne bei geschlossener Badezimmertür in meinem improvisierten Dampfbad. Ich schwitzte etwa eine halbe Stunde lang die Erschöpfung und den Alkohol aus meinem Körper. Dann senkte ich die Temperatur des Wassers, bis es erträglich war, und stellte mich unter die Dusche. Ich beendete die Angelegenheit mit einer Minute unter eiskaltem Wasser. Ich weiß nicht, ob das wirklich gut für einen ist. Ich denke, es ist einfach nur spartanisch.

Ich trocknete mich ab und zog einen sauberen Anzug an. Dann setzte ich mich auf das Bett und griff zum Telefon. Es stellte sich heraus, dass Allegheny Airlines den Flug anbot, den ich suchte. Der Abflug war um fünf Uhr fünfundvierzig von LaGuardia und ich würde dort, wo ich hinwollte, kurz nach sieben ankommen. Ich buchte Hin- und Rückflug mit offenem Rückflug.

Das Childs Restaurant an der Ecke 58th Street und 8th Avenue hat die ganze Nacht über geöffnet. Ich aß Corned-Beef-Haschee mit Eiern und trank eine Menge schwarzen Kaffee.

Es war schon fast fünf, als ich mich in ein Checker-Taxi setzte und dem Fahrer sagte, dass er mich zum Flughafen bringen solle.

Der Flug war mit Zwischenlandung in Albany, deshalb dauerte er so lange. Das Flugzeug landete dort planmäßig. Ein paar Leute stiegen aus, andere Leute stiegen ein, und der Pilot brachte uns wieder in die Luft. Auf dem zweiten Teilstück hatten wir keine Zeit, uns einzupendeln, denn wir begannen mit dem Sinkflug sofort, nachdem wir den Steigflug abgeschlossen hatten. Der Pilot schüttelte uns auf der Landebahn von Utica ein wenig durch, aber es war nichts, über das man sich beklagen müsste.

»Einen schönen Tag noch«, sagte die Stewardess. »Passen Sie auf sich auf.«

Passen Sie auf sich auf.

Mir scheint es, als ob die Leute diese Phrase bei der Verabschiedung erst seit ein paar Jahren oder so verwenden. Plötzlich fing jeder an, sie zu gebrauchen, als hätte das ganze Land unvermittelt erkannt, dass in einer Welt wie der unsrigen Vorsicht geboten ist.

Ich hatte vor, auf mich aufzupassen. Ich war mir aber nicht wirklich sicher, ob es ein schöner Tag werden würde.

Als ich vom Flughafen in die Stadt selbst gelangt war, war es etwa halb acht. Ein paar Minuten vor zwölf rief ich Cale Hanniford in seinem Büro an. Niemand hob ab.

Ich versuchte es bei ihm zu Hause und seine Frau antwortete. Ich nannte meinen Namen und sie den ihren. »Mr. Scudder«, sagte sie vorsichtig. »Haben Sie, äh, Fortschritte gemacht?«

»Die Dinge lichten sich.«

»Ich gehe Cale holen.«

Als Hanniford ans Telefon kam, sagte ich ihm, dass ich ihn sehen wollte.

»Ich verstehe. Es gibt etwas, das sie nicht am Telefon besprechen wollen?«

»So ungefähr.«

»Nun, können Sie nach Utica kommen? Es wäre sehr ungelegen für mich, nach New York zu fahren, außer wenn es unbedingt sein muss. Aber Sie könnten heute Nachmittag oder vielleicht morgen herfliegen. Es ist kein langer Flug.«

»Das weiß ich. Ich bin schon in Utica.«

»Oh?«

»Ich bin in einem Rexall Drugstore an der Ecke Jefferson Street und Mohawk Street. Sie könnten mich abholen und dann könnten wir gemeinsam in Ihr Büro gehen.«

»Gerne. In fünfzehn Minuten?«

»In Ordnung.«

Ich erkannte seinen Lincoln und ging über den Bürgersteig, als er vor dem Drugstore anhielt. Ich öffnete die Tür und setzte mich zu ihm in den Wagen. Entweder trug er aus Gewohnheit zu Hause einen Anzug oder er hatte sich die Mühe gemacht, für unser Treffen einen anzuziehen. Der Anzug war dunkelblau mit einem unaufdringlichen Streifen.

»Sie hätten mich darüber informieren sollen, dass Sie herkommen«, sagte er. »Ich hätte Sie vom Flughafen abholen können.«

»So hatte ich wenigstens die Gelegenheit, etwas von Ihrer Stadt zu sehen.«

»Es ist kein schlechter Ort. Vermutlich sehr ruhig im Vergleich zu New York. Obwohl das nicht unbedingt eine schlechte Sache ist.«

»Nein, ist es nicht.«

»Waren Sie früher schon einmal hier?«

»Einmal, vor vielen Jahren. Die örtliche Polizei hatte jemanden geschnappt, nach dem wir suchten, weshalb ich herkam, um ihn nach New York zu bringen. Damals habe ich den Zug genommen.«

»Wie war Ihr Flug heute?«

»Okay.«

Er brannte darauf, mich zu fragen, warum ich ihn auf diese Weise überfallen hatte, aber er besaß Manieren. Man sprach beim Mittagessen nicht über geschäftliche Angelegenheiten, bevor der Kaffee serviert wurde, und wir würden unsere Angelegenheit nicht besprechen, bevor wir in seinem Büro waren. Das Warenlager von Hanniford Drugs befand sich am westlichen Stadtrand und er hatte mich mitten im Stadtzentrum abgeholt. Es gelang uns, während der Fahrt Belanglosigkeiten auszutauschen. Er machte mich auf Dinge aufmerksam, von denen er dachte, sie würden mich interessieren, und ich tat so, als sei ich leidlich interessiert. Dann waren wir am Warenlager. Dort wurde an fünf Tagen der Woche gearbeitet; jetzt gab es keine anderen Autos dort, nur ein paar ungenutzte Lastwägen. Er stellte den Lincoln neben einer Laderampe ab und führte mich die Rampe hoch und nach innen. Wir gingen einen Gang entlang zu seinem Büro. Er knipste die Deckenbeleuchtung an, bot mir einen Stuhl an und setzte sich hinter seinen Schreibtisch.

»Nun«, sagte er.

Ich fühlte mich nicht müde. Es kam mir in den Sinn, dass ich es sein sollte, weil ich nicht geschlafen und am Vorabend viel getrunken hatte. Aber ich fühlte mich nicht müde. Zwar auch nicht gerade munter, aber nicht müde.

Ich sagte: »Ich bin hergekommen, um Ihnen zu berichten. Ich weiß so viel über Ihre Tochter, wie es mir möglich sein wird herauszufinden, und das ist alles, was Sie wissen müssen. Ich könnte mehr meiner Zeit und Ihres Geldes damit vergeuden, aber ich sehe keinen Sinn darin, das zu tun.«

»Sie haben nicht sehr lange gebraucht.«

Sein Ton war neutral und ich fragte mich, wie er das meinte. Bewunderte er meine Tüchtigkeit oder war er verärgert, weil er für seine zweitausend Dollar nur fünf Tage meiner Zeit bekommen hatte?

Ich sagte: »Es hat lange genug gedauert. Ich weiß nicht, ob es schneller gegangen wäre, wenn Sie mir von Anfang an alles gesagt hätten. Vermutlich nicht. Es hätte die Dinge für mich aber ein bisschen einfacher gemacht.«

»Ich verstehe Sie nicht.«

»Ich kann verstehen, warum Sie darauf verzichtet haben. Sie dachten, ich wüsste alles, was ich wissen müsste. Wenn ich nur auf der Suche nach

Fakten gewesen wäre, hätten Sie damit vielleicht Recht gehabt, aber ich war auf der Suche nach Fakten, die ein Bild ergeben würden, und das wäre einfacher gewesen, wenn ich von Anfang an alles gewusst hätte.« Er war verwirrt und die markanten schwarzen Augenbrauen hoben sich über den oberen Rand seiner Brille. Ich sagte: »Der Grund, weshalb ich Sie nicht darüber informiert habe, dass ich herkommen würde, ist, dass ich in Utica ein paar Dinge zu erledigen hatte. Ich bin am frühen Morgen hergeflogen, Mr. Hanniford. Ich habe etwa fünf Stunden damit zugebracht, Dinge in Erfahrung zu bringen, die Sie mir vor fünf Tagen hätten sagen können.«

»Welche Art von Dingen?«

»Ich habe ein paar Orte aufgesucht. Das Standesamt. Die Redaktion des *Times-Sentinel*. Das Polizeirevier.«

»Ich habe Sie nicht dafür angestellt, hier in Utica Fragen zu stellen.«

»Sie haben mich überhaupt nicht angestellt, Mr. Hanniford. Sie haben Ihre Frau geheiratet am – nun, ich muss Ihnen das Datum nicht sagen. Es war für Sie beide die erste Ehe.«

Er schwieg. Er nahm die Brille ab und legte sie vor sich auf den Schreibtisch.

»Sie hätten mir sagen können, dass Wendy ein uneheliches Kind war.«

»Warum? Sie wusste es selbst nicht.«

»Sind Sie sich da sicher?«

»Ja.«

»Ich bin es nicht.« Ich atmete tief ein. »Es gab zwei U.S.-Marinesoldaten aus der Gegend von Utica, die bei der Landung bei Incheon getötet wurden. Einer von ihnen war schwarz, deshalb habe ich ihn ausgeschlossen. Der andere hieß Robert Blohr. Er war verheiratet. War er Wendys Vater?«

»Ja.«

»Ich will keine alten Wunden aufreißen, Mr. Hanniford. Ich denke, dass Wendy wusste, dass sie unehelich war. Und es ist möglich, dass es egal ist, ob sie es wusste oder nicht.«

Er stand auf und ging zum Fenster. Ich saß da und fragte mich, ob Wendy gewusst hatte, wer ihr Vater war, und kam zu dem Schluss, dass sie es mit einer Wahrscheinlichkeit von zehn zu eins gewusst haben musste. Er war die Hauptfigur in ihrer persönlichen Mythologie gewesen und sie hatte ihr ganzes Leben damit zugebracht, eine Inkarnation von ihm zu suchen. Die Ambivalenz ihrer Gefühle ihm gegenüber schien in einem Wissen begründet zu sein, das über das hinausging, was sie von Hanniford und ihrer Mutter gesagt bekommen hatte.

Er blieb einige Zeit lang am Fenster stehen. Dann drehte er sich um und blickte mich nachdenklich an. »Vielleicht hätte ich es Ihnen sagen sollen«, sagte er schließlich. »Ich habe es nicht absichtlich verschwiegen. Das heißt, ich habe damals Wendys … Unehelichkeit nicht in Betracht gezogen. Es ist seit so vielen Jahren ein abgeschlossenes Kapitel, dass es mir nicht in den Sinn kam, es zu erwähnen.«

»Das kann ich nachvollziehen.«

»Sie sagten, dass Sie mir berichten wollten«, sagte er. Er kehrte zu seinem Stuhl zurück und nahm wieder Platz. »Schießen Sie los, Scudder.«

Ich ging ganz bis Indiana zurück. Wendy am College, wo sie sich nicht für Jungs in ihrem Alter interessierte, sondern immer nur für ältere Männer. Die Affären mit ihren Professoren, meistens wahrscheinlich flüchtige Verhältnisse, eines davon aber weniger flüchtig, zumindest aus Sicht des Mannes. Er hatte seine Frau verlassen wollen. Die Frau hatte Tabletten geschluckt, vielleicht in ernster Absicht sich umzubringen, vielleicht aus Effekthascherei, um ihre Ehe zu retten. Und vielleicht hatte sie selber nicht gewusst, aus welchem der beiden Gründe.

»Auf jeden Fall hat es zu einer Art Skandal geführt. Der ganze Campus wusste davon, egal, ob es zu einer offiziellen Angelegenheit wurde oder nicht. Das erklärt, warum Wendy ein paar Monate vor dem Abschluss das College geschmissen hat. Es gab keine Möglichkeit für sie, dort zu bleiben.«

»Natürlich nicht.«

»Das erklärt auch, warum sich das College nicht sonderlich besorgt darüber gezeigt hat, dass sie verschwunden ist. Ich habe mich darüber gewundert. Nach dem, was Sie gesagt haben, hat man es dort ziemlich locker gesehen. Offenbar wollte man Sie wissen lassen, dass sie verschwunden war, aber man wollte Ihnen nicht sagen, warum sie gegangen war. Man wusste, dass sie einen guten Grund gehabt hatte, und machte sich deshalb nicht allzu große Sorgen um ihr körperliches Wohlergehen.«

»Ich verstehe.«

»Wie Sie wissen, ging sie nach New York. Sie hat sich dort fast sofort mit älteren Männern eingelassen. Einer von ihnen hat sie mit nach Miami genommen. Ich könnte Ihnen seinen Namen nennen, aber es spielt keine Rolle. Er ist vor ein paar Jahren gestorben. Aus heutiger Sicht ist es schwer zu sagen, welche Rolle er in Wendys Leben gespielt hat, aber abgesehen davon, dass er sie nach Miami mitgenommen hat, durfte sie sich auf ihn berufen, als sie das Apartment mieten wollte. Sie hat seine Firma als Arbeitgeber angegeben und er hat es bestätigt, als er vom Verwalter der Wohnung angerufen wurde.«

»Hat er die Miete bezahlt?«

»Gut möglich. Ob er damals ihren ganzen Unterhalt bestritten hat oder einen Teil davon, ist etwas, worüber nur er Auskunft geben könnte, aber es gibt keine Möglichkeit mehr, ihn zu fragen. Wenn Sie mich fragen, vermute ich, dass ihr Verhältnis mit ihm nicht exklusiv war.«

»Es gab gleichzeitig mehrere Männer in ihrem Leben?«

»Das denke ich. Dieser bestimmte Mann war verheiratet und hat mit seiner Familie in der Vorstadt gelebt. Ich bezweifle, dass er übermäßig viel Zeit mit ihr verbringen konnte, selbst wenn sie das beide so gewollt hätten. Und ich habe das Gefühl, dass sie sich davor hütete, sich zu sehr mit einem Mann einzulassen. Es muss sie ziemlich mitgenommen haben, als die Frau des Professors die Tabletten geschluckt hat. Wenn er so sehr in sie verliebt war, dass er seine Frau wegen ihr verlassen wollte, hatte sie wahrscheinlich auch tiefere Gefühle für ihn. Oder sie dachte zumindest, welche zu haben. Nachdem die Sache in die Brüche gegangen war, achtete sie darauf, sich nicht zu sehr auf einen Mann zu fixieren.«

»Also hat sie sich mit vielen Männern getroffen.«

»Ja.«

»Und sie hat Geld von ihnen genommen.«

»Ja.«

»Ist das eine Tatsache? Oder nur eine Vermutung?«

»Es ist eine Tatsache.« Ich erzählte ihm von Marcia Maisel und wie ihr schrittweise klar wurde, auf welche Weise Wendy ihren Unterhalt bestritt. Ich verzichtete darauf zu erwähnen, dass Marcia selbst in die Tätigkeit hineingeschnuppert hatte.

Er senkte den Kopf und ein Teil seiner aufrechten Haltung schwand von seinen Schultern. »Also hatten die Zeitungen Recht«, sagte er. »Sie war eine Prostituierte.«

»Eine Art von Prostituierte.«

»Was soll das heißen? Es ist wie schwanger sein, oder etwa nicht? Entweder man ist es oder man ist es nicht.«

»Ich denke, es ist mehr wie aufrichtig sein.«

»Oh?«

»Einige Menschen sind aufrichtiger als andere.«

»Ich dachte immer, Aufrichtigkeit sei ebenfalls eindeutig.«

»Vielleicht ist sie das. Ich denke aber, dass es verschiedene Ebenen gibt.«

»Und es gibt verschiedene Ebenen der Prostitution?«

»Das würde ich sagen. Wendy ging nicht auf den Strich. Sie hat nicht einen Freier nach dem anderen abgefertigt, ihr Geld keinem Zuhälter ausgehändigt.«

»Ist das nicht, was Vanderpoel für sie war?«

»Nein. Ich komme gleich zu ihm.« Ich schloss einen Moment lang die Augen. Nachdem ich sie wieder geöffnet hatte, sagte ich: »Es gibt keinen Weg, das mit absoluter Sicherheit zu sagen, aber ich bezweifle, dass Wendy zu einer Prostituierten werden wollte. Sie hat wahrscheinlich Geld von ziemlich vielen Männern genommen, bevor sie sich dieses Etikett anheften konnte.«

»Ich kann Ihnen nicht folgen.«

»Sagen wir, ein Mann hat sie zum Essen ausgeführt, sie nach Hause gebracht und ist mit ihr im Bett gelandet. Als er ging, hat er ihr vielleicht einen Zwanzig-Dollar-Schein zugesteckt. Er könnte etwa Folgendes gesagt haben: ›Ich würde dir gerne einen großen Blumenstrauß schicken oder dir ein Geschenk kaufen, aber warum nimmst du nicht das Geld und kaufst dir selbst, was du möchtest?‹ Vielleicht hat sie die ersten paar Mal versucht, das Geld abzulehnen. Später begann sie dann, es zu erwarten.«

»Ich verstehe.«

»Es dauerte wohl nicht lange, bis sie Anrufe von Männern erhielt, die sie nicht kannte. Viele Männer tauschen Telefonnummern von Mädchen aus. Manchmal ist es eine Gefälligkeit. Dann wieder denken sie, dass sie damit Eindruck schinden können. ›Sie ist ein tolles Mädchen, sie ist nicht wirklich eine Nutte, aber du solltest ihr danach ein paar Dollar zustecken, denn sie hat keinen Job und du weißt ja, wie schwer es für ein Mädchen in der Großstadt ist.‹ Und dann wacht man eines Morgens auf und erkennt, dass man eine Prostituierte ist, zumindest nach der Definition des Begriffs im Lexikon. Aber da hat man sich bereits an den Lebensstil gewöhnt und es kommt einem nicht unnatürlich vor. Soweit ich das sehen kann, hat sie niemals nach Geld gefragt. Sie hat niemals mehr als einen Mann an einem Abend getroffen. Sie hat Verabredungen abgelehnt, wenn ihr der Mann unsympathisch war. Sie hat sogar Kopfschmerzen vorgetäuscht, wenn sie einen Mann zum Essen getroffen und dann entschieden hatte, dass sie nicht mit ihm schlafen wollte. Sie hat ihr Geld auf diese Weise verdient, aber es ging ihr nicht ums Geld.«

»Sie meinen, sie hat es genossen.«

»Sie hat es sicherlich nicht unerträglich gefunden. Sie war nicht von Mädchenhändlern entführt worden. Sie hätte sich einen Job suchen können, wenn sie gewollt hätte. Sie hätte nach Hause nach Utica zurückkehren können oder Sie anrufen und um Geld bitten. Läuft Ihre Frage darauf hinaus, ob sie nymphomanisch war? Darauf weiß ich die Antwort nicht, aber ich neige dazu, es zu bezweifeln. Ich denke, sie fühlte sich dazu getrieben.«

»Wie?«

Ich erhob mich und ging näher an seinen Schreibtisch heran. Er war aus dunklem Mahagoniholz und schien mindestens fünfzig Jahre alt zu sein. Auf der Oberfläche herrschte Ordnung. Es gab eine Schreibunterlage in einer verzierten Lederfassung, eine zweistufige Eingang-Ausgang-Ablage, einen Zettelspießer, zwei eingerahmte Fotografien. Er beobachtete mich, wie ich beide Fotografien nahm und sie betrachtete. Auf dem einen war eine Frau um die vierzig zu sehen, ihre Augen verschwommen, ein unsicheres Lächeln auf dem Gesicht. Ich ahnte, dass dieser Ausdruck nicht uncharakteristisch für sie war. Das andere Foto war von Wendy; ihr Haar war mittellang, ihre Augen leuchteten und ihre Zähne glänzten so sehr, dass man damit Zahnpasta hätte verkaufen können.

»Wann ist diese Aufnahme entstanden?«

»Highschool-Abschluss.«

»Und das ist Ihre Frau?«

»Ja. Ich weiß nicht, wann dieses Foto entstand. Vor sechs oder sieben Jahren, würde ich sagen.«

»Ich sehe keine Ähnlichkeit.«

»Nein. Wendy ähnelte ihrem Vater.«

»Blohr.«

»Ja. Ich habe ihn nie getroffen. Mir wurde gesagt, dass sie ihm ähnlich sah. Auf Basis meines Wissens könnte ich das weder bestätigen noch verneinen, aber mir wurde gesagt, dass sie ihm ähnlich sieht. Sah.«

Ich stellte Mrs. Hannifords Foto auf den Schreibtisch zurück. Ich blickte in Wendys Augen. Sie und ich waren in den letzten Tagen zu vertraut miteinander geworden. Ich wusste vermutlich mehr über sie, als sie gewollt hätte.

»Sie sagten, Sie denken, dass sie sich getrieben fühlte.«

Ich nickte.

»Durch was?«

Ich stellte das Foto wieder auf seinen Platz zurück. Ich beobachtete, wie Hanniford versuchte, nicht in Wendys Augen zu sehen. Es gelang ihm nicht. Er traf ihren Blick und zuckte zusammen.

Ich sagte: »Ich bin kein Psychologe, kein Psychiater oder so etwas. Ich bin nur ein Kerl, der einmal bei der Polizei war.«

»Das ist mir bekannt.«

»Ich kann Vermutungen anstellen. Ich könnte vermuten, dass sie nicht aufhören konnte, nach ihrem Daddy zu suchen. Sie wollte die Tochter von jemandem sein, und die Männer wollten sie immer vögeln. Und von ihrer Seite aus ging das in Ordnung, denn so war Daddy, er war ein Mann, der mit Mami ins Bett ging und sie schwängerte und dann nach Korea verschwand und nie wieder etwas von sich hören ließ. Er war jemand, der mit einer anderen Frau verheiratet war, und das ging in Ordnung, denn die Männer, von denen sie sich angezogen fühlte, waren auch immer mit einer anderen Frau verheiratet. Nach Daddy zu suchen, konnte sehr heikel werden, denn wenn man nicht aufpasste, konnte er einen zu sehr mögen und dann würde Mami eine Menge Tabletten schlucken und es war Zeit, dass man verschwand. Deshalb war es insgesamt viel sicherer, wenn Daddy einem Geld gab. Dann war es eine geschäftliche Angelegenheit und Daddy würde nicht wegen einem den Kopf verlieren und Mami würde keine Tabletten schlucken und man konnte bleiben, wo man war, man musste nicht verschwinden. Ich bin kein Psychiater und ich weiß nicht, ob das so in den Lehrbüchern steht oder nicht. Ich habe die Lehrbücher nie gelesen und ich habe Wendy nie getroffen. Ich habe nicht versucht, Einblick in ihr Leben zu gewinnen, bevor ihr Leben vorüber war. Ich habe versucht, Einblick in ihr Leben zu gewinnen, und habe stattdessen Einblick in ihren Tod erhalten. Haben Sie etwas zu trinken?«

»Wie bitte?«

»Haben Sie irgendetwas zu trinken? Wie Bourbon?«

»Oh. Ich denke, es gibt irgendwo eine Flasche von irgendetwas.«

Wie konnte man nicht wissen, ob man Alkohol herumstehen hatte oder nicht?

»Holen Sie sie.«

Auf seinem Gesicht spielten sich interessante Veränderungen ab. Zuerst fragte er sich, wer zum Teufel ich zu sein glaubte, dass ich ihn herumkommandieren konnte. Dann erkannte er, dass es bedeutungslos war. Und schließlich erhob er sich, ging zu einem Schrank und öffnete eine Tür.

»Es ist Canadian Club«, verkündete er.

»In Ordnung.«

»Ich glaube nicht, dass ich etwas habe, mit dem man es mischen könnte.«

»Gut. Bringen Sie nur die Flasche und ein Glas.« Und wenn Sie kein Glas haben, geht das auch in Ordnung, Sir.

Er brachte die Flasche und ein Wasserglas und beobachtete mit distanziertem Interesse, wie ich Whiskey in das Glas schüttete, bis es zu zwei Dritteln gefüllt war. Ich trank etwa die Hälfte davon und stellte das Glas auf seinem Schreibtisch ab. Dann hob ich es schnell wieder hoch, weil es sonst vielleicht einen Rand hinterlassen hätte. Ich machte zögerliche Bewegungen, und er entschlüsselte sie und gab mir mehrere Notizzettel, die als Untersetzer dienen konnten.

»Scudder?«

»Was?«

»Denken Sie, dass ihr ein Psychiater hätte helfen können?«

»Ich weiß es nicht. Vielleicht ist sie zu einem gegangen. Ich konnte nichts in ihrem Apartment finden, das so etwas angedeutet hätte, aber es ist möglich. Ich denke, dass sie sich selbst geholfen hat.«

»Indem sie auf diese Weise lebte?«

»Mhm. Ihr Leben war relativ gefestigt. Vielleicht sieht es von außen nicht so aus, aber ich denke, dass es das war. Das ist der Grund, weshalb sie das Maisel-Mädchen als Mitbewohnerin durchfütterte. Das ist auch der Grund dafür, warum sie sich mit Vanderpoel zusammentat. Ihr Apartment machte einen sehr sesshaften Eindruck. Mit Bedacht ausgewählte Möbel. Ein Ort, an dem man leben konnte. Ich denke, dass die Männer in ihrem Leben nur eine Phase repräsentierten, durch die sie sich hindurcharbeitete, und ich würde vermuten, dass sie sich dessen auch bewusst war. Die Männer repräsentierten für den Augenblick körperliches und seelisches Überleben, und ich denke, sie hat geahnt, dass sie einen Punkt erreichen würde, an dem sie sie nicht mehr nötig haben würde.«

Ich trank noch mehr Whiskey. Für meinen Geschmack war er ein wenig zu süß und zu glatt, aber er glitt gut genug die Kehle hinab.

Ich sagte: »In mancherlei Hinsicht habe ich mehr über Richie Vanderpoel gelernt als über Wendy. Eine der Personen, mit denen ich gesprochen habe, sagte, dass alle Pfarrersöhne verrückt sind. Ich weiß nicht, ob das stimmt, aber ich bin mir sicher, dass die meisten von ihnen es nicht einfach haben. Richies Vater ist von der sehr verklemmten Sorte. Streng, kalt. Ich bezweifle, dass er dem Jungen jemals viel Wärme entgegengebracht hat. Richies Mutter hat sich umgebracht, als er sechs Jahre alt war. Weder Brüder noch Schwestern, nur der Junge und sein Vater und eine vertrocknete Haushälterin in einem Pfarrhaus, das genauso gut als Mausoleum dienen könnte. Er wuchs mit gemischten Gefühlen gegenüber beiden Elternteilen auf. Seine Gefühle in dieser Hinsicht ergänzten sich sehr gut mit denen Wendys. Das ist der Grund, weshalb sie so gut für einander waren.«

»Gut für einander?«

»Ja.«

»Himmelherrgott, er hat sie umgebracht!«

»Sie waren gut für einander. Sie war eine Frau, vor der er sich nicht fürchtete, und er war ein Mann, den sie nicht mit ihrem Vater verwechseln konnte. Sie waren in der Lage, gemeinsam ein häusliches Leben zu führen. Ein Leben, das ihnen beiden eine Art von Sicherheit gab, die sie vorher nicht gehabt hatten. Und es gab keine sexuelle Beziehung, die die Dinge verkompliziert hätte.«

»Sie haben nicht miteinander geschlafen?«

Ich schüttelte den Kopf. »Richie war schwul. Zumindest hatte er als Homosexueller gelebt, bevor er bei Ihrer Tochter eingezogen ist. Er mochte es nicht sehr, fühlte sich unangenehm dabei. Wendy gab ihm die Möglichkeit, von diesem Leben wegzukommen. Er konnte mit einer Frau zusammenleben, ohne seine Männlichkeit unter Beweis stellen zu müssen, weil sie ihn nicht als Liebhaber haben wollte. Nachdem er sie getroffen hatte, hörte er auf, durch die Schwulenbars zu ziehen. Und ich denke, dass sie damit aufgehört hat, sich abends mit Männern zu treffen. Ich könnte es nicht belegen, aber zuvor war sie mehrmals pro Woche zum Abendessen ausgeführt worden. Die Küche in ihrem Apartment war voll mit

Lebensmitteln, als ich dort war. Ich denke, dass Richie so ziemlich jeden Abend für beide das Essen gekocht hat. Ich habe Ihnen vor ein paar Minuten gesagt, dass ich denke, dass Wendy dabei war, ihr Leben auf die Reihe zu bekommen. Ich denke, dass sie beide gemeinsam die Dinge auf die Reihe bekommen haben. Vielleicht hätten sie irgendwann einmal damit begonnen, miteinander zu schlafen. Vielleicht hätte Wendy damit aufgehört, sich aus finanziellen Gründen mit Männern zu treffen, und hätte sich einen richtigen Job gesucht. Das sind alles nur Vermutungen, aber ich würde sogar noch weiter gehen. Ich denke, dass sie irgendwann geheiratet hätten, und vielleicht hätte es sogar funktioniert.«

»Das ist sehr hypothetisch.«

»Dessen bin ich mir bewusst.«

»Sie beschreiben es so, als wären sie in einander verliebt gewesen.«

»Ich weiß nicht, ob sie in einander verliebt waren. Aber ich denke nicht, dass es irgendeinen Zweifel daran gibt, dass sie sich geliebt haben.«

Er nahm seine Brille, setzte sie auf und nahm sie wieder ab. Ich schenkte noch mehr Whiskey in mein Glas und nahm einen Schluck davon. Er saß längere Zeit da und blickte auf seine Hände. Ab und zu schaute er hoch auf die beiden Fotografien auf seinem Schreibtisch.

Schließlich sagte er: »Warum hat er sie dann umgebracht?«

»Darauf gibt es keine Antwort. Er konnte sich nicht an die Tat erinnern und in seinem Gedächtnis hat sich das Ganze mit den Erinnerungen an den Tod seiner Mutter vermischt. Aber das ist ohnehin nicht Ihre Frage.«

»Ist es nicht?«

»Natürlich nicht. Was Sie wissen wollen, ist, wie groß Ihre Schuld an allem ist.«

Er schwieg.

»Etwas ist passiert, als Sie Ihre Tochter zum letzten Mal gesehen haben. Wollen Sie mir nicht davon erzählen?«

•   •   •

Er wollte nicht, zumindest nicht sehr, und es dauerte ein paar Minuten, bis er warm wurde. Er sprach vage darüber, was für ein Kind sie gewesen war, sehr klug und herzlich und anhänglich, und darüber, wie sehr er sie geliebt hatte.

Dann sagte er: »Als sie – es ist schwer, mich genau daran zu erinnern, aber sie muss acht Jahre alt gewesen sein. Acht oder neun. Sie hat immer auf meinem Schoß gesessen und mich umarmt und ... mich umarmt und geküsst und sie rutschte ein bisschen hin und her, und–«

Er musste eine Minute lang mit dem Sprechen aufhören. Ich sagte nichts.

»Eines Tages, ich weiß nicht, warum es passiert ist, aber eines Tages saß sie auf meinem Schoß und ich–oh, Herrgott.«

»Lassen Sie sich Zeit.«

»Ich wurde erregt. Körperlich erregt.«

»Das passiert.«

»Tut es das?« Sein Gesicht sah aus wie ein Teil aus einem Buntglasfenster. »Ich konnte ... konnte nicht einmal darüber nachdenken. Mir ekelte es so sehr vor mir selbst. Ich liebte sie auf die Weise, wie man seine Tochter liebt, zumindest hatte ich immer gedacht, dass es das war, was ich für sie empfand, und dass ich nun sexuell auf sie reagierte–«

»Ich bin kein Experte, Mr. Hanniford, aber ich denke, das ist etwas sehr Natürliches. Nur eine körperliche Reaktion. Es gibt Menschen, die bekommen Erektionen, wenn sie mit dem Zug fahren.«

»Es war mehr als das.«

»Vielleicht.«

»Es war mehr, Mr. Scudder. Ich war entsetzt von dem, was mit mir geschah. Entsetzt von dem, zu was es führen konnte, welchen Schaden es Wendy zufügen konnte. Und deshalb traf ich an diesem Tag eine bewusste Entscheidung. Ich unterließ es, ihr so nahe zu kommen.« Er senkte die Augen. »Ich zog mich zurück. Ich zwang mich dazu, meine Zuneigung zu ihr zu begrenzen. Das heißt, die Zuneigung, die ich zum Ausdruck brachte. Vielleicht auch die Zuneigung, die ich fühlte. Es gab weniger

Umarmungen, Küsse und Liebkosungen. Ich war entschlossen zu verhindern, dass sich dieser Vorfall wiederholen würde.«

Er seufzte und fixierte mich mit seinen Augen. »Wieviel davon haben Sie vermutet, Scudder?«

»Einen Teil davon. Ich dachte, dass es vielleicht sogar weiter gegangen ist.«

»Ich bin kein Tier.«

»Die Menschen tun Dinge, die Sie nicht für möglich halten würden. Und sie sind nicht immer Tiere. Was ist beim letzten Mal passiert, als Sie Wendy trafen?«

»Ich habe nie jemandem davon erzählt. Warum sollte ich es Ihnen erzählen?«

»Sie müssen nicht. Aber sie wollen es.«

»Wirklich?« Er seufzte erneut. »Sie war vom College nach Hause gekommen. Alles war so, wie es immer gewesen war, aber es gab etwas an ihr, das anders war. Ich vermute, sie hatte damals schon angefangen, sich mit älteren Männern einzulassen.«

»Ja.«

»Eines Abends kam sie spät nach Hause. Sie war alleine ausgegangen. Vielleicht hat sie sich von jemandem abschleppen lassen, ich weiß es nicht.« Er schloss die Augen und dachte an den Abend zurück. »Ich war noch wach, als sie nach Hause kam. Meine Frau war früh zu Bett gegangen und ich hatte ein Buch, das ich lesen wollte. Wendy kam gegen ein oder zwei Uhr morgens nach Hause. Sie hatte getrunken. Sie torkelte nicht, aber sie war zumindest leicht angetrunken.

Ich sah eine Seite an ihr, die ich noch nie zuvor gesehen hatte. Sie ... hat mich angemacht.«

»Einfach so?«

»Sie hat mich gefragt, ob ich vögeln wollte. Sie sagte ... obszöne Dinge. Beschrieb Sachen, die sie mit mir machen wollte. Sie versuchte, mich zu berühren.«

»Was haben Sie getan?«

»Ich habe ihr eine Ohrfeige verpasst.«

»Ich verstehe.«

»Ich sagte ihr, dass sie betrunken sei. Ich befahl ihr, hoch und ins Bett zu gehen. Ich weiß nicht, ob die Ohrfeige sie nüchtern gemacht hat, aber ein Schatten lief über ihr Gesicht und sie drehte sich ohne ein Wort um und ging die Treppe hoch. Ich wusste nicht, was ich tun sollte. Ich dachte, dass ich vielleicht zu ihr gehen und ihr sagen sollte, dass es in Ordnung war, dass wir es einfach vergessen würden. Am Ende tat ich nichts. Ich saß noch eine weitere Stunde oder so da, dann bin ich selbst zu Bett gegangen.« Er blickte hoch. »Und am Morgen taten wir beide so, als wäre nichts passiert. Keiner von uns beiden hat den Vorfall jemals wieder erwähnt.«

Ich trank mein Glas leer. Nun passte alles zusammen, jedes einzelne Teilchen.

»Der Grund, weshalb ich nicht zu ihr gegangen bin ... Ich war entsetzt darüber, wie sie sich verhalten hatte. Angeekelt. Aber etwas in mir war ... erregt.«

Ich nickte.

»Ich war mir nicht sicher, ob ich mir selbst trauen konnte, wenn ich in dieser Nacht in ihr Zimmer gehen würde, Scudder.«

»Es wäre nichts passiert.«

»Woher wollen Sie das wissen?«

»Jeder von uns trägt böse, dunkle Ecken in sich. Es sind die Menschen, die sich dieser Ecken nicht bewusst sind, die sich gehenlassen. Sie waren in der Lage zu sehen, was passierte. Das ermöglichte Ihnen, es unter Kontrolle zu halten.«

»Vielleicht.«

Nach einer Weile sagte ich: »Ich denke nicht, dass Sie Grund haben, sich Vorwürfe zu machen. Mir scheint, als wäre alles schon in Bewegung gesetzt worden, bevor Sie in der Lage waren, etwas dagegen zu tun. Es war keine einseitige Angelegenheit, als Sie körperlich reagierten, weil Wendy auf Ihrem Schoß herumrutschte. Sie hat sich verführerisch verhalten, obwohl ich mir sicher bin, dass ihr das selbst nicht bewusst war. Es passt alles zusammen – mit ihrer Mutter konkurrieren, den versteckten Daddy in jedem älteren Mann suchen, den sie attraktiv fand. Viele Mädchen versuchen, ihre Professoren zu verführen, müssen Sie wissen. Und die meisten Professoren lernen sehr gut, sie zu entmutigen. Wendy hatte eine ziemlich hohe Erfolgsquote. Offensichtlich war sie ihrerseits sehr gut.«

»Das ist witzig.«

»Was ist witzig?«

»Vorhin haben Sie sie wie ein Opfer beschrieben. Nun beschreiben Sie sie wie eine Täterin.«

»Jeder ist beides.«

Keiner von uns beiden hatte auf dem Weg zum Flughafen viel zu sagen. Er schien entspannter zu sein als zuvor, aber es gab keine Möglichkeit für mich zu wissen, wie sehr er nur so tat. Wenn ich ihm geholfen hatte, dann weniger durch das, was ich herausgefunden hatte, als durch das, was ich ihn hatte erzählen lassen. Es gab Pfarrer und Psychiater, die ihm zugehört hätten, und sie hätten ihm wahrscheinlich mehr geholfen als ich, aber ich war an ihrer Stelle auserwählt worden.

Irgendwann sagte ich: »Welche Schuld auch immer Sie sich anlasten wollen, behalten Sie eines im Auge: Wendy war gerade dabei, die Kurve zu kriegen. Ich weiß nicht, wie lange es gedauert hätte, bis sie einen saubereren Weg gefunden hätte, ihren Unterhalt zu bestreiten, aber ich bezweifle, dass es viel länger als ein Jahr gedauert hätte.«

»Dessen können Sie sich nicht sicher sein.«

»Ich kann es zumindest nicht beweisen.«

»Das macht es schlimmer, oder? Dadurch ist es tragischer.«

»Es ist tragischer. Ich weiß aber nicht, ob das besser oder schlimmer ist.«

»Was? Oh, ich verstehe. Das ist eine interessante Unterscheidung.«

Ich ging zum Schalter von Allegheny. Es gab einen Flug nach New York innerhalb der nächsten Stunde und ich checkte ein. Als ich mich umdrehte, stand Hanniford hinter mir mit einem Scheck in der Hand. Ich fragte ihn, wofür der sein sollte. Er antwortete, dass ich nichts von Geld gesagt hätte und er nicht wüsste, was eine angemessene Bezahlung wäre, aber er sei zufrieden mit der Arbeit, die ich für ihn erledigt hatte, und wollte mir eine Prämie geben.

Ich wusste auch nicht, was eine angemessene Bezahlung gewesen wäre. Aber ich erinnerte mich an das, was ich Lewis Pankow gesagt hatte. Wenn einem jemand Geld geben will, sollte man es nehmen. Ich nahm es.

Ich kam nicht dazu, den Scheck aufzufalten, bis ich an Bord des Flugzeugs war. Er belief sich auf eintausend Dollar. Ich weiß immer noch nicht, warum er sie mir gegeben hat.

14. Kapitel

In meinem Hotelzimmer nahm ich ein Taschenlexikon über Heilige zur Hand und blätterte es durch. Ich fing an, über die hl. Maria Goretti zu lesen, die 1890 in Italien zur Welt kam. Als sie zwölf Jahre alt war, fing ein junger Mann an, ihr Avancen zu machen. Schließlich versuchte er, sie zu vergewaltigen, und drohte damit, sie umzubringen, wenn sie Widerstand leistete. Sie wehrte sich und er tötete sie, indem er unzählige Male mit seinem Messer auf sie einstach. Sie starb etwa vierundzwanzig Stunden später.

Ich erfuhr, dass ihr Mörder acht Jahre im Gefängnis gesessen hatte, ohne Reue zu zeigen, als sich plötzlich sein Gewissen regte. Er wurde im Alter von siebenundzwanzig Jahren entlassen und am ersten Weihnachtsfeiertag 1937 gelang es ihm, Seite an Seite mit Marias verwitweter Mutter das Abendmahl zu empfangen. Seitdem wird er von denjenigen, die sich für die Abschaffung der Todesstrafe aussprechen, als Beispiel angeführt.

In diesem Buch gibt es immer etwas Interessantes zu finden.

Ich ging zum Abendessen nach nebenan, hatte aber nicht viel Appetit. Der Kellner bot mir an, den Rest meines Steaks einzupacken. Ich antwortete ihm, er könne sich die Mühe sparen.

Also pilgerte ich um die Ecke ins Armstrong's und fand mich an jenem Ecktisch im hinteren Bereich wieder, an dem vor wenigen Tagen alles angefangen hatte. Cale Hanniford war am Dienstag in mein Leben spaziert und jetzt war Samstag. Es kam mir vor, als wäre sehr viel mehr Zeit vergangen.

Soweit es mich betraf, hatte es am Dienstag angefangen. Aber in

Wirklichkeit hatte es sehr viel früher begonnen, und ich trank Bourbon und Kaffee und fragte mich, wie weit man es zurückverfolgen konnte. An diesem oder jenem Punkt war es wahrscheinlich unvermeidbar geworden, aber ich wusste nicht genau, wann dieser Punkt gekommen war. Es hatte einen Tag gegeben, an dem sich Richie Vanderpoel und Wendy Hanniford getroffen hatten, und das musste auf die eine oder andere Weise ein Wendepunkt gewesen sein. Aber vielleicht waren ihre jeweiligen Enden schon lange vor diesem Zeitpunkt entworfen worden, und die beiden waren nur zusammengebracht worden, damit ihre Enden eintreten konnten. Vielleicht ging es sehr viel länger zurück, zu Robert Blohrs Tod in Korea und Frances Vanderpoel, wie sie sich in der Badewanne die Pulsadern aufschnitt.

Vielleicht war Eva Schuld, weil sie mit den Äpfeln herumgemacht hatte. Eine gefährliche Sache, den Menschen das Wissen von Gut und Böse zu geben. Und die Fähigkeit, häufiger die falsche als die richtige Entscheidung zu treffen.

»Spendierst du einer Lady einen Drink?«

Ich blickte hoch. Es war Trina in Zivilkleidung und mit einem Lächeln auf dem Gesicht, das jedoch verschwand, als sie meines studierte. »Hey«, sagte sie. »Wo *warst* du?«

»In persönlichen Gedanken versunken.«

»Willst du allein sein?«

»Das ist das letzte, was ich möchte. Hast du etwas davon gesagt, dass ich dir einen Drink spendieren soll?«

»Ja, das war die Idee, die ich hatte.«

Ich signalisierte dem Kellner und bestellte ihr einen Stinger und für mich nochmal dasselbe. Sie sprach über eine Reihe von seltsamen Gästen, die sie am Abend zuvor hatte bedienen dürfen. Wir glitten durch ein paar Runden Small Talk, dann streckte sie die Hand aus und berührte die Spitze meines Kinns mit einem Finger.

»Hey.«

»Hey?«

»Hey, du bist in einem furchtbaren Zustand. Probleme?«

»Es war ein beschissener Tag. Ich bin nach Utica geflogen und hatte dort ein Gespräch, das nicht sehr viel Spaß gemacht hat.«

»Die Sache, von der du mir neulich erzählt hast?«

»Hab ich mit dir darüber gesprochen? Ja, ich vermute, das habe ich.«

»Willst du jetzt darüber sprechen?«

»Vielleicht etwas später.«

»Okay.«

Wir saßen noch eine Weile da, ohne viel zu reden. Der Laden war ruhig, wie er es oft an Samstagen ist. Irgendwann kamen zwei junge Kerle herein und gingen zur Bar. Ich kannte sie nicht.

»Matt, stimmt etwas nicht?«

Ich antwortete ihr nicht. Der Bartender verkaufte ihnen ein paar Sixpacks und sie gingen. Ich atmete aus, wobei mir erst bewusst wurde, dass ich den Atem angehalten hatte.

»Matt?«

»Nur ein Reflex. Ich dachte, dass der Laden überfallen wird. Muss an meinen Nerven liegen.«

»Okay.« Sie legte ihre Hand auf meine. »Es wird spät«, sagte sie.

»Wird es?«

»Ziemlich. Würdest du mich nach Hause bringen? Es sind nur ein paar Blocks.«

Sie wohnte im zehnten Stock eines Neubaus in der 56th Street zwischen 9th und 10th Avenue. Der Portier wurde lange genug munter, um ihr ein Lächeln zu schenken. »Es gibt Alkohol«, sagte sie mir. »Und ich kann besseren Kaffee kochen als Jimmie. Willst du mit hochkommen?«

»Gerne.«

Ihr Apartment war ein Studio, ein großer Raum mit einer Nische, in der sich ein schmales Bett befand. Sie zeigte mir, wo ich meinen Mantel aufhängen konnte, und legte einen Stapel Platten auf. Sie sagte, sie würde Kaffee machen, und ich sagte ihr, dass sie den Kaffee vergessen sollte. Sie machte uns beiden Drinks. Sie kuschelte sich auf ein rotes Plüschsofa und ich saß in einem zerfaserten grauen Sessel.

»Nette Wohnung«, sagte ich.

»Sie wird langsam. Ich will noch Bilder an die Wände hängen und einige der Möbel müssen irgendwann ersetzt werden, aber ansonsten gefällt es mir hier.«

»Wie lange wohnst du schon hier?«

»Seit Oktober. Ich hab im Norden Manhattans gewohnt und es ging mir auf die Nerven, immer mit dem Taxi zur Arbeit und nach Hause fahren zu müssen.«

»Warst du jemals verheiratet, Trina?«

»Fast drei Jahre lang. Geschieden bin ich seit vier.«

»Triffst du dich manchmal mit deinem Ex?«

»Ich weiß nicht mal, in welchem Bundesstaat er lebt. Ich denke, er ist irgendwo an der Küste, aber ich bin mir nicht sicher. Warum?«

»Nur so. Hattet ihr keine Kinder?«

»Nein. Er wollte keine. Als die Sache in die Brüche ging, war ich froh, dass wir keine hatten. Und du?«

»Zwei Jungs.«

»Das muss hart sein.«

»Ich weiß nicht. Manchmal vielleicht.«

»Matt? Was hättest du getan, wenn das heute Abend ein Überfall gewesen wäre?«

Ich dachte darüber nach. »Vermutlich nichts. Gab nichts, das ich hätte tun können. Warum?«

»Du hättest dich sehen sollen, als es passierte. Du sahst aus wie eine Wildkatze, die sich auf einen Sprung vorbereitet.«

»Reflex.«

»Die langen Jahre als Polizist.«

»So ungefähr.«

Sie zündete sich eine Zigarette an. Ich holte die Flasche und schenkte uns nach. Dann saß ich auf dem Sofa neben ihr und erzählte ihr von Wendy und Richard, so ziemlich die ganze Geschichte. Ich weiß nicht, ob sie es war oder der Alkohol oder eine Kombination aus beidem, aber plötzlich war es sehr einfach, darüber zu reden – und sehr wichtig, dass ich es tat.

Und ich sagte: »Das Schwierige dabei war zu wissen, wie viel ich dem Mann erzählen sollte. Er fürchtete sich davor, was er ihr angetan haben konnte, entweder dadurch, dass er seine Zuneigung ihr gegenüber nicht mehr so offen äußerte, oder dadurch, dass er sich ihr gegenüber verführerisch verhielt, ohne es selbst zu merken. Ich kann darauf auch keine besseren Antworten finden als er selbst. Aber die anderen Dinge. Der Mord, die Art und Weise, wie seine Tochter starb. Wie viel sollte ich ihm davon erzählen?«

»Nun, er wusste darüber doch schon Bescheid, oder, Matt?«

»Ich denke, er wusste, was er wissen musste.«

»Ich kann dir nicht folgen.«

Ich wollte etwas sagen, ließ es dann aber sein. Ich schenkte uns noch mehr Alkohol in die Gläser. Sie sah mich an. »Willst du mich betrunken machen?«

»Ich will uns beide betrunken machen.«

»Nun, ich würde sagen, es klappt. Matt–«

Ich sagte: »Es ist schwierig zu wissen, wie viel Recht man hat, etwas zu tun. Vermutlich war ich zu lange bei der Polizei. Vielleicht hätte ich nie den Dienst quittieren sollen. Weißt du davon?«

Sie wandte den Blick ab. »Jemand hat davon erzählt.«

»Nun, wenn es nicht passiert wäre, wäre ich dann trotzdem früher oder später ausgestiegen? Das frage ich mich immer wieder. Bei der Polizei zu sein brachte große Sicherheit mit sich. Ich meine nicht die Sicherheit des Arbeitsplatzes, sondern die emotionale Sicherheit. Es gab nicht so viele Fragen, und für die, die aufgeworfen wurden, gab es meist offensichtliche

Antworten. Oder zumindest schienen sie damals offensichtlich zu sein.

Lass mich dir eine Geschichte erzählen. Sie ist vor etwa zehn Jahren passiert. Vielleicht waren es zwölf. Sie hat sich auch im Village abgespielt und es ging um ein Mädchen in den Zwanzigern. Sie wurde in ihrem eigenen Apartment vergewaltigt und ermordet. Mit einem Nylonstrumpf erwürgt.« Trina schauderte. »Nun, das war kein klarer Fall, es gab niemanden, der mit ihrem Blut an den Händen auf der Straße herumrannte. Es war einer dieser Fälle, bei denen man einfach herumsucht. Man überprüft jeden, der jemals ›Buh!‹ zu dem Mädchen gesagt hat, jeden in ihrem Gebäude, jeden, der sie auf der Arbeit kannte, jeden Mann, der irgendeine Rolle in ihrem Leben gespielt hatte. Herrgott, wir müssen mit ein paar hundert Leuten gesprochen haben.

Nun, es gab einen Kerl, den ich von Anfang an in Verdacht hatte. Großes, muskulöses Arschloch, der Hausmeister des Gebäudes, in dem sie lebte. Ex-Marinesoldat, wegen schlechten Betragens entlassen. Er war vorbestraft. Zweimal Verhaftungen wegen Körperverletzung, in beiden Fällen wurden die Vorwürfe fallengelassen, weil die Opfer keine Anzeige erstatten wollten. In beiden Fällen waren die Opfer Frauen.

Insgesamt mehr als genug Gründe, ihn sehr genau unter die Lupe zu nehmen. Was wir auch getan haben. Und je mehr ich mit ihm sprach, desto überzeugter wurde ich, dass das Arschloch es getan hatte. Manchmal weiß man es einfach.

Aber er hatte sich abgesichert. Wir hatten den Todeszeitpunkt bis auf eine Stunde eingegrenzt und seine Frau war dazu bereit, auf einen Stapel Bibeln zu schwören, dass er während des ganzen Tags niemals aus ihren Augen verschwunden war. Und wir hatten nichts Gegenteiliges, nichts, was nahegelegt hätte, dass er sich zum Zeitpunkt des Mordes im Apartment des Mädchens aufgehalten hatte. Überhaupt nichts. Nicht einmal einen lausigen Fingerabdruck, und selbst wenn wir einen gehabt hätten, hätte das überhaupt nichts bewiesen, denn er war der Hausmeister und konnte den Abdruck hinterlassen haben, als er den Abfluss repariert hat oder so etwas. Wir hatten nichts, nicht einmal einen Hauch von etwas. Der einzige

Grund, warum wir wussten, dass er es getan hatte, war, dass wir es einfach wussten, und kein Staatsanwalt der Welt würde es wagen, mit so etwas vor ein Schwurgericht zu treten.

Also überprüften wir alle anderen, die irgendwie in Frage kamen. Und natürlich erreichten wir nichts, denn es gab nichts zu erreichen. Der Fall wurde als offener Fall abgelegt, was bedeutete, dass wir wussten, dass er niemals abgeschlossen werden würde. Denn im Grunde war er damit bereits abgeschlossen, weil sich niemand mehr mit ihm beschäftigen würde.«

Ich stand auf und ging durch das Zimmer. Ich fuhr fort: »Aber wir wussten, dass er es getan hatte, verstehst du, und es machte uns wahnsinnig. Ich weiß nicht, wie viele Mörder jährlich ungestraft davonkommen. Weitaus mehr, als man sich vorstellt. Aber dieser Ruddle, wir *wussten*, dass er unser Mann war, und wir konnten einfach nichts tun. So hieß er, Jacob Ruddle.

Also, nachdem der Fall in der Ablage gelandet war, konnten mein Partner und ich ihn einfach nicht aus unseren Köpfen bekommen. Wir konnten ihn einfach nicht aus unseren Köpfen bekommen und es gab keinen Tag, an dem nicht einer von uns beiden damit angefangen hätte. Also gingen wir schließlich zu Ruddle und fragten ihn, ob er sich einer polygraphischen Untersuchung unterziehen würde. Weißt du, was das ist?«

»Ein Lügendetektor?«

»Ja, ein Lügendetektor. Wir waren absolut aufrichtig zu ihm. Wir sagten, dass er sich weigern konnte, sich dem Test zu unterziehen, und wir sagten ihm auch, dass das Ergebnis nicht als Beweis gegen ihn genutzt werden konnte, was wirklich stimmt. Übrigens, ich bin mir nicht sicher, ob das eine gute Idee ist, aber so ist das Gesetz nun einmal.

Er hat sich einverstanden erklärt, sich dem Test zu unterziehen. Frag mich nicht, warum. Vielleicht dachte er, dass es verdächtig wirken würde, wenn er sich weigern würde, obwohl er gewusst haben musste, dass wir uns verdammt sicher waren, dass er sie getötet hatte, und uns nichts auf der Welt davon abbringen würde, ihn im Verdacht zu haben. Oder vielleicht hat er ernsthaft geglaubt, dass es ihm gelingen würde, die Maschine zu überlisten. Nun, er unterzog sich dem Test und ich stellte sicher, dass wir den besten Spezialisten bekamen, um den Test durchzuführen, und das Ergebnis war genau, wie wir es erwartet hatten.«

»Er war schuldig?«

»Daran gab es keinen Zweifel. Das Ergebnis nagelte ihn an die Wand, aber es gab nichts, was wir damit tun konnten. Ich sagte ihm, dass die Maschine sagte, er würde lügen. ›Nun, diese Maschinen machen offenbar auch ab und zu Fehler‹, antwortete er. ›Denn jetzt hat sie einen gemacht.‹ Und er blickte mir geradewegs in die Augen und er wusste, dass ich ihm nicht glaubte, und er wusste auch, dass es nichts auf der Welt gab, das ich tun konnte.«

»Mein Gott.«

Ich ging zum Sofa zurück und setzte mich wieder neben sie. Ich nahm einen Schluck und schloss einen Augenblick lang die Augen, während ich mich an den Blick dieses Arschlochs erinnerte.

»Was hast du gemacht?«

»Mein Partner und ich diskutierten darüber. Mein Partner wollte ihn in den Fluss werfen.«

»Du meinst, ihn töten?«

»Ihn töten und einzementieren und irgendwo im Hudson versenken.«

»Du würdest so etwas nicht tun.«

»Da bin ich mir nicht sicher. Vielleicht hätte ich mitgemacht. Verstehst du, er hatte es getan, er hatte dieses Mädchen getötet, und es war sehr wahrscheinlich, dass er es früher oder später noch einmal tun würde. Zum Teufel, das war nicht alles. Zu wissen, dass er es getan hatte, zu wissen, dass er wusste, dass wir wussten, dass er es getan hatte, und dann das Arschloch nach Hause gehen zu lassen . . . Ihn in den Fluss zu werfen fing an, sich wie eine sehr gute Idee anzuhören, und vielleicht hätte ich es getan, wenn ich nicht einen besseren Einfall gehabt hätte.«

»Welchen?«

»Ich hatte diesen Freund bei der Drogenfahndung. Ich sagte ihm, dass ich Heroin benötigte, eine ziemlich große Menge, und ich versicherte ihm, dass er jedes Gramm davon zurückbekommen würde. Dann, als Ruddle und seine Frau eines Nachmittags nicht zuhause waren, bin ich in ihr Apartment gegangen und hab das Zeug darin so gut verteilt, wie man es sich nur vorstellen kann. Ich habe Stoff in den Handtuchhalter gestopft, eine Dose davon im Wasserbehälter seiner Toilette versenkt, ich habe jedes mehr als offensichtliche Versteck, das ich finden konnte, genutzt.

Dann hab ich mich wieder mit meinem Freund von der Drogenfahndung in Verbindung gesetzt und ihm gesagt, dass ich wüsste, wo er einen Riesenfang machen könnte. Und er hat es richtig durchgezogen, mit Durchsuchungsbefehl und so, und Ruddle saß oben in Dannemora im Knast, bevor er überhaupt begriffen hatte, was geschehen war.« Ich musste plötzlich lächeln. »Zwischen der Verhandlung und der Urteilsverkündung hab ich ihn besucht. Seine einzige Verteidigung war, dass er keine Ahnung hatte, wie das Heroin in seine Wohnung gekommen war, und kaum überraschend hat das den Geschworenen keine schlaflosen Nächte bereitet. Ich besuchte ihn und sagte zu ihm: ›Weißt du, Ruddle, es ist ein Jammer, dass du dich keinem Lügendetektortest unterziehen kannst. Vielleicht würden die Leute dir dann glauben, dass du keine Ahnung hast, wo der Stoff herkam.‹ Und er sah mich nur an, denn er wusste, wie ihm mitgespielt worden war, und zur Abwechslung gab es nichts, was *er* dagegen hätte tun können.«

»Mein Gott.«

»Er bekam zwanzig Jahre für Drogenbesitz mit der Absicht, die Drogen zu verkaufen. Nach etwa drei Jahren hatte er Streit mit einem anderen Insassen und wurde von diesem erstochen.«

»Mein Gott.«

»Die Sache ist, dass man sich fragt, in wie weit man das Recht hat, die Dinge so zu beeinflussen. Hatten wir das Recht, ihm die Drogen unterzujubeln? Ich konnte es nicht ertragen, ihn frei herumlaufen zu sehen, und welchen anderen Weg gab es, ihn dranzukriegen? Und wenn wir das nicht hätten tun dürfen, hätten wir das Recht gehabt, ihn im Fluss verschwinden zu lassen? Es fällt mir schwer, darauf eine Antwort zu finden. Damit habe ich große Probleme. Es muss irgendwo eine Grenze geben, und es ist schwer zu wissen, wo man sie ziehen soll.«

Etwas später sagte sie, dass es an der Zeit für sie wäre, ins Bett zu gehen.

»Ich verschwinde«, sagte ich.

»Außer, du möchtest lieber bleiben.«

Es stellte sich heraus, dass wir gut für einander waren. Eine Zeitlang verzogen sich all die schweren Fragen und versteckten sich an dunklen Orten.

Später sagte sie mir, dass ich bleiben sollte. »Ich werde uns am Morgen Frühstück machen.«

»Okay.«

Und, schläfrig: »Matt? Die Geschichte, die du vorhin erzählt hast. Über Ruddle?«

»Mhm.«

»Warum hast du daran gedacht?«

Ich wollte es ihr sagen, vermutlich aus demselben Grund, weshalb ich ihr die Geschichte überhaupt erzählt hatte. Aber ein Teil von dem, was ich tun musste, war, es ihr nicht zu sagen, ebenso wie ich vermieden hatte, es Cale Hanniford zu sagen.

»Nur die Ähnlichkeit der beiden Fälle«, sagte ich. »Nur, weil es ein anderer Fall mit einem Mädchen war, das im Village vergewaltigt und ermordet wurde, und der eine Fall ließ mich an den anderen denken.«

Sie murmelte irgendetwas, das ich nicht verstehen konnte. Als ich mir sicher war, dass sie tief schlief, schlüpfte ich aus dem Bett und zog mich an. Ich ging die paar Blocks zu meinem Hotel zu Fuß und begab mich auf mein Zimmer.

Ich dachte, dass ich Probleme mit dem Einschlafen haben würde, aber der Schlaf kam leichter, als ich erwartet hatte.

15. Kapitel

Der Gottesdienst hatte gerade angefangen, als ich eintraf. Ich setzte mich in eine der hinteren Reihen, nahm eines der kleinen schwarzen Bücher vom Stapel und suchte erfolgreich nach der richtigen Stelle. Ich hatte das Bittgebet und das erste Lied verpasst, war aber rechtzeitig zur Schriftlesung angekommen.

Er schien größer zu sein, als ich ihn in Erinnerung hatte. Vielleicht verlieh ihm die Kanzel den Eindruck zusätzlicher Größe. Seine Stimme war kräftig und autoritär, und er verkündete die Heilige Schrift mit absoluter Selbstsicherheit.

» Und Gott redete alle diese Worte:

Ich bin der HERR, dein Gott, der ich dich aus Ägyptenland, aus der Knechtschaft, geführt habe.

Du sollst keine anderen Götter haben neben mir.

Du sollst dir kein Bildnis noch irgendein Gleichnis machen, weder von dem, was oben im Himmel, noch von dem, was unten auf Erden, noch von dem, was im Wasser unter der Erde ist. Bete sie nicht an und diene ihnen nicht! Denn ich, der HERR, dein Gott, bin ein eifernder Gott, der die Missetat der Väter heimsucht bis ins dritte und vierte Glied an den Kindern derer, die mich hassen, aber Barmherzigkeit erweist an vielen Tausenden, die mich lieben und meine Gebote halten ... «

Die Kirche war nicht sonderlich voll. Es waren etwa achtzig Personen anwesend, die meisten davon in meinem Alter oder älter und nur wenige Familien mit Kindern. In die Kirche hätten vier- oder fünfmal so viele Menschen gepasst. Ich vermutete, dass der größte Teil der Gemeinde in den letzten zwanzig Jahren die Pilgerfahrt in die Vorstädte angetreten hatte und ihre Plätze von Iren und Italienern eingenommen worden waren, in deren früheren Vierteln nun Schwarze und Puerto-Ricaner lebten.

»Du sollst deinen Vater und deine Mutter ehren, auf dass du lange lebest in dem Lande, dass dir der HERR, dein Gott, geben wird.«

Waren heute mehr Leute anwesend als normalerweise? Ihr Pfarrer hatte eine große persönliche Tragödie überstehen müssen. Am vorangegangenen Sonntag hatte er den Gottesdienst nicht abgehalten. Nun bot sich die erste Gelegenheit seit dem Mord und dem Selbstmord, einen Blick auf ihn zu werfen. Hatte die Neugier mehr von ihnen angelockt? Oder waren viele von ihnen aus Zurückhaltung und Verlegenheit – und wegen dem kalten Wetter am Morgen – zu Hause geblieben?

»Du sollst nicht töten.«

Eindeutige Aussagen, diese Gebote. Sie ließen keinen Raum für Diskussionen. Es hieß nicht: *Du sollst nicht töten außer unter besonderen Umständen.*

»Du sollst nicht ehebrechen ... Du sollst nicht falsch Zeugnis reden wider deinen Nächsten.«

Ich rieb eine Stelle an meiner Stirn, an der eine Ader pulsierte. Konnte er mich sehen? Ich erinnerte mich an seine dicke Brille und entschied, dass es unwahrscheinlich war. Zumal ich weit hinten und am Rand saß.

»Hört auch, was Jesus Christus sagt: Du sollst den Herrn, deinen Gott, lieben mit ganzem Herzen, mit ganzer Seele und mit all deinem Verstand. Dies ist das größte und wichtigste Gebot. Das andere aber ist dem gleich: Du sollst deinen Nächsten lieben wie dich selbst. An diesen beiden Geboten hängt das ganze Gesetz und die Propheten.«

Wir erhoben uns und sangen einen Psalm.

Der Gottesdienst dauerte etwas länger als eine Stunde. Die Lesung aus dem Alten Testament war aus Jesaja, die aus dem Neuen Testament aus Markus. Es gab ein weiteres Lied, ein Gebet, noch ein Lied. Die Opfergabe wurde genommen und geweiht. Ich legte einen Fünf-Dollar-Schein auf den Teller.

Wie versprochen handelte die Predigt davon, dass der Weg in die Hölle mit guten Vorsätzen gepflastert ist. Es genüge nicht, mit Hinblick auf die besten und redlichsten Ziele zu handeln, klärte Martin Vanderpoel uns auf, denn der höchste Zweck konnte verraten werden, wenn man ihn durch Taten erreichte, die in sich selbst nicht gut und redlich waren.

Ich schenkte seinen weiteren Ausführungen nicht allzu viel Aufmerksamkeit, denn meine Gedanken wurden von der zentralen These seiner Argumentation gefesselt und spielten mit ihr. Ich fragte mich, ob es besser für Menschen war, das Falsche aus den richtigen Gründen oder das Richtige aus den falschen Gründen zu tun. Es war nicht das erste Mal, dass ich darüber nachdachte, und auch nicht das letzte Mal.

Dann standen wir und seine Arme waren zur Seite gestreckt, wodurch sein Gewand wie die Flügel eines riesigen Vogels erschien. Seine Stimme war kräftig und eindringlich.

»*Der Friede Gottes, der höher ist als alle Vernunft, möge eure Herzen und Gedanken bewahren im Wissen und der Liebe Gottes und seines Sohnes Jesus Christus; und der Segen des allmächtigen Gottes, des Vaters, und des Sohnes und des Heiligen Geistes komme auf euch herab und bleibe bei euch allezeit. Amen.*«

Amen.

Einige Gottesdienstbesucher schlichen sich aus der Kirche, ohne noch ein paar Worte mit Reverend Vanderpoel zu wechseln. Der Rest reihte sich in die Schlange für das Händeschütteln ein. Es gelang mir, das Ende der Schlange zu bilden. Als ich an die Reihe kam, blinzelte Vanderpoel mich an. Er wusste, dass ihm mein Gesicht bekannt war, er konnte sich aber nicht erinnern, woher.

Dann sagte er: »Aber, das ist doch Mr. Scudder! Ich hätte nie erwartet, Sie bei einem unserer Gottesdienste zu sehen.«

»Es war unterhaltsam.«

»Es freut mich, dass Sie das sagen. Ich habe kaum damit gerechnet, Sie jemals wiederzusehen, und hätte nicht einmal zu träumen gewagt, dass Sie unser zufälliges Treffen auf die Suche nach der Gegenwart Gottes führen würde.« Er blickte an meiner Schulter vorbei und hatte die Andeutung eines Lächelns auf den Lippen. »Seine Wege sind wirklich unergründlich, nicht wahr?«

»So scheint es.«

»Dass eine bestimmte Tragödie diese Wirkung auf eine Person wie Sie haben konnte. Ich kann mir gut vorstellen, dass ich das irgendwann als Thema für eine Predigt verwenden werde.«

»Ich möchte mit Ihnen sprechen, Reverend Vanderpoel. Unter vier Augen, denke ich.«

»Ach herrje«, sagte er. »Ich bin heute sehr knapp an Zeit, befürchte ich. Ich bin mir sicher, dass Sie sehr viele Fragen über Religion haben, man ist immer voller Fragen, die einer sofortigen Beantwortung zu bedürfen scheinen, aber–«

»Ich möchte nicht über Religion sprechen, Sir.«

»Oh?«

»Es geht um Ihren Sohn und Wendy Hanniford.«

»Ich habe Ihnen schon alles gesagt, was ich weiß.«

»Ich befürchte, dass ich *Ihnen* einige Dinge sagen muss, Sir. Und wir sollten dieses Gespräch besser jetzt führen, und es sollte wirklich unter vier Augen sein.«

»Oh?« Er musterte mich und ich beobachtete das Spiel der Emotionen auf seinem Gesicht. »Nun gut«, sagte er. »Ich muss ein paar Sachen erledigen, die nicht aufgeschoben werden können. Es dauert nur einen Moment.«

Ich wartete, und er brauchte nicht mehr als zehn Minuten. Dann nahm er mich gesellig am Arm und führte mich durch eine Tür im hinteren Bereich der Kirche in das Pfarrhaus. Wir gingen in das Zimmer, in dem wir bereits unser erstes Gespräch geführt hatten. Das elektrische Feuer glühte im Kamin, und wieder stand er davor und wärmte seine langfingrigen Hände.

»Ich trinke gerne eine Tasse Kaffee nach dem Morgengottesdienst«, sagte er. »Möchten Sie auch eine?«

»Nein, danke.«

Er verließ den Raum und kam mit dem Kaffee zurück. »Nun, Mr. Scudder? Was ist so dringend?« Sein Tonfall war bewusst locker, aber die Anspannung darunter war zu spüren.

»Ich habe den Gottesdienst heute Morgen genossen«, meinte ich.

»Ja, das sagten Sie bereits, und es freut mich, das zu hören. Aber–«

»Ich hatte auf eine andere Stelle aus dem Alten Testament gehofft.«

»Jesaja ist schwer zu verstehen, da stimme ich Ihnen zu. Ein Poet und ein Mann mit Vision. Es gibt einige interessante Kommentare zur heutigen Lesung, wenn Sie daran Interesse haben.«

»Ich hatte gehofft, dass die Lesung aus dem ersten Buch Mose sein würde.«

»Oh, wir fangen erst am Pfingstsonntag von vorn an. Aber warum das erste Buch Mose?«

»Eigentlich eine bestimmte Stelle darin.«

»Oh?«

»Das zweiundzwanzigste Kapitel.«

Er schloss einen Moment lang die Augen und runzelte konzentriert die Stirn. Dann öffnete er seine Augen wieder und zuckte entschuldigend mit den Schultern. »Ich hatte eigentlich ein sehr gutes Gedächtnis für Kapitel und Verse. Ich befürchte, dass es dem Alterungsprozess zum Opfer gefallen ist. Soll ich nachschlagen?«

Ich sagte: »*Nach diesen Geschichten versuchte Gott Abraham und sprach zu ihm: Abraham! Und er antwortete: Hier bin ich. Und er sprach: Nimm Isaak, deinen einzigen Sohn, den du liebhast, und geh hin in das Land Morija und opfere ihn dort zum Brandopfer auf einem Berge, den ich dir sagen werde.*«

»Abrahams Versuchung. *Gott wird sich ersehen ein Schaf zum Brandopfer.* Eine sehr schöne Stelle.« Er fixierte mich mit seinem Blick. »Es überrascht mich sehr, dass Sie die Bibel zitieren können, Mr. Scudder.«

»Ich hatte einen Grund, diese Stelle kürzlich zu lesen. Und sie blieb mir im Gedächtnis.«

»Oh?«

»Ich dachte, Sie würden mir das Kapitel erklären wollen.«

»Irgendwann anders bestimmt, aber jetzt sehe ich keine Dringlichkeit, Ihnen–«

»*Wirklich nicht?*«

Er blickte mich an. Ich stand auf und trat auf ihn zu. Ich sagte: »Ich denke doch. Ich denke, Sie könnten mir die interessanten Parallelen zwischen Abraham und Ihnen erklären. Sie könnten mir sagen, was passiert, wenn Gott dem Wunsch nach einem Schaf zum Brandopfer nicht nachkommt. Sie könnten mir mehr darüber erzählen, wie der Weg zur Hölle mit guten Vorsätzen gepflastert ist.«

»Mr. Scudder–«

»Sie könnten mir erzählen, warum Sie in der Lage waren, Wendy Hanniford zu töten. Und warum Sie Richie an Ihrer Stelle sterben ließen.«

16. Kapitel

»Ich weiß nicht, wovon Sie reden.«

»Ich denke doch, Sir.«

»Mein Sohn hat einen furchtbaren Mord begangen. Ich bin mir sicher, dass er im Augenblick der Tat nicht wusste, was er tat. Ich vergebe ihm für das, was er getan hat, ich bete darum, dass Gott ihm vergibt–«

»Ich bin keine Kirchengemeinde, Sir. Ich bin ein Mann, der all die Dinge weiß, von denen Sie dachten, dass nie jemand in der Lage sein würde, sie herauszufinden. Ihr Sohn hat niemanden getötet, bevor er sich selbst getötet hat.«

Er saß längere Zeit still da und ließ alles auf sich einwirken. Er senkte den Kopf ein wenig. Seine Haltung war wie bei einem Gebet, aber es kam mir nicht so vor, als ob er betete. Als er sprach, war sein Tonfall weniger abwehrend, sondern eher neugierig. Seine Worte entsprachen beinahe einem Schuldeingeständnis.

»Warum . . . glauben Sie das, Mr. Scudder?«

»Wegen vieler Dinge, die ich in Erfahrung gebracht habe. Und der Art, wie sie alle zusammenpassen.«

»Sagen Sie es mir.«

Ich nickte. Ich wollte es ihm sagen, denn ich hatte die ganze Zeit den Drang verspürt, jemandem davon zu erzählen. Ich hatte es Cale Hanniford nicht erzählt. Ich war kurz davor gewesen, es Trina zu erzählen, hatte sogar angefangen, Andeutungen zu machen, aber schließlich hatte ich es auch ihr nicht erzählt.

Vanderpoel war die einzige Person, der ich es erzählen konnte.

Ich sagte: »Es war ein klarer Fall. So hat es die Polizei gesehen, und nur so konnte man es sehen. Aber mein Ausgangspunkt war nicht die Suche nach einem Mörder. Mein Ausgangspunkt war, etwas über Wendy und Ihren Sohn in Erfahrung zu bringen. Und je mehr ich erfuhr, desto schwerer fiel es mir, davon überzeugt zu sein, dass er sie umgebracht hat.

Was ihn festnagelte, war der Umstand, dass er mit Blut beschmiert auf der Straße erschienen war und sich hysterisch verhalten hatte. Aber wenn man das außer Acht lässt, beginnt der Gedanke, dass er der Mörder sein könnte, zu verpuffen. Während des Nachmittags war er plötzlich von der Arbeit nach Hause gegangen. Angeblich hatte er das nicht geplant gehabt, was jedoch nicht der Wahrheit entsprechen muss. Er hatte mit einer Magenverstimmung zu kämpfen und sein Boss konnte ihn schließlich dazu überreden, nach Hause zu gehen.

Dann kam er zuhause an und hatte kaum genug Zeit dafür, sie zu vergewaltigen und zu töten und auf die Straße zu rennen. Er hatte sich während des Tages absolut nicht außergewöhnlich verhalten. Das Einzige, das offenkundig mit ihm nicht stimmte, waren die Magenschmerzen. Theoretisch ist er zu ihr nach Hause gekommen und irgendetwas an ihr hat ihn dazu veranlasst, völlig auszuflippen.

Aber was soll das gewesen sein? Ein Anfall von sexueller Begierde? Er lebte mit dem Mädchen zusammen und es schien vernünftig anzunehmen, dass er mit ihr schlafen konnte, wann immer er es wollte. Und je mehr ich über ihn erfuhr, desto mehr wuchs meine Gewissheit, dass er nie mit ihr geschlafen hatte. Sie lebten zusammen, aber sie schliefen nicht miteinander.«

»Wie kommen Sie darauf?«

»Ihr Sohn war homosexuell.«

»Das ist nicht wahr.«

»Ich befürchte, doch.«

»Beziehungen zwischen Männern sind in den Augen Gottes eine Abscheulichkeit.«

»Das kann sein. Ich bin keine Autorität auf diesem Gebiet. Richie war homosexuell, auch wenn er sich dabei nicht wohlfühlte. Ich vermute, dass es ihm nicht möglich war, sich bei irgendeiner Form von Sexualität wohlzufühlen. Seine Gefühle Ihnen gegenüber und seiner Mutter gegenüber waren sehr widersprüchlich, und sie machten eine wirkliche sexuelle Beziehung für ihn unmöglich.«

Ich ging zu dem elektrischen Kaminfeuer. Ich fragte mich, ob der Kamin auch nur eine Imitation war. Dann drehte ich mich um und blickte Martin Vanderpoel direkt an. Er hatte seine Haltung nicht geändert. Er saß noch immer in seinem Sessel mit den Händen auf den Knien; seine Augen waren auf den Teppich zwischen seinen Füßen gerichtet.

Ich sagte: »Richie schien durch seine Beziehung mit Wendy Hanniford Halt bekommen zu haben. Er war in der Lage, sein Leben zu ordnen, und ich vermute, dass er relativ glücklich war. Dann kam er eines Nachmittags nach Hause und etwas hat ihn aus der Bahn geworfen. Nun, was könnte dafür verantwortlich gewesen sein?«

Er schwieg.

»Er könnte nach Hause gekommen sein und sie in den Armen eines anderen Mannes gefunden haben. Aber das ergab keinen Sinn, denn warum würde ihn das so sehr aufregen? Er musste gewusst haben, wie sie ihren Unterhalt bestritt, dass sie sich nachmittags, während er arbeitete, mit anderen Männern traf. Außerdem hätte es dann Spuren von diesem anderen Mann geben müssen. Der Mann wäre nicht einfach davongelaufen, als Richie anfing, mit dem Rasiermesser zu hantieren.

Und wo sollte Richie das Rasiermesser herbekommen haben? Er rasierte sich elektrisch. Heutzutage rasiert sich kein Zwanzigjähriger mehr mit einem Rasiermesser. Einige Kids haben Rasiermesser in den Taschen wie andere Kids andere Messer, aber Richie gehörte nicht zu dieser Art von jungen Männern.

Und was hat er danach mit dem Rasiermesser gemacht? Die Polizei denkt, dass er es aus dem Fenster geschmissen oder irgendwo fallengelassen hat und dass es dann jemand aufgehoben hat und damit davonspaziert ist.«

»Ist das nicht plausibel, Mr. Scudder?«

»Mhm. Wenn er wirklich ein Rasiermesser gehabt hat. Und es war auch möglich, dass er ein normales Messer anstelle eines Rasiermessers benutzt hat. Es gab mehr als genug Messer in der Küche. Aber ich war in dieser Küche und alle Schränke und Schubladen waren sorgfältig geschlossen. Man schnappt sich kein Messer, um jemanden in einem Ausbruch von Leidenschaft umzubringen, und denkt dabei daran, schön brav die Schublade wieder zu schließen. Nein, es gab nur eine Möglichkeit, wie es für mich Sinn ergab. Richie kam nach Hause und hat Wendy bereits tot vorgefunden oder sie starb gerade, und das hat ihm einen schweren Schock versetzt. Er konnte es nicht verkraften.«

Meine Kopfschmerzen meldeten sich zurück. Ich rieb mit einem Fingerknöchel meine Schläfe. Es half nicht viel.

»Sie haben mir erzählt, dass Richies Mutter starb, als er noch relativ jung war.«

»Ja.«

»Sie haben mir nicht erzählt, dass sie sich umgebracht hat.«

»Wo haben Sie das erfahren?«

»Wenn etwas aktenkundig ist, Sir, kann es jeder herausfinden, der sich die Mühe macht. Ich musste nicht nach dieser Information graben. Alles, was ich tun musste, war daran zu denken, sie zu suchen. Ihre Frau hat sich in der Badewanne umgebracht, indem sie sich die Pulsadern aufgeschnitten hat. Hat sie ein Rasiermesser verwendet?«

Er blickte mich an.

»Ihr Rasiermesser, Sir?«

»Ich verstehe nicht, was das für eine Rolle spielt.«

»Wirklich nicht?« Ich zuckte mit den Schultern. »Richie kam nach Hause und fand seine Mutter tot in einer Wanne mitten in ihrem eigenen Blut. Dann, vierzehn Jahre später, spaziert er in ein Apartment in der Bethune Street und findet die Frau, mit der er zusammenlebt, tot in ihrem Bett. Ebenfalls mit einem Rasiermesser aufgeschlitzt und ebenfalls in ihrem eigenen Blut liegend.

Ich denke, dass Wendy Hanniford in mancherlei Hinsicht für ihn wie eine Mutter war. Sie müssen eine Menge verschiedener Stellvertreterrollen für einander eingenommen haben. Aber plötzlich wurde Wendy zu seiner toten Mutter und das konnte Richie nicht verkraften. Es brachte ihn dazu, etwas zu tun, zu dem er vorher noch nie fähig gewesen war.«

»Was?«

»Er hatte Geschlechtsverkehr mit ihr. Es war eine reine, unkontrollierbare Reaktion. Er nahm sich nicht einmal die Zeit, sich auszuziehen. Er warf sich auf sie und hatte Geschlechtsverkehr mit ihr, und als es vorüber war, rannte er runter auf die Straße und fing an, sich die Seele aus dem Leib zu schreien, weil sein Kopf voll mit dem Gedanken war, dass er Geschlechtsverkehr mit seiner Mutter gehabt hatte und dass sie nun tot war. Sie können sich denken, was er sich dachte, Sir. Er dachte, er hätte sie zu Tode gefickt.«

»Mein Gott«, sagte Vanderpoel.

Ich fragte mich, ob er diese Wörter jemals zuvor auf diese Weise ausgesprochen hatte.

Meine Kopfschmerzen wurden schlimmer. Ich fragte ihn, ob ich Schmerztabletten haben könnte. Er erklärte mir, wo ich die Toilette im Erdgeschoss finden konnte. Es gab Schmerztabletten im Medizinschränkchen. Ich nahm zwei und trank ein halbes Glas Wasser.

Als ich in das Wohnzimmer zurückkehrte, hatte sich seine Haltung nicht verändert. Ich setzte mich in meinen Sessel und blickte ihn an. Es gab noch einiges, und wir würden dazu kommen, aber ich wartete darauf, dass er den Faden wieder aufnahm.

Er sagte: »Das ist außergewöhnlich, Mr. Scudder.«

»Ja.«

»Ich habe nie die Möglichkeit in Betracht gezogen, dass Richard unschuldig war. Ich habe einfach angenommen, dass er es getan hatte. Wenn das, was Sie denken, wahr ist–«

»Es ist wahr.«

»Dann ist er umsonst gestorben.«

»Er ist für Sie gestorben, Sir. Er war das Schaf beim Brandopfer.«

»Sie können nicht ernsthaft glauben, dass ich dieses Mädchen getötet habe.«

»Ich weiß, dass Sie es getan haben, Sir.«

»Wie können Sie das wissen?«

»Sie haben Wendy im Frühjahr getroffen.«

»Ja. Ich denke, ich habe Ihnen das erzählt, als Sie hier waren.«

»Sie haben einen Zeitpunkt gewählt, von dem Sie wussten, dass Richie dann auf der Arbeit sein würde. Sie wollten dieses Mädchen kennenlernen, denn Ihnen bereitete der Gedanke Sorge, dass Richie mit ihr in Sünde leben könnte.«

»Etwas dieser Art habe ich Ihnen schon erzählt.«

»Ja, das haben Sie.« Ich atmete tief ein. »Wendy Hanniford fühlte sich stark von älteren Männern angezogen, von Männern, die sie als Vaterfiguren betrachten konnte. In Situationen mit einem Mann, von dem sie sich angezogen fühlte, wurde sie aggressiv. Es ist ihr gelungen, mehrere ihrer Professoren am College zu verführen.

Sie hat Sie getroffen und fühlte sich von Ihnen angezogen. Es ist nicht schwer, sich vorzustellen, warum. Sie sind ein sehr dominanter Mann. Sehr streng und abweisend. Und zu allem Überfluss waren Sie Richies leiblicher Vater, und Richie und Wendy lebten wie Bruder und Schwester miteinander.

Also hat sie sich an Sie rangemacht. Ich gehe davon aus, dass sie sehr gut darin war, Ihnen ihr Anliegen zu vermitteln. Und Sie waren empfänglich. Sie sind seit vielen Jahren verwitwet. Ihre Haushälterin mag sehr effizient sein, was die Erfüllung ihrer Pflichten anbelangt, aber Sie hatten sie sicherlich nicht als Objekt zur Befriedigung Ihrer sexuellen Bedürfnisse gewählt. Als ich hier war, sagten Sie mir, dass Sie rückblickend dachten, dass Sie Richie zuliebe wieder hätten heiraten sollen. Ich denke, was Sie wirklich dachten, war, dass Sie Ihnen selbst zuliebe wieder hätten heiraten sollen, damit Sie Wendy Hanniford gegenüber nicht empfänglich gewesen wären.«

»Das sind reine Spekulationen Ihrerseits, Mr. Scudder.«

»Sie sind mit ihr ins Bett gegangen. Vielleicht war es das erste Mal seit dem Tod ihrer Frau, dass Sie mit jemandem ins Bett gegangen sind. Das kann ich nicht wissen und es spielt auch keine Rolle. Aber Sie sind mit ihr ins Bett gegangen und ich vermute, es hat Ihnen gefallen, denn Sie haben es wiederholt getan. Sie dachten zwar, dass es Sünde ist, aber das hat nicht viel geändert, weil Sie einfach mit dem Sündigen weitergemacht haben.

Zweifellos haben Sie sie gehasst. Selbst nachdem sie tot war, haben Sie mich nachdrücklich darauf aufmerksam gemacht, wie böse sie war. Damals dachte ich, dass Sie die Tat Ihres Sohns rechtfertigen wollen. Ich habe damals nicht geglaubt, dass er es getan hat, aber ich dachte, dass Sie es glaubten.

Dann sagten Sie mir, dass er Ihnen seine Schuld eingestanden hatte.«

Er schwieg. Ich sah zu, wie er sich Schweiß von der Stirn wischte und dann die Hand an seinem Gewand abwischte.

»Das musste nichts zu bedeuten haben. Vielleicht wollten Sie sich einreden, dass Richie bußfertig gestorben war. Oder er konnte es Ihnen gegenüber zugegeben haben, weil er durch die Angelegenheit so sehr in Verwirrung gestürzt worden war. Für ihn war alles durcheinandergekommen. Er sagte seinem Anwalt, dass er Wendy tot in der Badewanne gefunden hatte. Nach weiterem Nachdenken konnte er zu dem Schluss gekommen sein, dass er sie getötet haben musste, auch wenn er sich nicht erinnern konnte.

Aber je mehr ich über Wendy herausfand, desto schwieriger war es für mich, sie als böse zu sehen. Ich habe keinen Zweifel, dass sie eine negative Wirkung auf das Leben von gewissen anderen Leuten gehabt hat. Aber warum sollte sie *Ihnen* als böse erscheinen? Dafür gab es nur eine Erklärung, Sir. Sie brachte Sie dazu, etwas tun zu wollen, für das Sie sich schämten. Und das brachte Sie dazu, etwas noch Schändlicheres zu tun. Sie haben sie umgebracht.

Sie haben es geplant. Sie haben Ihr Rasiermesser mitgenommen. Und Sie hatten ein letztes Mal Sex mit ihr, bevor Sie sie ermordeten.«

»Das ist eine Lüge.«

»Nein, ist es nicht. Ich kann Ihnen sogar sagen, was Sie getan haben. Die Obduktion hat ergeben, dass sie kurz vor ihrem Tod sowohl Oral- als auch Vaginalverkehr hatte. Richie würde normalen Geschlechtsverkehr mit ihr gehabt haben. Was Sie aber taten, Sir, war, dass Sie sich auszogen und sich von ihr einen blasen ließen, dann zogen Sie Ihr Rasiermesser hervor und haben sie ermordet. Und danach gingen Sie nach Hause und ließen zu, dass Ihr Sohn sich für die Tat aufhängte.«

Ich stand auf und stellte mich direkt vor ihn hin. »Ich werde Ihnen sagen, was ich denke. Ich denke, dass Sie ein Arschloch sind. Sie wussten, dass Richie ein paar Stunden später von der Arbeit nach Hause kommen würde. Sie wussten vielleicht nicht unbedingt, dass er durchdrehen würde, aber Sie wussten, dass die Polizei ihn schnappen und unter Druck setzen würde. Sie haben ihm eine Falle gestellt.«

»*Nein!*«

»Nein?«

»Ich wollte ... die Polizei anrufen. Ich wollte das Verbrechen anonym melden. Man hätte die Leiche gefunden, als er noch auf der Arbeit war. Man hätte gewusst, dass er nichts damit zu tun hatte, und man hätte die Schuld bei einem ihrer anonymen Sexpartner gesucht. Die Polizei hätte nie gedacht–«

»Warum haben Sie das dann nicht gemacht?«

Er rang nach Luft. Er sagte: »Ich verließ das Apartment. In meinem Kopf drehte sich alles, ich war ... sehr mitgenommen von dem, was ich getan hatte. Und dann sah ich Richie auf dem Nachhauseweg. Er hat mich nicht bemerkt. Ich sah, wie er die Treppe hochstieg, und ich wusste ... ich wusste, dass es zu spät war. Er war bereits dort.«

»Also ließen Sie ihn hochgehen?«

»Ja.«

»Und als Sie ihn im Gefängnis besucht haben?«

»Ich wollte es ihm sagen. Ich wollte ... ihm etwas sagen. Ich ... ich konnte es nicht.« Er beugte sich vor und nahm den Kopf zwischen die Hände.

Ich ließ ihn eine Weile in dieser Position sitzen. Er schluchzte nicht und gab auch sonst kein Geräusch von sich. Er saß nur da und blickte irgendwohin in die dunklen Abgründe seiner Seele. Schließlich stand ich auf und zog einen Flachmann mit Whiskey aus meiner Tasche. Ich öffnete ihn und bot ihm davon an.

Er lehnte ab. »Ich trinke keine Spirituosen, Mr. Scudder.«

»Betrachten Sie es als besonderen Anlass.«

»Ich trinke keine Spirituosen. Und ich gestatte sie nicht in meinem Haus.«

Ich dachte darüber nach und kam zu dem Schluss, dass er nicht in der Position war, Regeln aufzustellen. Ich nahm einen langen Schluck.

Er sagte: »Sie können nichts davon beweisen.«

»Sind Sie sich da sicher?«

»Einige Vermutungen Ihrerseits. In der Tat, sogar sehr viele.«

»Bislang haben Sie keine einzige davon entkräftet.«

»Nein, wenn überhaupt, dann habe ich sie bestätigt, oder? Aber ich werde leugnen, Ihnen derartiges gesagt zu haben. Sie haben nichts, um die Wahrheit zu beweisen.«

»Sie haben vollkommen Recht.«

»Dann verstehe ich nicht, worauf Sie hinauswollen.«

»Ich kann nichts beweisen. Aber die Polizei wird dazu in der Lage sein, wenn ich mich dort melde. Es gab bislang keinen Anlass zu einer genaueren Untersuchung. Aber man wird anfangen nachzuforschen, und man wird etwas zu Tage fördern. Man wird damit anfangen, Sie zu fragen, was Sie am Tag des Mordes gemacht haben. Sie werden nicht in der Lage sein, eine überzeugende Antwort zu geben. Das hat noch nicht viel zu bedeuten, aber es ist genug, die Polizei zu ermutigen, weiter zu bohren. Das Apartment ist noch immer versiegelt. Die Polizei hatte bislang keinen Anlass, es auf Fingerabdrücke zu untersuchen. Jetzt wird es einen Grund geben, und man wird irgendwo Ihre Fingerabdrücke finden. Ich bin mir sicher, dass Sie nicht herumgegangen sind und alle Oberflächen abgewischt haben.

Man wird Sie nach Ihrem Rasiermesser fragen. Wenn Sie sich seitdem ein neues gekauft haben, wird man sich fragen, warum. Man wird Ihre Kleidung auf Blutspuren untersuchen. Ich vermute, Sie waren nackt, als Sie sie ermordet haben, aber Sie werden auf irgendetwas Blutspritzer bekommen haben und die werden nicht völlig herausgewaschen worden sein.

Man wird Schritt für Schritt eine Anklage gegen Sie aufbauen, und man wird nicht einmal eine lückenlose Beweisführung brauchen, denn man wird Sie während des Verhörs schnell knacken. Man wird Sie knacken wie eine Walnuss.«

»Vielleicht bin ich stärker, als Sie denken, Mr. Scudder.«

»Sie sind nicht stark, sondern steif. Sie werden zerbrechen. Ich könnte Ihnen nicht genau sagen, wie viele Verdächtige ich als Polizist verhört habe. Auf jeden Fall bekommt man davon einen ziemlich guten Eindruck, wer leicht zu knacken ist. Sie werden ein Kinderspiel sein.«

Er blickte mich an, dann wandte er die Augen ab.

»Aber es spielt keine Rolle, ob Sie auspacken oder nicht, und es spielt keine Rolle, ob man eine überzeugende Anklage gegen Sie zusammenbekommt oder nicht, denn alles, was die Polizei tun muss, ist, anzufangen zu suchen, und es ist vorbei mit Ihnen. Werfen Sie einen Blick auf Ihr Leben, Reverend Vanderpoel. Wenn die Polizei die Ermittlungen aufnimmt, sind Sie am Ende. Sie werden nie mehr sonntagmorgens oben auf Ihrer Kanzel stehen und Ihrer Kirchengemeinde aus der Bibel vorlesen. Sie werden in Ungnade fallen.«

Er saß ein paar Minuten lang stumm da. Ich holte meinen Flachmann hervor und nahm einen weiteren Schluck. Trinken war gegen seine Religion. Nun, Mord war gegen meine.

»Wieviel wollen Sie, Mr. Scudder? Ich muss Ihnen sagen, dass ich kein reicher Mann bin.«

»Wie bitte?«

»Ich vermute, ich könnte regelmäßige Zahlungen leisten. Ich könnte nicht viel zahlen, aber ich könnte–«

»Ich will kein Geld.«

»Sie versuchen nicht, mich zu erpressen?«

»Nein.«

Er blickte mich verwundert an. Er war verdutzt. »Dann verstehe ich nicht.«

Ich ließ ihn darüber nachdenken.

»Sie waren noch nicht bei der Polizei?«

»Nein.«

»Beabsichtigen Sie, es zu tun?«

»Ich hoffe, dass ich nicht dazu gezwungen bin.«

»Ich verstehe nicht, was Sie damit meinen.«

Ich nahm noch einen kleinen Schluck. Dann verschloss ich den Flachmann und steckte ihn zurück in meine Tasche. Aus einer anderen Tasche nahm ich ein kleines Fläschchen mit roten Kapseln.

Ich sagte: »Die hab ich im Medizinschränkchen im Apartment in der Bethune Street gefunden. Sie gehörten Richie. Er hat sie sich vor fünfzehn Monaten verschreiben lassen. Es ist Seconal, ein Schlafmittel.

Ich weiß nicht, ob Richie unter Schlafstörungen gelitten hat oder nicht, aber offensichtlich hat er keine davon genommen. Das Fläschchen ist noch voll. Es sind dreißig Kapseln. Ich denke, er hat sie gekauft, weil er Selbstmord begehen wollte. Eine Menge Leute machen Gehversuche in die falsche Richtung. Manche werfen die Pillen weg, wenn sie ihre Absicht ändern. Andere behalten sie, um die Sache zu vereinfachen, wenn sie sich zu einem späteren Zeitpunkt doch noch entschließen, sich umzubringen. Und es gibt Menschen, denen der Gedanke, das Mittel zum Selbstmord gleich zur Hand zu haben, Sicherheit gibt. Man sagt, Gedanken an Selbstzerstörung würden Menschen durch viele schlimme Nächte helfen.«

Ich ging zu ihm hinüber und stellte das Fläschchen auf den kleinen Tisch neben seinem Sessel.

»Es sind mehr als genug«, sagte ich. »Wenn ein Mensch sie alle nehmen und dann zu Bett gehen würde, würde er nicht mehr aufwachen.«

Er blickte mich an. »Sie haben es ganz genau durchdacht.«

»Ja. Ich war kaum in der Lage, an etwas anderes zu denken.«

»Sie erwarten, dass ich meinem Leben ein Ende setze.«

»Ihr Leben ist vorbei, Sir. Es ist nur eine Frage, wie es zu Ende geht.«

»Und wenn ich diese Kapseln nehme?«

»Sie hinterlassen einen Abschiedsbrief. Sie sind verzweifelt wegen des Todes ihres Sohns und sehen keinen Grund mehr weiterzuleben. Das wird nicht so weit von der Wahrheit entfernt sein, oder?«

»Und wenn ich mich weigere?«

»Dann werde ich am Dienstagmorgen zur Polizei gehen.«

Er atmete mehrmals tief ein. Dann sagte er: »Denken Sie wirklich, dass es so schlimm wäre, mich weiter mein Leben leben zu lassen, Mr. Scudder? Ich erfülle eine wertvolle Funktion, müssen Sie wissen. Ich bin ein guter Pfarrer.«

»Vielleicht sind Sie das.«

»Ich denke wirklich, dass ich in dieser Welt Gutes tue. Nicht außergewöhnlich viel, aber doch einiges. Ist es unvernünftig von mir, dass ich weiter Gutes tun will?«

»Nein.«

»Und ich bin kein Verbrecher, müssen Sie wissen. Ich habe ... dieses Mädchen getötet.«

»Wendy Hanniford.«

»Ich habe sie getötet. Oh, Sie sind so schnell zu dem Schluss gekommen, dass es eine geplante, kaltblütige Tat war, oder? Wissen Sie, wie oft ich mir geschworen habe, sie nie wieder zu sehen? Wissen Sie, wie viele Nächte ich wach lag und mit den Dämonen gerungen habe? Wissen Sie überhaupt, wie oft ich zu ihr mit dem Rasiermesser in der Tasche gegangen bin, hin- und hergerissen zwischen dem Drang, sie zu töten, und der Angst davor, solch eine furchtbare Sünde zu begehen? Wissen Sie irgendetwas davon?«

Ich schwieg.

»Ich habe sie getötet. Was auch immer passieren wird, ich werde nie wieder einen Menschen töten. Wollen Sie wirklich ernsthaft behaupten, dass ich eine Gefahr für die Gesellschaft darstelle?«

»Ja.«

»Warum?«

»Es ist schlecht für die Gesellschaft, wenn Morde ungesühnt bleiben.«

»Aber wenn ich das tue, was Sie wollen, wird niemand jemals wissen, dass ich mir aus diesem Grund das Leben genommen habe. Niemand wird wissen, dass ich für einen Mord bestraft wurde.«

»Ich werde es wissen.«

»Sie wollen sich also zum alleinigen Richter aufwerfen? Sehe ich das richtig?«

»Nein. Sie werden sich selbst richten, Sir.«

Er schloss die Augen und lehnte sich in seinem Sessel zurück. Ich wollte noch einen Drink, aber ich ließ den Flachmann in der Tasche. Meine Kopfschmerzen waren noch da. Das Aspirin hatte sie nicht einmal gekitzelt.

»Ich betrachte Selbstmord als Sünde, Mr. Scudder.«

»Das geht mir genauso.«

»Wirklich?«

»Absolut. Wenn es nicht so wäre, hätte ich mich wahrscheinlich schon vor Jahren umgebracht. Aber es gibt schlimmere Sünden.«

»Mord.«

»Das ist eine davon.«

Er fixierte mich mit seinem Blick. »Denken Sie, dass ich ein böser Mensch bin, Mr. Scudder?«

»Ich bin kein Experte auf diesem Gebiet. Gut und Böse. Ich habe große Schwierigkeiten, da durchzublicken.«

»Beantworten Sie meine Frage.«

»Ich denke, Sie hatten gute Vorsätze. Sie haben davon gesprochen.«

»Und ich habe einen Weg in die Hölle gepflastert?«

»Nun, ich weiß nicht, wohin der Weg führt, aber entlang des Wegs gibt es viele Ruinen, oder? Ihre Frau hat Selbstmord begangen. Ihre Geliebte wurde aufgeschlitzt. Ihr Sohn hat den Verstand verloren und sich aufgehängt für etwas, das er nicht getan hat. Macht Sie das gut oder böse? Darauf müssen Sie selbst eine Antwort finden.«

»Sie haben vor, am Dienstagmorgen zur Polizei zu gehen.«

»Wenn es sein muss.«

»Und ansonsten werden Sie schweigen.«

»Ja.«

»Ah, und was ist mit Ihnen, Mr. Scudder? Sind Sie eine Macht des Guten oder des Bösen? Ich bin mir sicher, dass Sie sich diese Frage bereits gestellt haben.«

»Bisweilen.«

»Und wie beantworten Sie sie?«

»Ambivalent.«

»Und nun, in diesem Fall? Wenn Sie mich dazu zwingen, mich umzubringen?«

»Das tue ich nicht.«

»Wirklich nicht?«

»Nein. Ich gestatte Ihnen, sich umzubringen. Ich denke, dass Sie ein ziemlicher Idiot wären, wenn Sie es nicht tun würden, aber ich zwinge Sie nicht dazu, irgendetwas zu tun.«

17. Kapitel

Am Montagmorgen stand ich früh auf. Ich kaufte mir eine *Times* am Zeitungsstand an der Ecke und las sie, während ich Eier, Speck und Kaffee frühstückte. In East Harlem hatte man einen Taxifahrer ermordet. Jemand hatte ihn mit einem Eispickel durch die Luftlöcher in der Trennwand erwischt. Nun kannte jeder, der die *Times* las, eine neue Methode, einen Taxifahrer um die Ecke zu bringen.

Ich ging zur Bank, als sie öffnete, und zahlte die Hälfte von Cale Hannifords Tausend-Dollar-Scheck auf mein Konto ein. Den Rest nahm ich in bar mit. Ich ging ein paar Blocks zum Postamt und erstand eine Postanweisung über mehrere hundert Dollar. In meinem Hotelzimmer adressierte ich einen Briefumschlag, versah ihn mit einer Briefmarke, nahm den Hörer zur Hand und rief Anita an.

Ich sagte: »Ich schicke dir etwas Geld.«

»Das musst du nicht tun.«

»Nun, damit du den Jungs was kaufen kannst. Wie geht es ihnen?«

»Gut, Matt. Natürlich sind sie jetzt gerade in der Schule. Sie werden traurig sein, dass sie deinen Anruf verpasst haben.«

»Am Telefon ist es sowieso nie gut. Ich dachte mir, ich könnte Karten für das Spiel der Mets am Freitagabend besorgen. Wenn du sie zum Coliseum bringen kannst, würde ich sie danach mit einem Taxi nach Hause schicken. Sofern du denkst, dass sie Lust haben, das Spiel zu sehen.«

»Ich bin mir sicher, dass sie Lust dazu haben. Ich könnte sie mit dem Auto hinbringen.«

»Gut, dann werde ich sehen, ob ich Karten bekomme. Es sollte nicht so schwer sein.«

»Soll ich ihnen davon erzählen oder soll ich warten, bis du wirklich Karten hast? Oder willst du es ihnen selbst sagen?«

»Nein, besser, wenn du es ihnen sagst. Falls sie schon etwas anderes vorhaben.«

»Sie würden alles absagen, um mit dir zu dem Spiel zu gehen.«

»Nun, wohl kaum, wenn es etwas Wichtiges ist.«

»Sie könnten sogar mit dir zurück in die Stadt fahren. Du könntest ihnen ein Zimmer in deinem Hotel buchen und sie am nächsten Tag in den Zug setzen.«

»Wir werden sehen.«

»Okay. Wie geht es dir, Matt?«

»Gut. Und dir?«

»Okay.«

»Alles beim Alten zwischen dir und George?«

»Warum?«

»Hab mich nur gefragt.«

»Wir sehen uns noch, wenn es das ist, was du wissen wolltest.«

»Denkt er daran, sich von Rosalie scheiden zu lassen?«

»Wir sprechen nicht darüber. Matt, ich muss jetzt gehen. Ich werde gerade abgeholt.«

»Klar.«

»Und gib Bescheid, was mit den Karten ist.«

»Klar.«

Es stand nicht in der Frühausgabe der *Post*, aber gegen zwei Uhr nachmittags hatte ich das Radio auf einen dieser Nachrichtensender eingestellt und sie brachten es. Reverend Martin Vanderpoel, Pfarrer der First Reformed Church von Bay Ridge, war von seiner Haushälterin tot in seinem Schlafzimmer aufgefunden worden. Bis durch eine Obduktion Genaueres gesagt werden konnte, nahm man als Todesursache die freiwillige Einnahme einer Überdosis von Barbituraten an. Bei Reverend Vanderpoel handelte es sich um den Vater von Richard Vanderpoel, der sich vor kurzem erhängt hatte, nachdem er wegen des Mordes an Wendy Hanniford in dem

Apartment, das sie gemeinsam in Greenwich Village bewohnt hatten, verhaftet worden war. Reverend Vanderpoel soll wegen des Todes seines Sohns überaus niedergeschlagen gewesen sein und diese Niedergeschlagenheit hatte offenbar dazu geführt, dass er sich das Leben genommen hatte.

Ich stellte das Radio ab und saß eine halbe Stunde lang einfach nur da. Dann ging ich um die Ecke in die St. Paul's Church und steckte einhundert Dollar in die Almosenbüchse, der Zehnte dessen, was ich als Bonus von Cale Hanniford bekommen hatte.

Ich setzte mich in eine der hinteren Reihen und dachte eine Weile über viele Dinge nach.

Bevor ich die Kirche verließ, zündete ich vier Kerzen an. Eine für Wendy, eine für Richie, die übliche für Estrellita Rivera. Und eine für Martin Vanderpoel, natürlich.

An meine deutschen Leser: Ich hoffe, dass Sie Gefallen an diesem Matthew-Scudder-Roman gefunden haben. Ich beabsichtige, die gesamte Reihe – und vielleicht auch andere meiner Bücher – auf Deutsch verfügbar zu machen. Wenn Sie über zukünftige Veröffentlichungen informiert werden möchten, schicken Sie einfach eine E-Mail mit dem Betreff "German mailing list" an lawbloc@gmail.com. (Ich versende auch einen Newsletter auf Englisch und würde Sie mit Freude auch auf diese Liste setzen; falls gewünscht, fügen Sie einfach "English also" hinzu.)

Über den Autor

Lawrence Block schreibt seit einem halben Jahrhundert preisgekrönte Kriminalromane und Spannungsliteratur. Seine zuletzt erschienenen Romane sind *The Burglar Who Counted the Spoons*, in dem Bernie Rhodenbarr im Mittelpunkt steht, *Hit Me* mit dem Briefmarkensammler und Auftragsmörder Keller sowie *A Drop of the Hard Stuff* mit Matthew Scudder. 2014 wurde Scudder von Liam Neeson in der Verfilmung *Ruhet in Frieden – A Walk Among the Tombstones* brillant auf der Leinwand verkörpert wurde. Auch andere Romane Blocks wurden verfilmt, allerdings mit geringerem Erfolg.

Block erhielt auch für seine Bücher für Autoren große Anerkennung, darunter Klassiker wie *Telling Lies for Fun & Profit* und *Write for Your Life*. Zuletzt hat er mit *The Crime of Our Lives* eine Sammlung von Aufsätzen über das Genre des Kriminalromans und dessen Vertreter veröffentlicht.

Neben seinen Prosawerken hat Block auch Drehbücher für die Fernsehserie *Tilt* und den Film *My Blueberry Nights* von Wong Kar-wai geschrieben. Block soll ein zurückhaltender und bescheidener Mann sein, auch wenn man das aufgrund dieser autobiographischen Skizze keinesfalls erwarten würde.

     Email: lawbloc@gmail.com
     Twitter: @LawrenceBlock
     Facebook: www.facebook.com/lawrence.block
     Homepage: www.lawrenceblock.com

Über den Übersetzer:

Stefan Mommertz arbeitete nach dem Studium für einen Fachzeitschriftenverlag in München. Seit 2004 lebt er in Ungarn.